【鲁迅致萧军、萧红信】

我们一定要再见一见

鲁迅／著
夏晓静／编

中国青年出版社

⊙这俄式的相册是两萧从哈尔滨带出来的。一九三七年九月二十七日，两萧南下时将这本相册以及鲁迅寄给他们的全部书信一并委托许广平保管。一九五六年三月二十一日，许广平把这本玫瑰相册和书信转交给北京鲁迅博物馆保存。

⊙相册内的照片，静静保持着原貌。

⊙哈尔滨商市街二十五号。

⊙一九三三年在哈尔滨商市街。照片中能感受到萧红当时身体的孱弱。

⊙一九三四年，萧军完成《八月的乡村》的当日，与萧红在青岛海边。

⊙一九三五年，萧红在鲁迅家门外。

⊙黄新波与作家叶紫（右为叶紫）摄于上海虹口公园一九三四年冬。

⊙一九三七年，萧红自日返沪后拜谒鲁迅墓。四人合影（许广平、海婴、萧军、萧红）

⊙牵牛房。一九三三年的哈尔滨有一处文学和艺术青年经常聚会的地方，这是知名画家冯咏秋的家，因为窗前种满了牵牛花，夏天爬遍门窗，大家管这屋子叫『牵牛房』。就是在这里，萧红从家庭主妇的角色里走出来，燃起了创作热情，写下了第一篇小说《王阿嫂的死》。对于这段岁月，萧红后来回忆称作是人生中『几个欢乐的日子』。

⊙金剑啸（一九一零—一九三六），一九三一年加入中国共产党。一九三三年，创办了『天马广告社』，萧红曾做他的广告副手。一九三六年在齐齐哈尔英勇就义，年仅二十六岁。

⊙（萧红肖像）出自『牵牛房』主人冯咏秋所绘，一九三四年于哈尔滨。

⊙（萧军像）一九三四年六月十一日晚上，金剑啸为萧军、萧红赴青岛饯行，金剑啸把彩格毛毯铺在地上，为萧军画下了这张油画肖像。这幅画是金剑啸烈士唯一存世的作品，被许广平精心收藏了很多年，现藏于北京鲁迅博物馆。

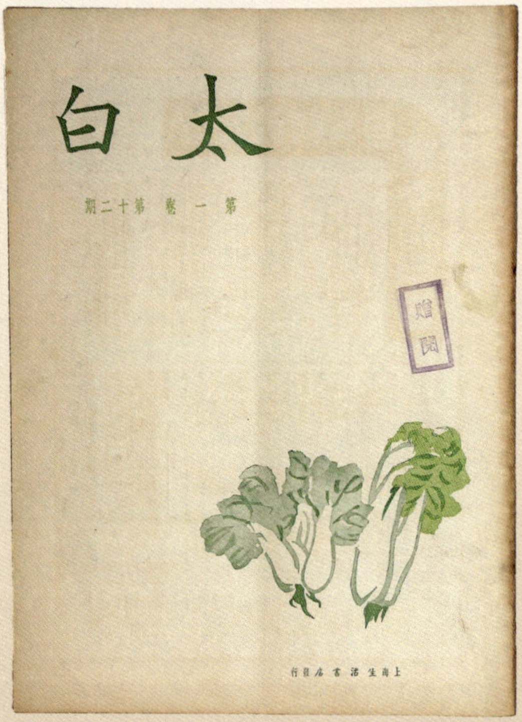

⊙《太白》第一卷第十二期封面。

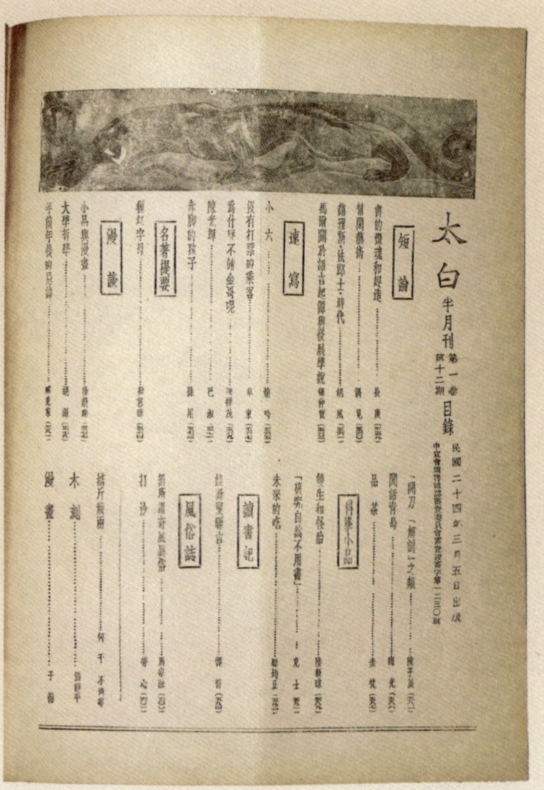

太白 半月刊 第一卷第十二期 目錄

民國二十四年三月五日出版

短論

書的靈魂和趕造……長庚

幫閑藝術

馬爾關於語言起源與發展學說

速寫

小六……悄吟

沒有打票的乘客

陳光輝

赤腳的孩子

名著提要

漫談

小品與漫畫

大學哲學

科學小品

品茶

閑話青蛙

畸生和怪胎

「研究自然不用書」

未來的吃

讀書記

風俗誌

打沙

木刻

漫畫

⊙《太白》第一卷第十二期刊登悄吟《小六》。

⊙《太白》第二卷第三期封面。《太白》是小品文半月刊，由陈望道主编。

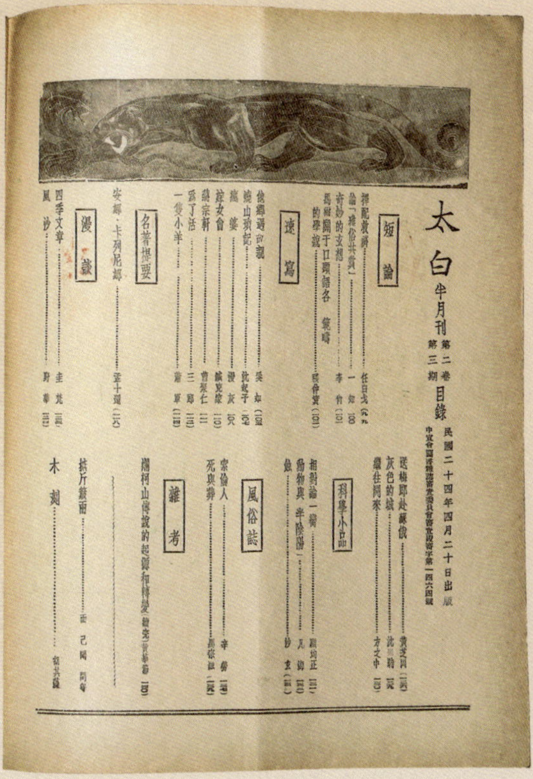

⊙《太白》第二卷第三期刊登萧军《一只小羊》。

⊙一九三四年十二月十八日，萧红为萧军做衣服使用的白化石，德国制造。

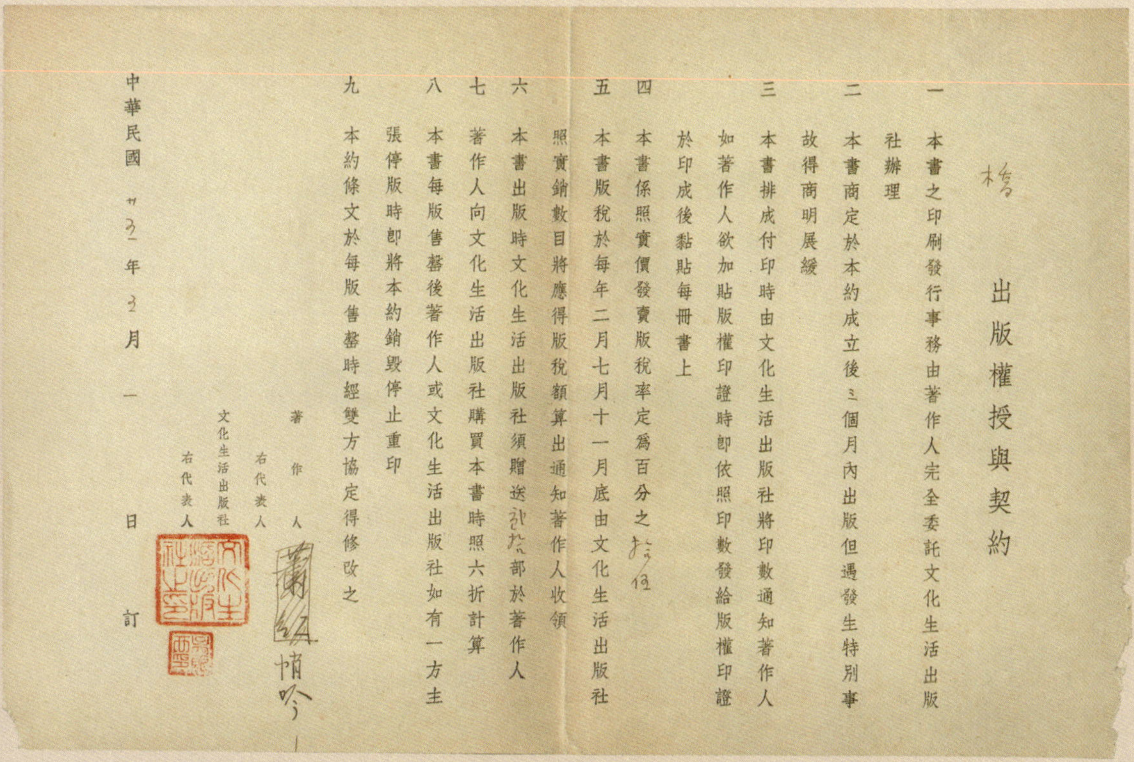

出版權授與契約

一　本書之印刷發行事務由著作人完全委託文化生活出版社辦理

二　本書商定於本約成立後三個月內出版但遇發生特別事故得商明展緩

三　本書排成付印時由文化生活出版社將印數通知著作人如著作人欲加貼版權印證時即依照印數發給版權印證於印成後黏貼每冊書上

四　本書係照實價發賣版稅率定為百分之拾伍

五　本書版稅於每年二月七月十一月底由文化生活出版社照實銷數目將應得版稅額算出通知著作人收領

六　本書出版時文化生活出版社須贈送弍拾部於著作人

七　著作人向文化生活出版社購買本書時照六折計算

八　本書每版售罄後著作人或文化生活出版社如有一方主張停版時即將本約銷毀停止重印

九　本約條文於每版售罄時經雙方協定得修改之

著作人　右代表人

文化生活出版社　右代表人

中華民國　廿五　年　五　月　一　日　訂

⊙一九三六年五月一日，《桥》出版权授予契约。萧红以悄吟的身份签约。

⊙ 两萧使用过的笔架。

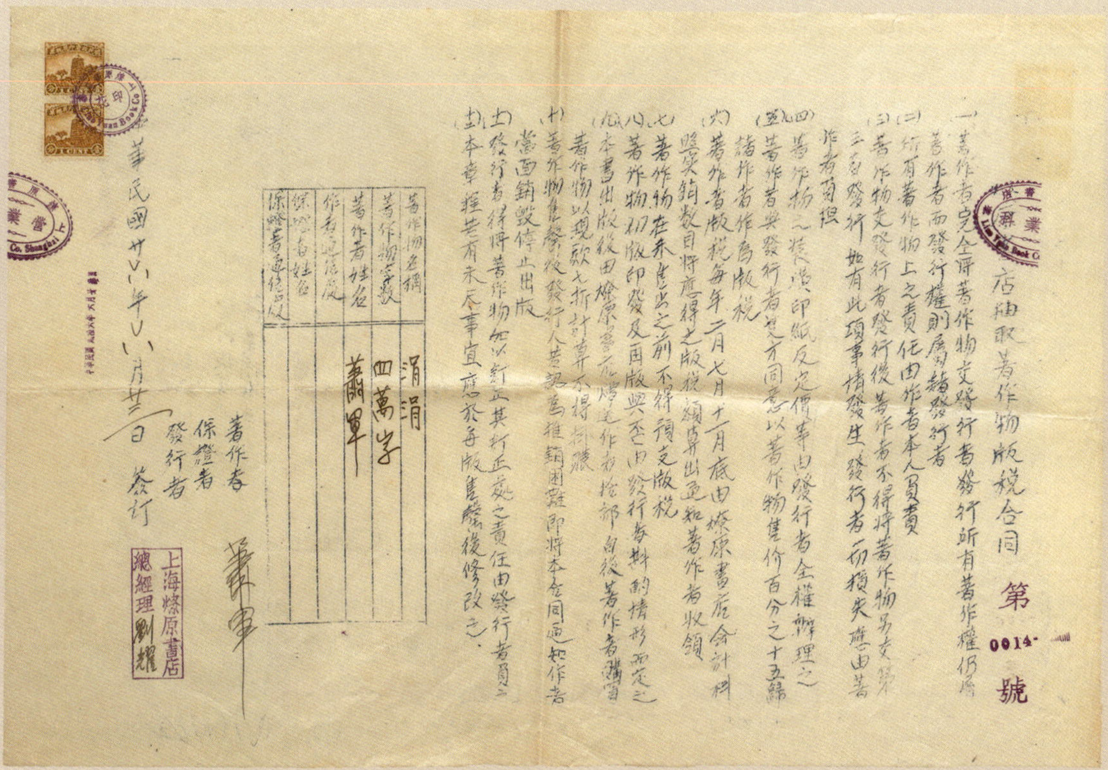

店抽取著作物版稅合同 第 0014 號

一 著作者完全將著作物交發行者發行，所有著作權仍屬著作者，而發行權則屬於發行者

(二) 所有著作物上之責任由作者本人負責

(三) 著作物交發行者發行後，著作者不得將著作物另交第三者發行，如有此項事情發生，發行者所損失應由著作者負担

(四) 著作物之裝潢、印紙、定價等由發行者全權辦理之

(五) 著作者與發行者雙方同意以著作物售價百分之十五歸諸作者作為版稅

(六) 著作者版稅每年二月七月十一月底由燎原書店會計科照發售數目將應得之版稅額算出通知著作者收領

(七) 著作物在未售出之前不得預支版稅

(八) 著作物初版印發及再版與否由發行者斟酌情形而定之

(九) 本書出版後由燎原書店贈送作者拾部，自後著作者購買著作物以現款七折計算，不得掛賬

(十) 著作物售發後發行人若認為推銷困難，即將本合同通知作者當面銷毀，停止出版

(十一) 發行者得將著作物加以糾正，其糾正處之責任由發行者負之

(十二) 本章程若有未盡事宜，應於每版售罄後修改之

著作物名稱	涓涓
著作物字數	四萬字
作者姓名	蕭軍
作者通信處	
保證者姓名	
保證者通信處	

中華民國廿六年八月廿二日 簽訂

著作者 蕭軍

保證者

發行者 上海燎原書店 總經理劉耀

⊙“《涓涓》是我在哈尔滨时，萧红一面为我讲她在家中和学校里所经历的一些素材，我就一面在《国际协报》上以《涓涓》题名写的一部长篇小说。这稿子带到了上海，由上海燎原书店出版了。约有五、六万字的光景。”

——萧军

⊙萧军当年救出的这颗“美丽的灵魂”。

前言

/ 夏晓静

鲁迅说过："一个人的言行，总有一部分愿意别人知道，或者不妨给别人知道，但有一部分却不然。然而一个人的脾气，又偏爱知道别人不肯给人知道的一部分，"所以，今天的人们想要知道鲁迅和萧军、萧红的故事，就得从读书信开始。用这样一个视角，去接近他们——"并非等于窥探门缝，意在发人的隐私，实在是因为要知道这人的全般，就是从不经意处，看出这人——社会的一分子的真实。"

1932年6月的一封信，把萧军、萧红的命运联系在一起。当时困在东兴顺旅馆，失去人身自由、身怀六甲的女学生张迺莹——即萧红，给一家私人办的报纸《国际协报》写信，诉说自己困境，欲得到报社的帮助。副刊主编裴馨园带着萧军等几个年轻人去看望她。由此，萧军决定救出这颗"美丽的灵魂"。于是和萧红相识相爱了。

《国际协报》是上世纪初哈尔滨一家历史悠久的报纸，创刊于1918年。它的文艺副刊叫"国际公园"，萧红为该报新年征文写了她的第一篇小说《王阿嫂的死》。随后白朗等人，也先后在此副刊上发表作品，这块阵地是"东北作家群"雏形的摇篮。

1934年6月15日，两萧在好朋友金剑啸的帮助下，从哈尔滨出走，逃离“伪满洲”，乘坐日本轮船“大连丸”抵达青岛，投靠好友舒群。他们在美丽的海滨完成了《八月的乡村》和《生死场》。10月份，在朋友的建议下，两萧试着给鲁迅先生写了第一封信，没想到很快得到了回复。鲁迅在信中答复了他们提出的两个问题，一是“不必问现在要什么，只要问自己能做什么”。二是答应他们看稿子的事 。并告诉了他们通信地址“上海北四川路底内山书店转 周豫才收”。这封信对于两个流亡的年轻人来说，无疑是一股春风，吹暖了两颗漂泊者的心，正如萧军多年之后在《鲁迅给萧军萧红信简注释》中说的：

> 当第一封信寄到荒岛书店以后，孙乐文——书店主人也和我们分享了难于克制的激动和快乐！我把这信和朋友们一起读了又读；和萧红一起读了又读。当我一个人留下来的时候，只要抽出时间，不论日间或深夜，不论在海滨和山头……我也总是把它读了又读。这是我力量的源泉，生命的希望，它就如一纸“护身符”似的永远带在我身边……有几次是眼中噙着泪水在读它，俨然如对先生本人。那每一句话，每一个字，甚至每一个字的一笔一划，每一个标点……每读一次全似乎发现一种新的意义，新的启示，新的激动和振奋！

由于青岛的中共党组织遭到破坏，1934年11月1日，萧军、萧红不得不再度逃难，来到上海。他们初到上海，形势险恶，但鲁迅还是精心安排了与他们在内山书店的会面，还请他们到一家隐蔽的咖啡店里喝咖啡，吃点心，临别时鲁迅将装有二十元钱的信封放在了桌子上，还从兜里掏出零钱留给他们坐车用，这是两萧和鲁迅的第一次见面，随后，鲁迅还特意让叶紫做他们的向导。在随后的信中，两萧不断地提出问题，从二三个，到四五个，最多到八九个，鲁迅都很耐心地写信一一解答。除此之外，他还经常“出外走走”，帮助两萧找地方发表文章，一经发表，鲁迅很快将收到的稿费给他们寄去，或写信让他们去书店取。

两部小说《八月的乡村》《生死场》的出世，确定了萧军、萧红在中国现代文学史上的地位。谈到这两部小说，就不能不梳理他们与鲁迅之间的通信。时间为1934年10月至1936年2月，历时一年零四个月。翻看这段时间的《鲁迅日记》经常记载着：“得萧军信”。“得萧军及悄吟信”共54封（实存53封）。鲁迅不论多忙，得到两萧的信后，大多都是“即复”。萧军、萧红致鲁迅的通信，因当时上海政治环境的恶劣，鲁迅为了保护他们的安全，早已将其销毁，而鲁迅致萧军、萧红的53封信，两萧则像保护自己的生命一样守护着它们。1937年8月13日，淞沪抗战爆发，两萧准备离开上海时，经过反复商量和思量，认为把鲁迅写给他们的信、以及他们的相册、书籍等文献交给许广平保存最安全。上世纪五十年代，许广平把鲁迅遗物连同这些信一起捐赠给了国家，现在它们都完好地收藏在北京鲁迅博物馆。

萧军的《八月的乡村》和萧红的《生死场》发表问世，鲁迅作为二人的导师用力最猛。《八月的乡村》是萧军的第一部长篇小说，鲁迅在其修改、出版和传播过程付出了极大的心血。萧红的《生死场》在生活书店、良友公司、《妇女生活》等，都遭遇退稿。稿子退回后，鲁迅又积极想办法。后因《八月的乡村》《生死场》和叶紫的《丰收》迫于当时上海的形势，无从合法出版，鲁迅就以“奴隶丛书”的名义不惜“非法”出版，并为每本书作序。鲁迅的努力，最终使两萧一步登上当时中国左翼文坛。

书信是人际交往的语言载体。而鲁迅给萧军萧红的53封信，里面没有“尖酸刻薄”，有的只是慈父般的温情，他对两萧生活上的帮助和在文学事业上对他们的提携，让两个流亡青年伫立于中国文坛，他们的作品也因而走向了世界。

他们三人的很多交往故事，也都在这本书信集里，见字如面，感人至深。

目录

目录

薩坡賽路一九零號

一九二六

日记廿三

一九三四

廣西路新五號

当时我问这朋友，如果把信寄到内山书店，鲁迅先生是否能收到？他说，据说是可以收到的，并鼓励我试试看。同时建议我可以把通讯地点落在他的荒岛书店。我同意他这主意，就冒险给鲁迅先生写了第一封信。当时，对于鲁迅先生是否能收到这封信，以及是否能收得回信，是没有把握的……

——萧军

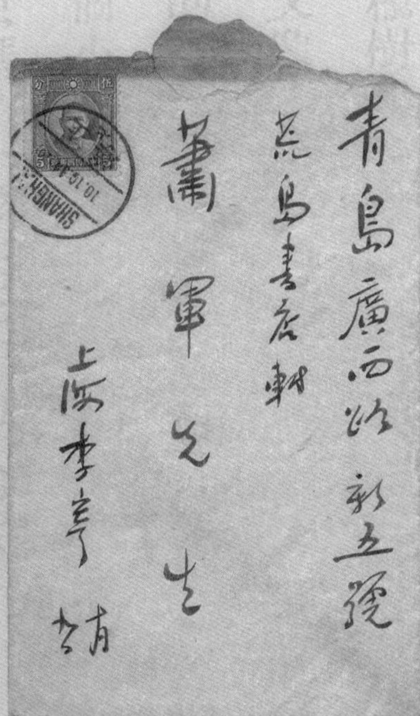

一九三四年夏季我们由哈尔滨出走，于六月十五日乘日本轮船『大连丸』到达青岛。一次，和一位朋友孙乐文——当时荒岛书店负责人闲谈，他说在上海内山书店看到过鲁迅先生，并述说了见到鲁迅先生的情形，这就引起了我要给先生写信的动机。

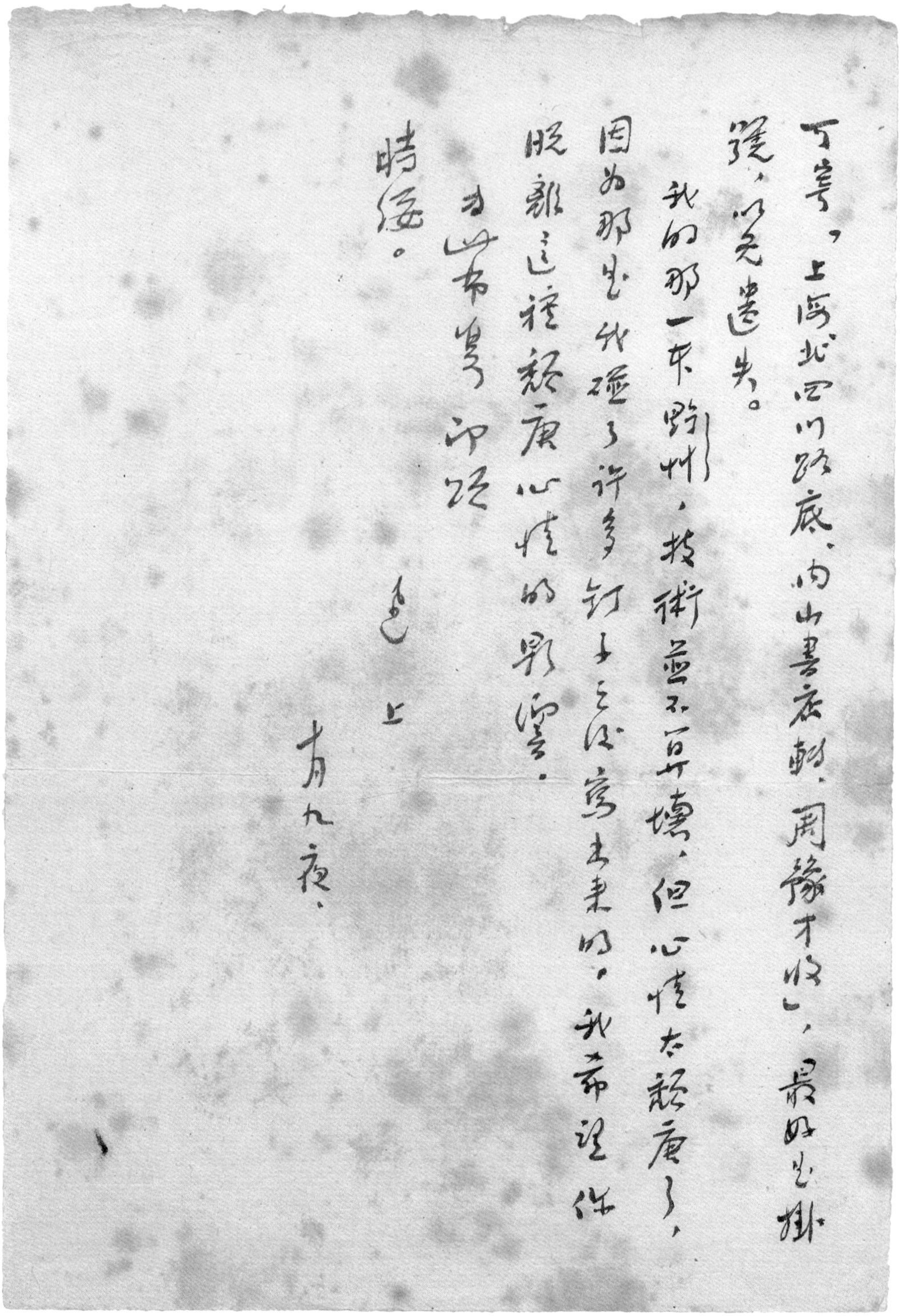
可寄：上海北四川路底，内山书店转，周豫才收，最好是挂号，以免遗失。

我的那一本《野草》，技术并不算坏，但心情太颓唐了，因为那是我碰了许多钉子之后写出来的。我希望你脱离这种颓唐心情的影响。

此布，即颂

时绥。

迅 上

十月九夜

⊙不必问现在要什么，只要问自己能做什么。

萧軍先生：

给我的信是收到的。徐玉諾的名字我很熟，但好像没有見过他，因为他是做诗的，我却不留心诗，所以未必會見面。現在久不見他的作品，不知道那里去了？

来信的两个问題的答覆——

一、不必问現在要什麽，只要问自己能做什麽。現在需要的是鬪爭的文学，如果作者是一個鬪爭者，那麽，無論他寫什麽，寫出来的东西一定是鬪爭的。就是寫咖啡館跳舞場罷，少爺們和革命者的作品，也决不會一樣。

二、我可以看一看的，但恐怕没工夫和本领来批评。稿

法租界 浦柏路 大益公寓

法租界 浦柏路 大益公寓

四十元的路费已经用去了二十多元，手中只有十八元几角的存钱了。究竟在上海要怎样生存下去呢？一切都是茫然的，因此很希望早一天能够见到鲁迅先生的面，即使离开上海，也就心满意足了。

——萧军

法租界蒲柏路大益公寓

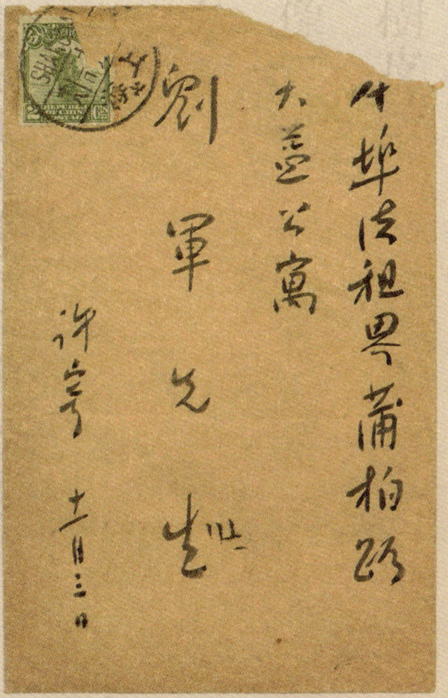

接得先生第一封回信以后，我及时地把《生死场》的抄稿连同由哈尔滨带出来的一本《跋涉》（这是一九三三年我和萧红合印的一本短篇小说、散文集），并附了一封信寄去了上海。稿与信寄出之后，报社被迫停闭。我们逃离了青岛，到了上海。租定了住所以后，第一件事就是写信给鲁迅先生，这封信，就是我们到了上海以后得到的第一封复信。

⊙为了使先生对于我们更具体了解一些，除开寄了《跋涉》《生死场》的稿子以外，还把一张照片寄给了他。这照片是一九三四年春季我们准备离开哈尔滨以前照下的：我穿了一件俄式的『高加索』式绣花的亚麻布衬衫，腰间束了一条暗绿色带有穗头的带子，这是当时哈尔滨青年流行的装束。萧红穿了一件半截袖子、蓝白色斜条纹绒布的短旗袍，梳了两条短辫子，扎了两朵淡紫色的蝴蝶结。这也是当时哈尔滨青年妇女一般的装束。

——萧军

十一月三日

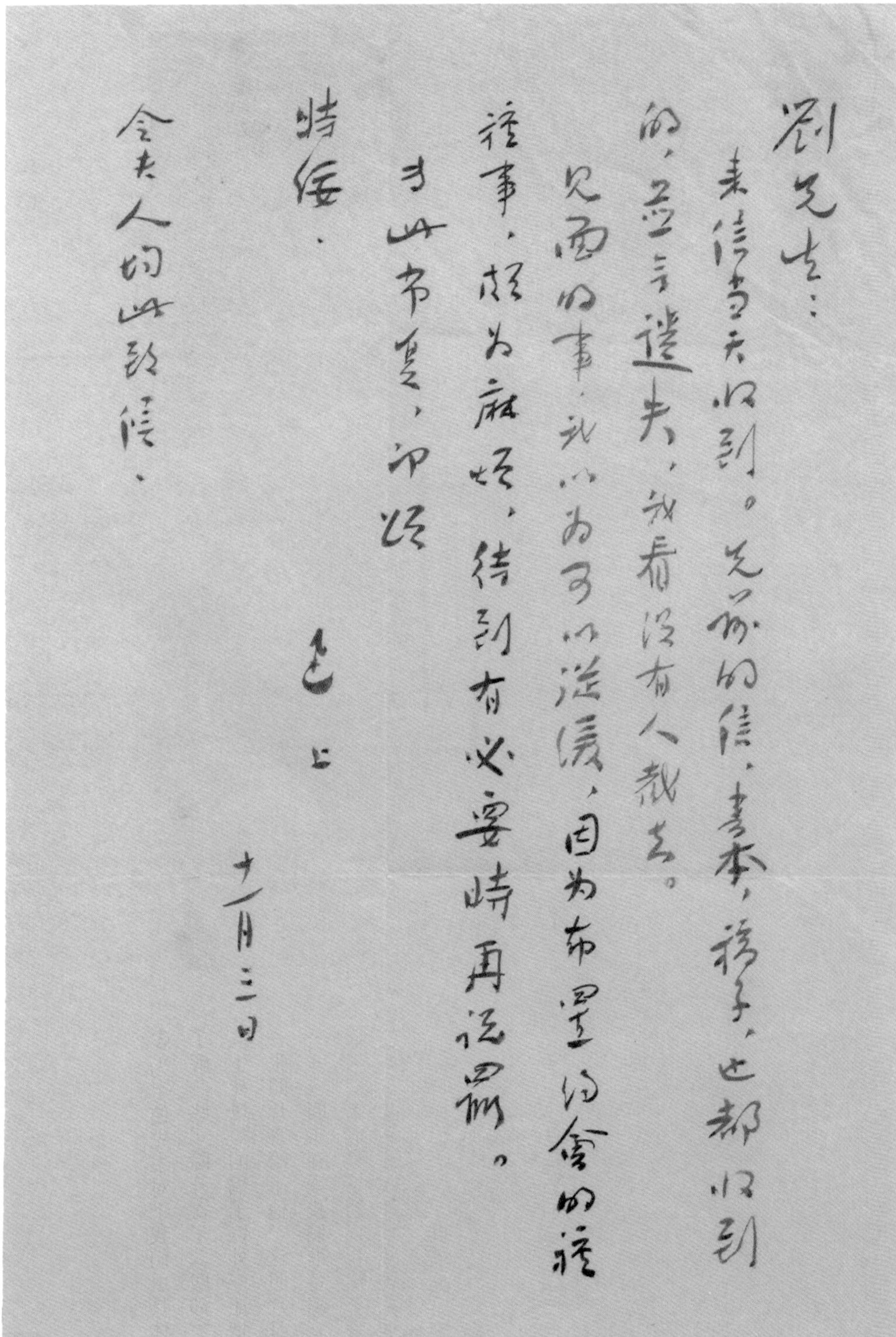

刘先生：

来信当天收到。先前的信、书本、稿子、也都收到的，并无遗失，我看没有人截去。见面的事，我以为可以从缓，因为布置约会的种种琐事，颇为麻烦，待到有必要时再说罢。专此布复，即颂

时绥，

玲 上

十一月三日

令夫人均此致候，

⊙见面的事，我以为可以从缓，因为布置约会的种种事，颇为麻烦，待到有必要时再说罢。

拉都路二一七三號

等待鲁迅先生的来信，是我们那时每天生活中唯一的希望和盼望，对于当时的我们来说，就如空气和太阳那样的重要和必需。一直生活在北方——特别是东北的人，一旦到了上海，就犹如到了『异国』，一切都是生疏，一切都是不习惯的，犹如孤悬在茫茫的夜海上，心情是沉重而寂寞的。因此，当我们接到先生的每一封来信时，除开在家中一次次地诵读外，出去散步时也必定珍重地藏在衣袋中。

——萧军

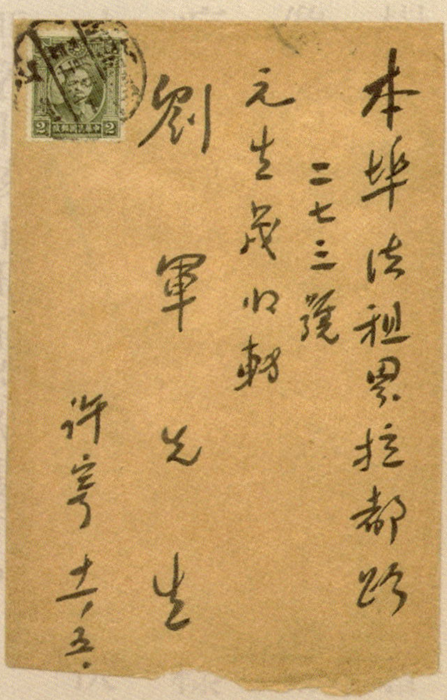

拉都路北段路东一所二层楼后面，楼下有一家小杂货店，字号叫『元生泰』，这就是我们的『二房东』。这地点是和『敦和里』斜斜相对的。敦和里里面是当年的文学社和译文社社址所在地。就在敦和里大门北边，有一家卖油条和花生米的杂食铺。有一次在这里买油条时，竟发现包油条的纸，是鲁迅先生译童话《表》的手写原稿纸。

⊙一九三四年，萧军。

十月五夜

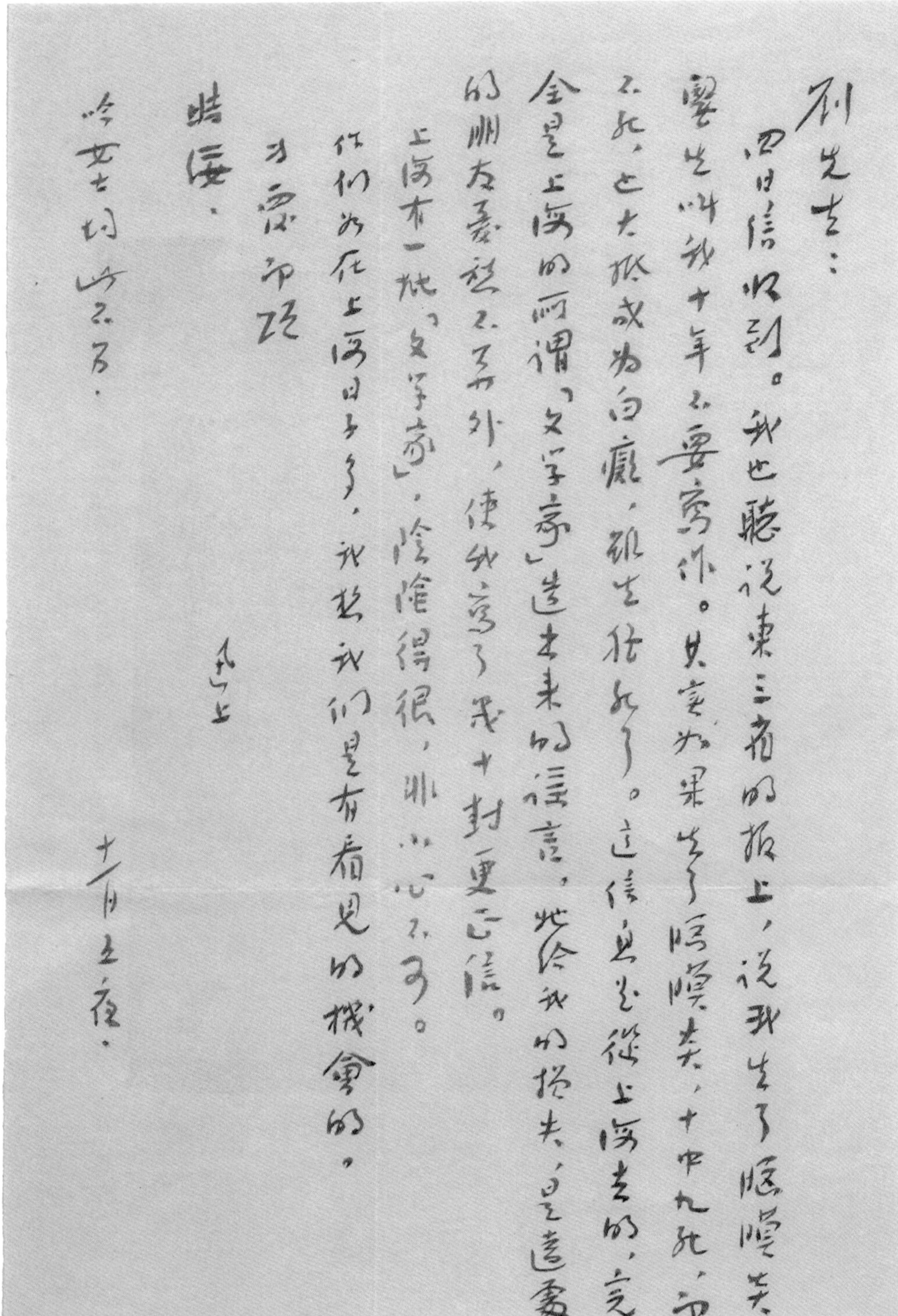

劉先生：

四日信收到。我也聽說東三省的報上，說我生了腦膜炎，醫生叫我十年不要寫作。其實如果生了腦膜炎，十中九死，即不死，也大抵成為白癡，雖生猶死了。這信息是從上海去的，完全是上海的所謂「文學家」造出來的謠言，他給我的損失，是遠處的朋友憂愁不算外，使我寫了幾十封更正信。

上海有一批「文學家」，陰險得很，非小心不可。

你們如在上海日子多，我想我們是有看見的機會的。

專此布復，即頌

時綏。

迅 上

十月五夜。

吟女士均此不另。

⊙你们如在上海日子多，我想我们是有看见的机会的。

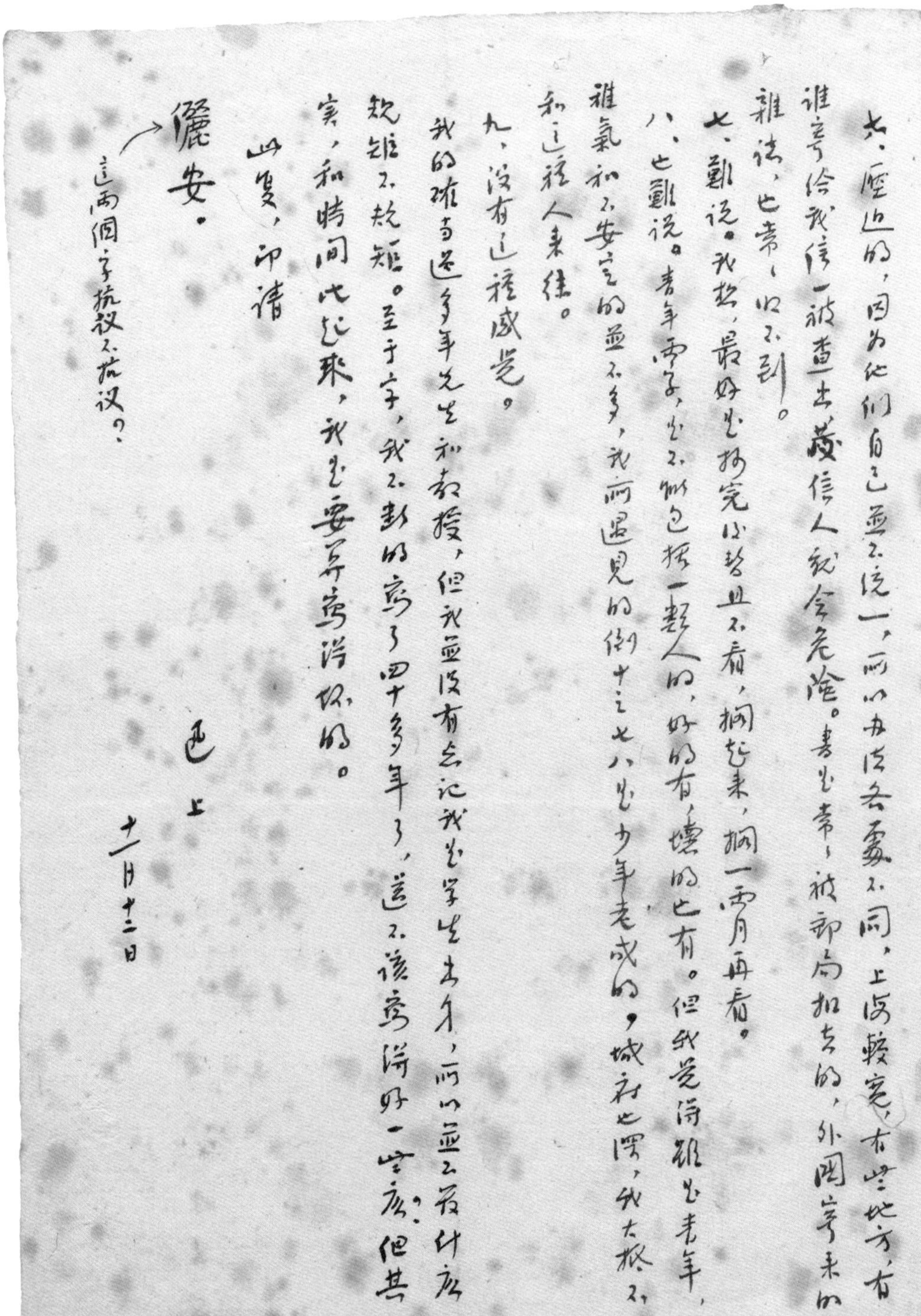
六、压迫的，因为他们自己并不统一，所以办法各处不同，上海较宽，有些地方，有谁寄给我信，一被查出，发信人就会危险。书是常常被邮局扣去的，外国寄来的杂志，也常常收不到。

七、新诗，我想，最好是看完后且不看，搁起来，搁一两月再看。

八、也难说。青年两字，是不能包括一类人的，好的有，坏的也有。但我觉得虽是青年，稚气和不安定的并不多，我所遇见的倒十之七八是少年老成的，城府也深，我大抵不和这种人来往。

九、没有这种感觉。我的确有些多年先生和教授，但我并没有忘记我是学生出身，所以并不觉得什么规矩不规矩。至于字，我不断的写了四十多年了，还不该写得好一些么？但其实，和时间比起来，我是要算写得坏的。

此复，即请

俪安。

迅 上

十一月十二日

这两个字抗议不抗议？

⊙稚气的话，说说并不要紧，稚气能找到真朋友，但也能上人家的当，受害。至于字，我不断的写了四十多年了，还不该写得好一些么？但其实，和时间比起来，我是要算写得坏的。

刘、悄、两位先生：

七日信收到。至先生称呼问题。中国的许多话，要推敲起来，不能用的多得很，不过因为用惯了，意义变成含糊，所以也就这么敷衍过去。不错，先生二字，照字面讲，是生在较先的人，但如这么认真，则即使同年的人，叫起来也得先问生日，非常不便了。对于女性的称呼更没有适当的，悄女士在提出抗议，但叫我怎么写呢？悄婶子，悄姊姊，悄妹妹，悄侄女……都并不好，所以我想，还是老人太太，或女士先生罢。

现在也有不用称呼的，因为这是无政府主义者式，所以我不用。

稚气的话，说说并不要紧，稚气能找到真朋友，但也能上人家的当，受害。上海实在不是好地方，固然不必把人们都看成虎狼，但也切不可一下子就推心置腹。

以下是答问——

一、我是赞成大众语的，《太白》二期所登华圉作的《门外文谈》，就是我做的。

二、中国作家的作品，我不大看，因为我不大批评；我常看的是外国人的小说或论文，但我看书的工夫也很有限。

三、没有，大约此后一时也不会有，因为不许出版。

四、出过一本《南腔北调集》，早被禁止。

五、蓬子转向，丁玲还活着，政府在养她。

十一月十七（二）

二、我在那書店裏，就好，但時候還有十來天，我想還可以臨時再接洽別種辦法。

三、工作難找，因為我沒有和別人交際。

四、我可以預備着的，不成問題。

生長北方的人，住上海真難慣，不但房子像鴿子籠，而且房子的租價也真貴，真是連吸空氣也要錢，古人說，水和空氣，大家都有份，這話是不對的。

我的女人在這裏，還有一個孩子。我有一本兩地書，是我們兩個人的通信，不知道見過沒有？要是沒有，我當送給一本。

我的母親在北京。大蝎虎也在北京，不過喜歡蝎虎的只有我，現在恐怕早給他們趕走了。

專此布復，並請

儷安。

迅上

十一月十七

十一月十七日（二）

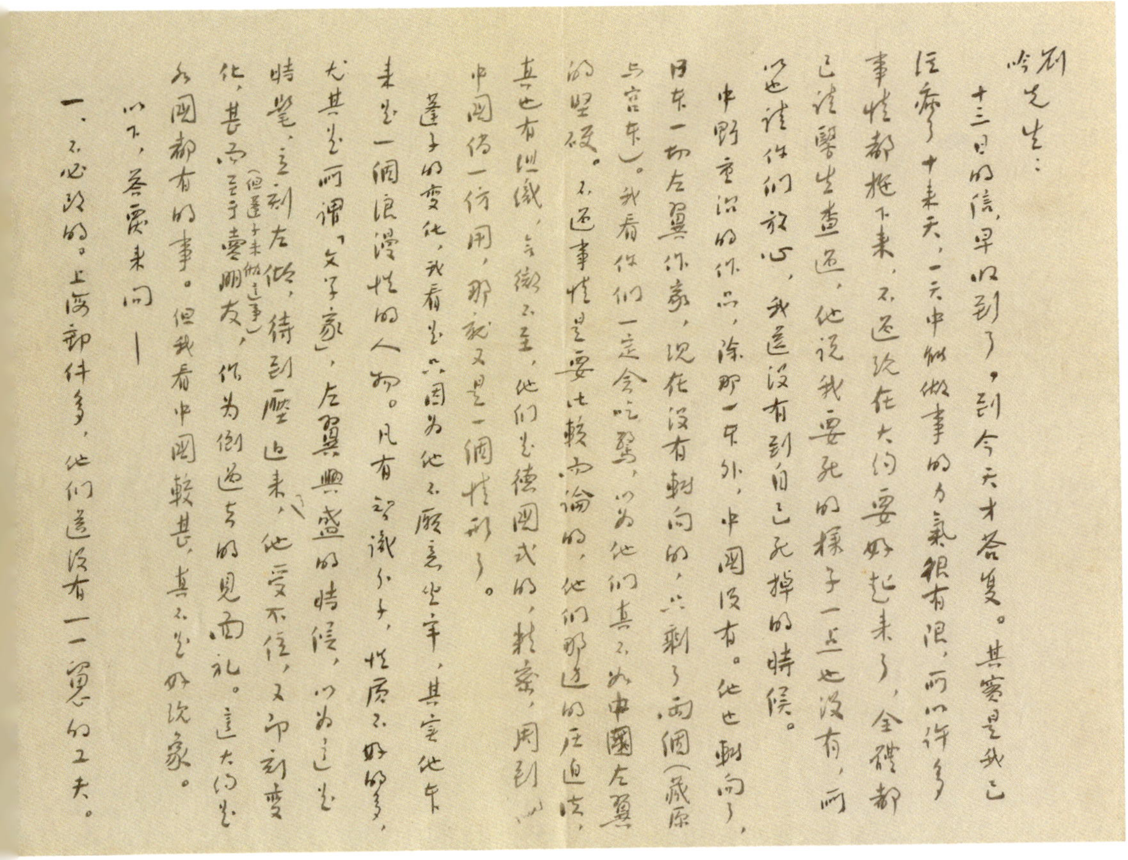

吟刘先生：

十三日的信，早收到了，到今天才答复。其实是我已经病了十来天，一天中能做事的力气很有限，所以许多事情都拖下来，不过现在大约要好起来了，全体都已请医生查过，他说我要死的样子一点也没有，所以请你们放心，我还没有到自己死掉的时候。

中野重治的作品，除那一本外，中国没有。他也转向了，日本一切左翼作家，现在没有转向的，只剩了两个（藏原与宫本）。我看你们一定会吃惊，以为他们真不如中国左翼的坚硬。不过事情是要比较而论的，他们那边的压迫法，真也有组织，无微不至，他们是德国式的，精密，周到，中国倘一仿用，那就又是一个情形了。

蓬子的变化，我看是只因为他不愿意坐牢，其实他本来是一个浪漫性的人物。凡有智识分子，性质不好的多，尤其是所谓“文学家”，左翼兴盛的时候，以为这是时髦，立刻左倾，待到压迫来了，他受不住，又立刻变化，甚而至于卖朋友（但蓬子未必这样），作为倒过去的见面礼。这大约是各国都有的事。但我看中国较甚，真不是好现象。

以下，答复来问——

一、不必改的。上海邮件多，他们还没有一一留心的工夫。

⊙ 工作难找，因为我没有和别人交际。
古人说，水和空气，大家都有份，这话是不对的。

二十日

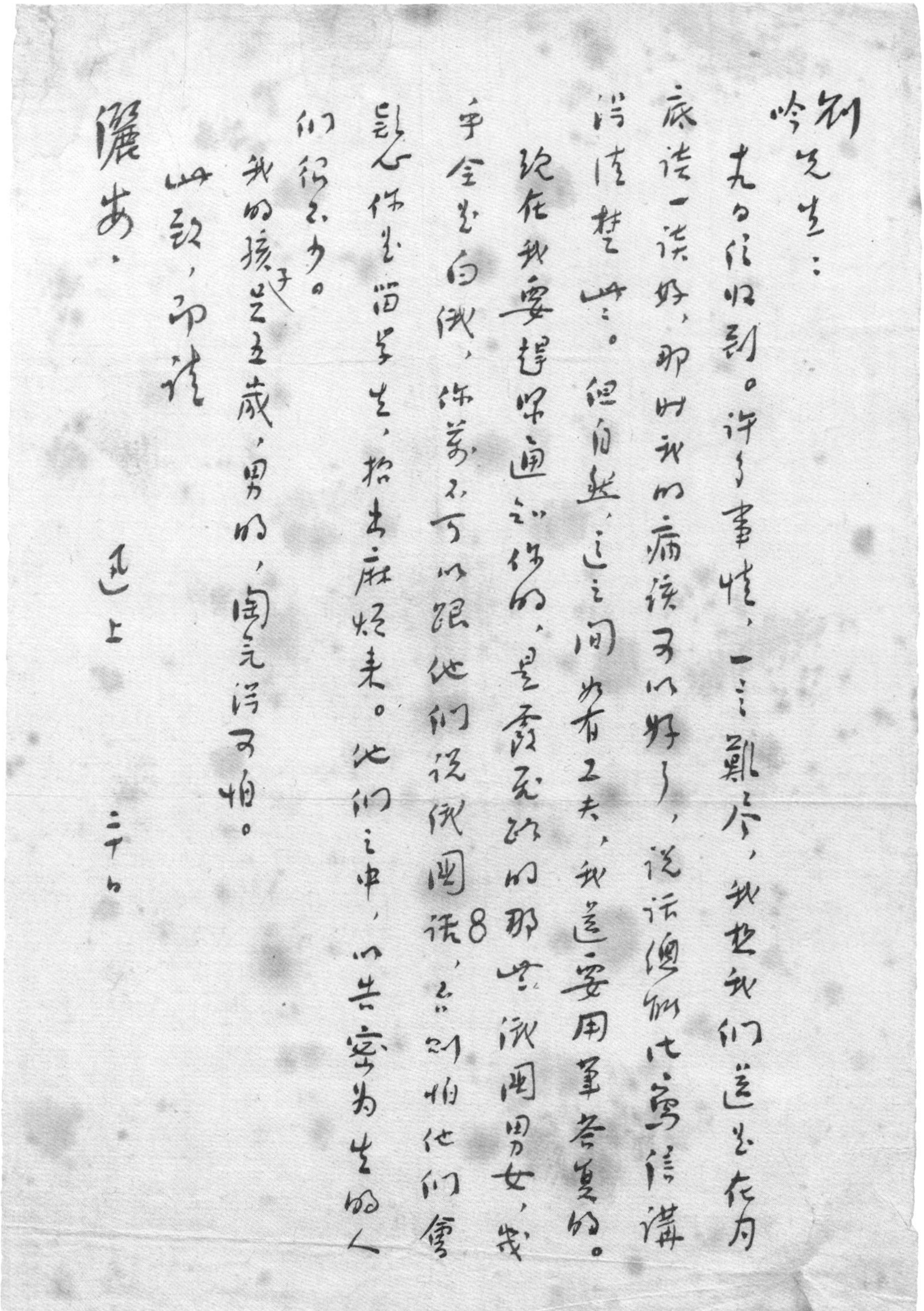

刘
吟先生：

十九日信收到。许多事情，一言难尽，我想我们还是在月底谈一谈好，那时我的病该可以好了，说话总能比写信讲得清楚些。但自然，这之间如有工夫，我还要用笔答复的。现在我要提出通知你的，是霁野的那些俄国男女，我看全是白俄，你万不可以跟他们说俄国话，否则怕他们会疑心你是留学生，招出麻烦来。他们之中，以告密为生的人们很不少。

我的孩子足五岁，男的，淘气得可怕。

此致，即请

俪安。

迅上 二十日

⊙许多事情，一言难尽，我想我们还是在月底谈一谈好，说话总能比写信讲得清楚些。这之间如有工夫，我还要用笔答复的。

十月二十七日

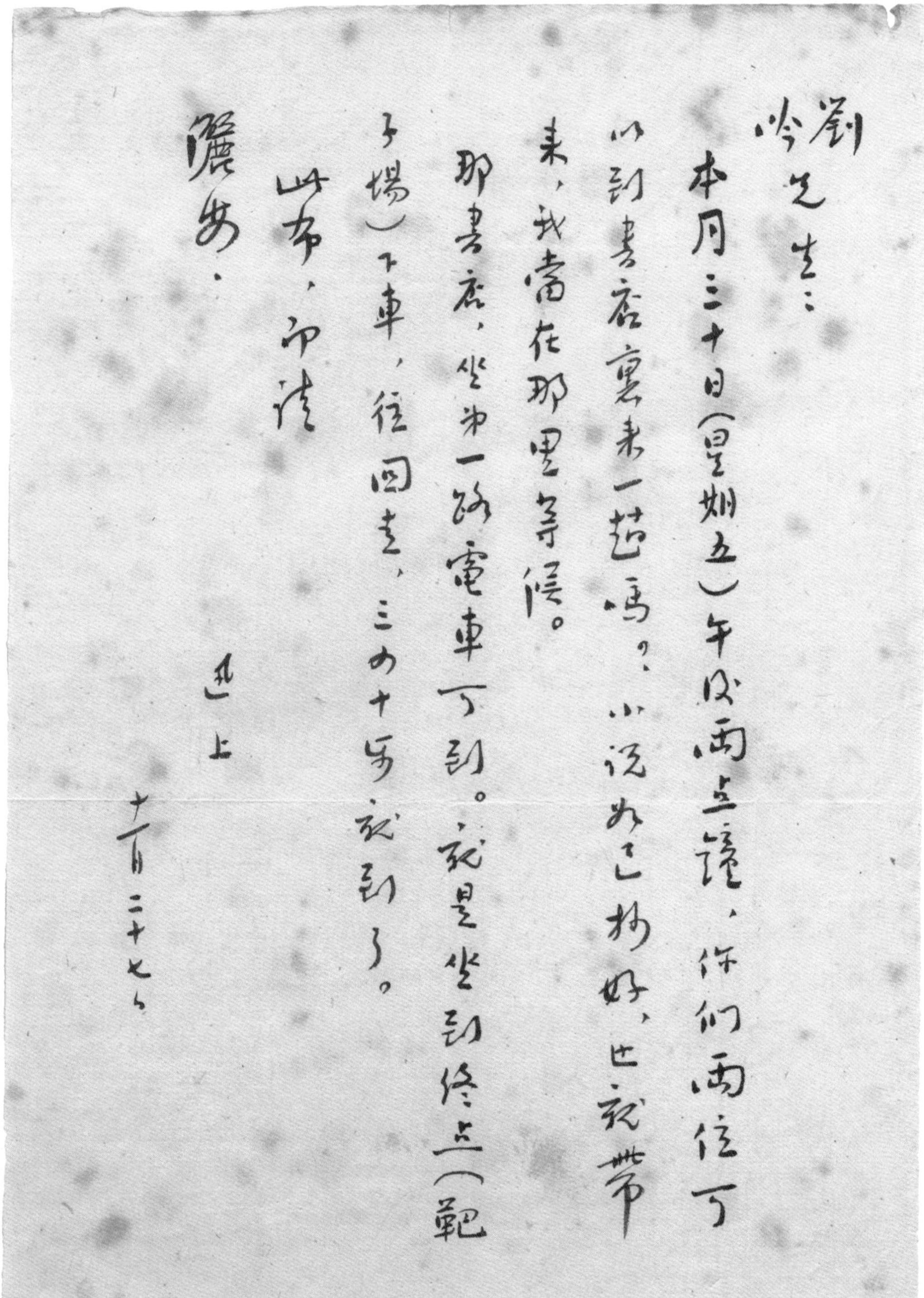

刘岘先生：

本月三十日（星期五）午后两点钟，你们两位可以到书店里来一趟吗？小说如已择好，也就带来，我当在那里等候。那书店，坐第一路电车可到。就是坐到终点（靶子场）下车，往回走，三四十步就到了。此布，即请

俪安。

迅 上

十月二十七日

⊙本月三十日（星期五）午后两点钟，你们两位可以到书店里来一趟吗？我当在那里等候。

十二月六日（二）

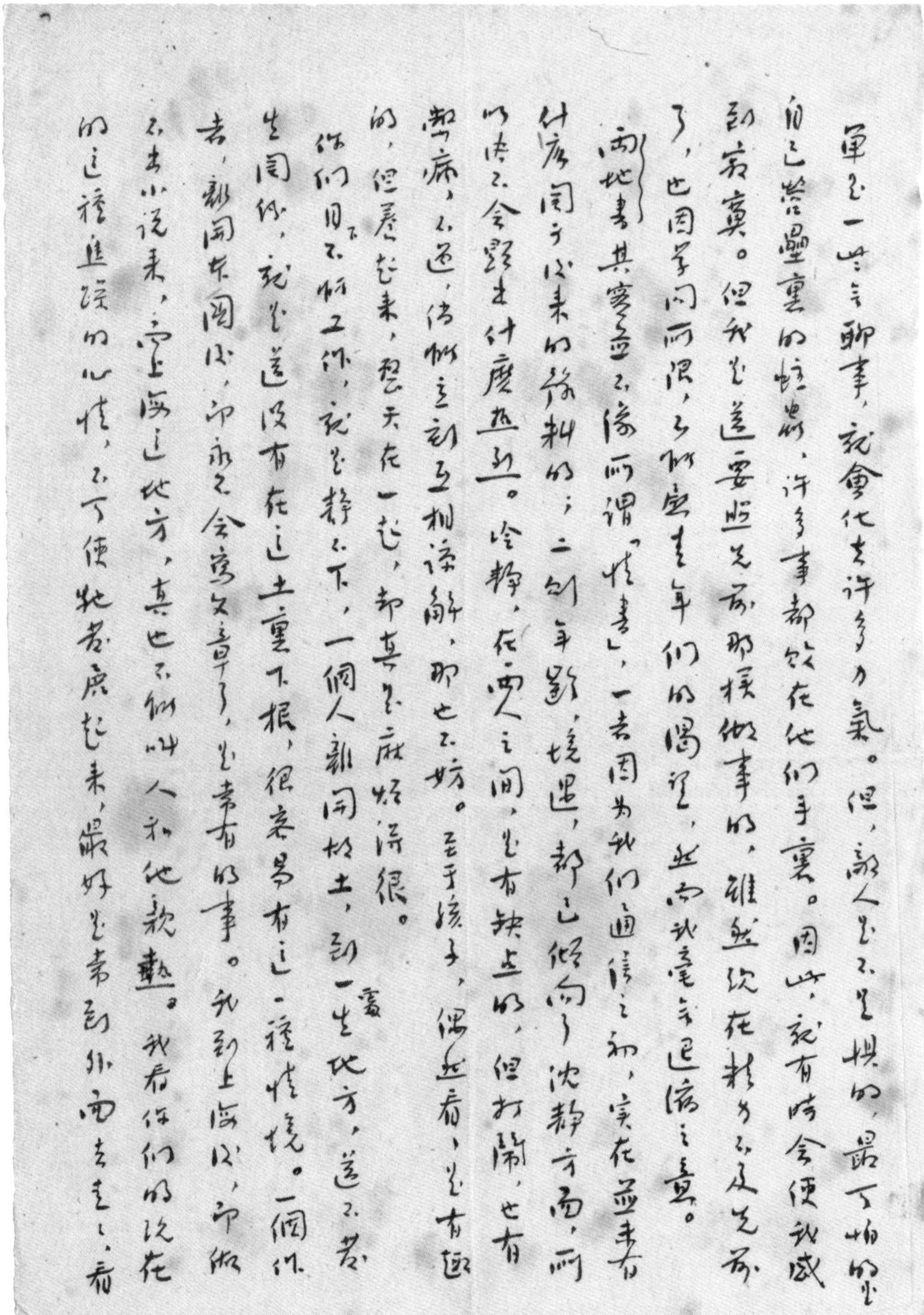

單是一些無聊事，就會化去許多力氣。但，敵人是不足懼的，最可怕的是自己營壘裏的蛀蟲，許多事都敗在他們手裏。因此，就有時會使我感到寂寞。但我是還要照先前那樣做事的，雖然現在精力不及先前了，也因學問所限，不能副青年們的渴望，然而我毫無退縮之意。

兩地書其實並不像所謂「情書」，一者因為我們通信之初，實在並未有什麼關于後來的預料的；二則年齡，境遇，都已傾向了沉靜方面，所以決不會顯出什麼熱烈。冷靜，在兩人之間，是有缺點的，但打鬧，也有弊病，不過，倘能彼此了解，那也不妨。至于孩子，偶然看看，是有趣的，但養起來，整天在一起，卻真是麻煩得很。

你們目下不能工作，就是靜不下，一個人離開故土，到一處生地方，還不免寂寞生閑氣，就是這沒有在這土裏下根，很容易有這一種情境。一個作者，離開故國後，即永不會寫文章了，是常有的事。我到上海後，即做不出小說來，而上海這地方，真也不能叫人和他親熱。我看你們的現在的這種焦躁的心情，不可使它發展起來，最好是常到外面去走走，看

⊙我知道我们见面之后，是会使你们悲哀的。

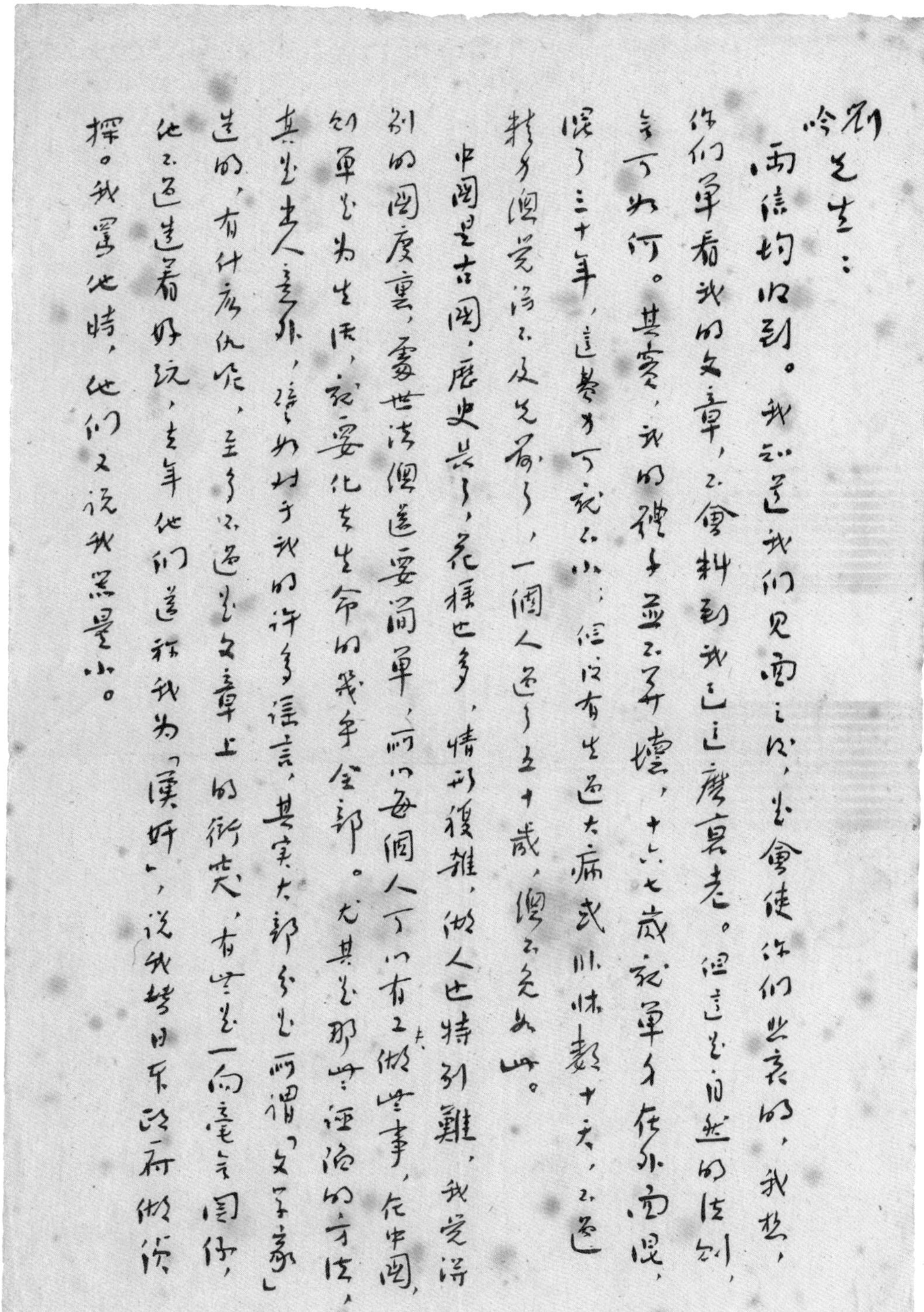

炜明先生：

两信均收到。我知道我们见面之后，是会使你们悲哀的，我想，你们单看我的文章，不会料到我已这么衰老。但这是自然的法则，无可如何。其实，我的体子并不算坏，十六七岁就单身在外面混，混了三十年，这其间也可说并不小；但没有生过大病或躺下几十天，不过精力总觉得不及先前了，一个人过了五十岁，总不免如此。

中国是古国，历史长了，花样也多，情形复杂，做人也特别难，我觉得别的国度里，处世法总还要简单，所以每个人可以有工夫做些事，在中国，则单是为生活，就要化去生命的几乎全部。尤其是那些阴险的方法，真是出人意外，譬如对于我的许多谣言，其实大部分是所谓「文学家」造的，有什么仇怨，至多不过是文章上的冲突，有些是一向毫无关系，他不过造着好玩，去年他们还称我为「汉奸」，说我替日本政府做侦探。我骂他时，他们又说我器量小。

⊙中国是古国，历史长了，花样也多，情形复杂，做人也特别难。

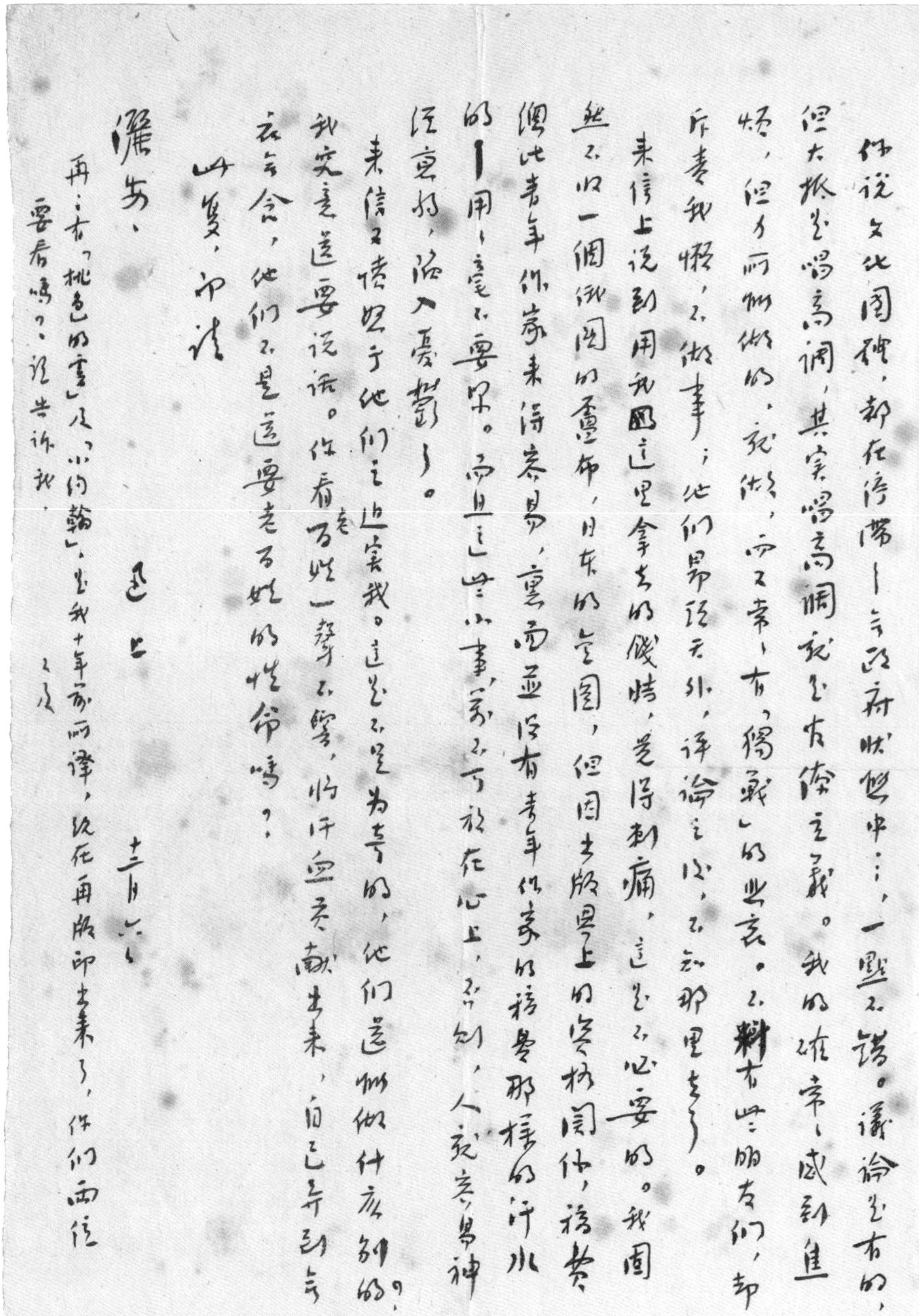

你说文化团体，都在停滞——无政府状态中，一点不错。议论是有的，但大抵是唱高调，其实唱高调就是官僚主义。我的确常常感到焦烦，但力所能做的，就做，而又常常有“独战”的悲哀。不料有些朋友们，却斥责我懒，不做事；他们昂头天外，评论之后，不知那里去了。

来信上说到用我这里拿去的钱时，觉得刺痛，这是不必要的。我固然不收一个俄国的卢布，日本的金圆，但因出版界上的资格关系，稿费总比青年作家来得容易，里面并没有青年作家的稿费那样的汗水的——用用毫不要紧。而且这些小事，万不可放在心上，否则，人就容易神经衰弱，陷入忧郁了。

来信又愤怒于他们之迫害我。这是不足为奇的，他们还能做什么别的？我究竟还要说话。你看老百姓一声不响，将汗血贡献出来，自己弄到无衣无食，他们不是还要老百姓的性命吗？

此复，即请

俪安。

豫 上

十二月六日

再：有《桃色的云》及《小约翰》，是我十年前所译，现在再版印出来了，你们两位要看吗？望告诉我。 又及

⊙其实唱高调就是官僚主义。

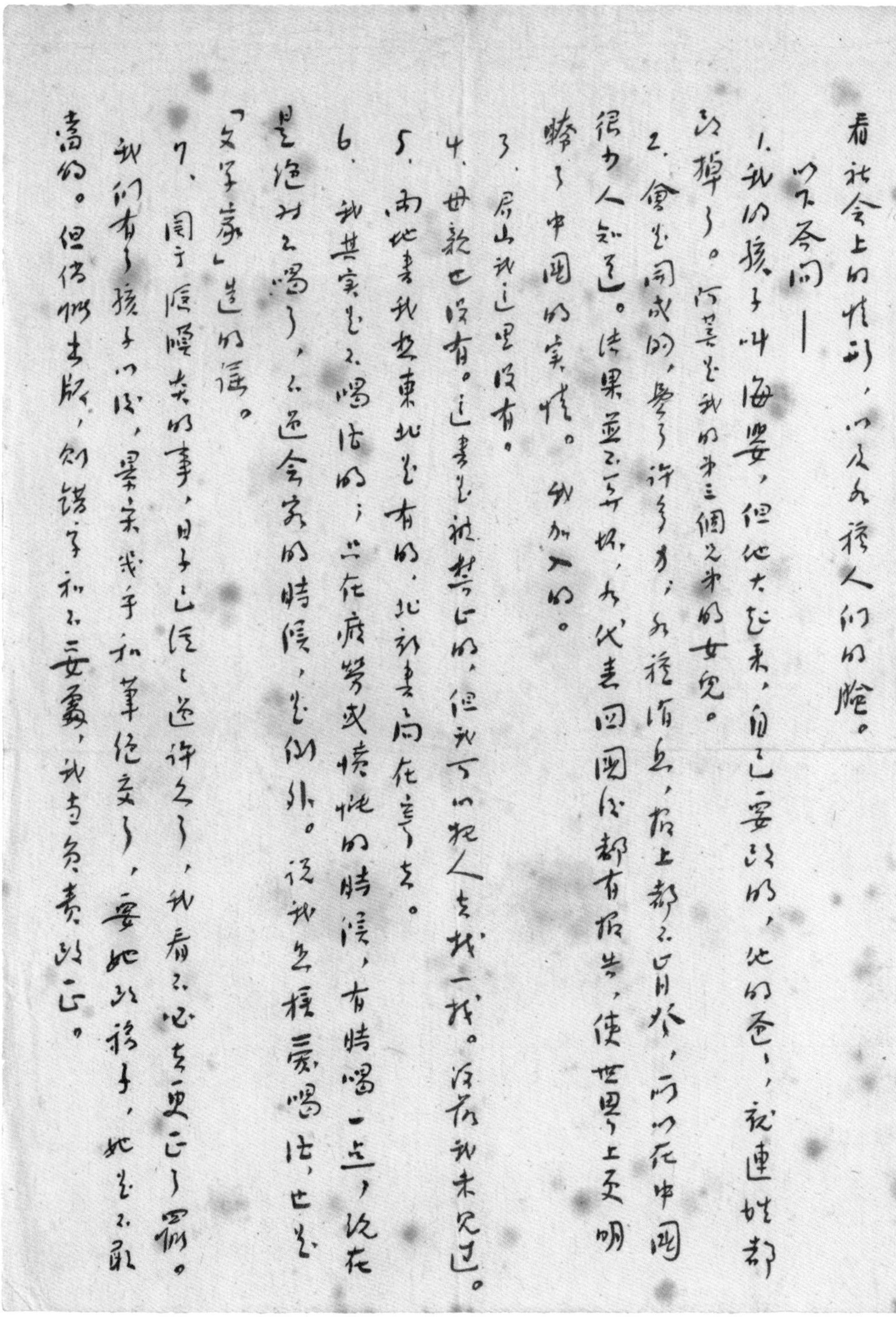

看社会上的情形，以及各种人们的脸。

以下答问——

1. 我的孩子叫海婴，但他大起来，自己要改的，他的爸爸，就连姓都改掉了。阿菩是我的第三个兄弟的女儿。

2. 会是开成的，费了许多力；各种消息，报上都不肯登，所以在中国很少人知道。结果并不算坏，各代表回国后都有报告，使世界上更明白了中国的实情。我加入的。

3. 君山我这里没有。

4. 母亲也没有。这书是被禁止的，但我可以托人去找一找。评论我未见过。

5. 两地书我想东北是有的，北新书局在寄去。

6. 我其实是不喝酒的；只在疲劳或愤慨的时候，有时喝一点，现在是绝对不喝了，不过会客的时候，是例外。说我怎样爱喝酒，也是「文学家」造的谣。

7. 关于脑膜炎的事，日子已经太久了，我看不必去更正了罢。我们有了孩子以后，景宋几乎和笔绝交了，要她改稿子，她是不肯的。但倘能出版，则错字和不妥处，我当负责改正。

⊙我其实是不喝酒的，只在疲劳或愤慨的时候，有时喝一点。

⊙一九三五年，初闯上海文坛的两萧。

两朋友

悄吟

金珠才十三歲，穿一雙水紅色的襪子，在院心和華子拍皮球。華子是個沒有親母親的孩子。

生疏的金珠被母親帶着來到華子家裏才是第二天：

「你念幾年書了？」

「四年，你呢？」

「我沒上過學——」金珠把皮球在地上丟了一下又抓住。

「你怎麼不念書呢？十三歲了，還不上學？我十歲就上學的……」

金珠說：「我不是沒有爹嗎！媽說等她積下錢讓我念書。」

於是又拍着皮球，金珠和華子差不多一般高，可是華子叫她金珠姐。

華子一放學回來，把書包丟在箱子上或是炕上，就跑出去和金珠姐拍皮球。夜裏就挨

⊙《两朋友》，悄吟，散文，初刊于一九三七年五月十日《新少年》第二卷第九期。

⊙一九三五年萧军从哈尔滨出来不久，在朋友的陪同下，去上海旧货摊花六元钱买了一件洋服，一位教俄文的朋友给绣了一条围巾，穿戴整齐地照了这张照片。

十二月十七日

吟副先生：

本月十九日（星期三）下午六時，我们请你们俩到果園豫菜館吃饭，另外还有几個朋友，都可以随便谈天的。果園地址，是廣西路三三二號。廣西路是二馬路与三馬路之间的一條横街，若從二馬路彎進去，比較的近。

此布，並請

儷安。

豫

康 同具

十二月十七日

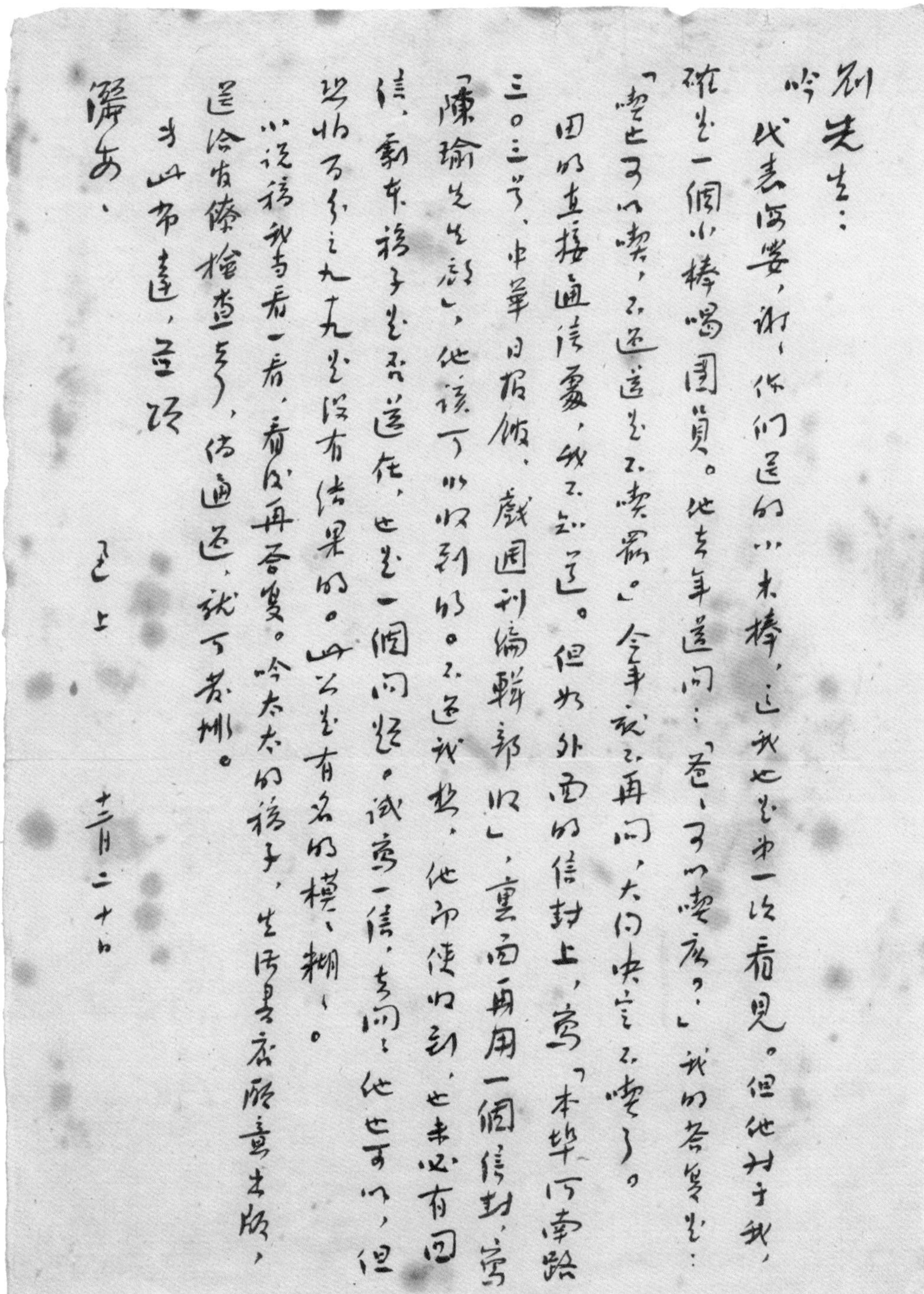
刘
吟先生：
代表海婴，谢谢你们送的小木棒，这我也是第一次看见。但他对于我，确是一个小棒喝团员。他去年还问：「爸爸可以吃么？」我的答复是：「吃也可以吃的，不过还是不吃罢。」今年就不再问，大约决定不吃了。
回的直接通信处，我不知道。但如外面的信封上，写「本埠河南路三〇三号，中华日报馆，戏周刊编辑部收」，里面再用一个信封，写「陈瑜先生启」，他该可以收到的。不过我想，他即使收到，也未必有回信，剩下稿子是否还在，也是一个问题。试写一信去问问他也可以，但恐怕十之九九是没有结果的。此公是有名的模模胡胡。
小说稿我当看一看，看后再答复。吟太太的稿子，生活书店愿意出版，送给官僚检查去了，倘通过，就可出版。
专此布达，并颂
俪安。
豫上
十二月二十日

⊙谢谢你们送的小木棒，这我也是第一次看见。

十二月二十六夜（二）

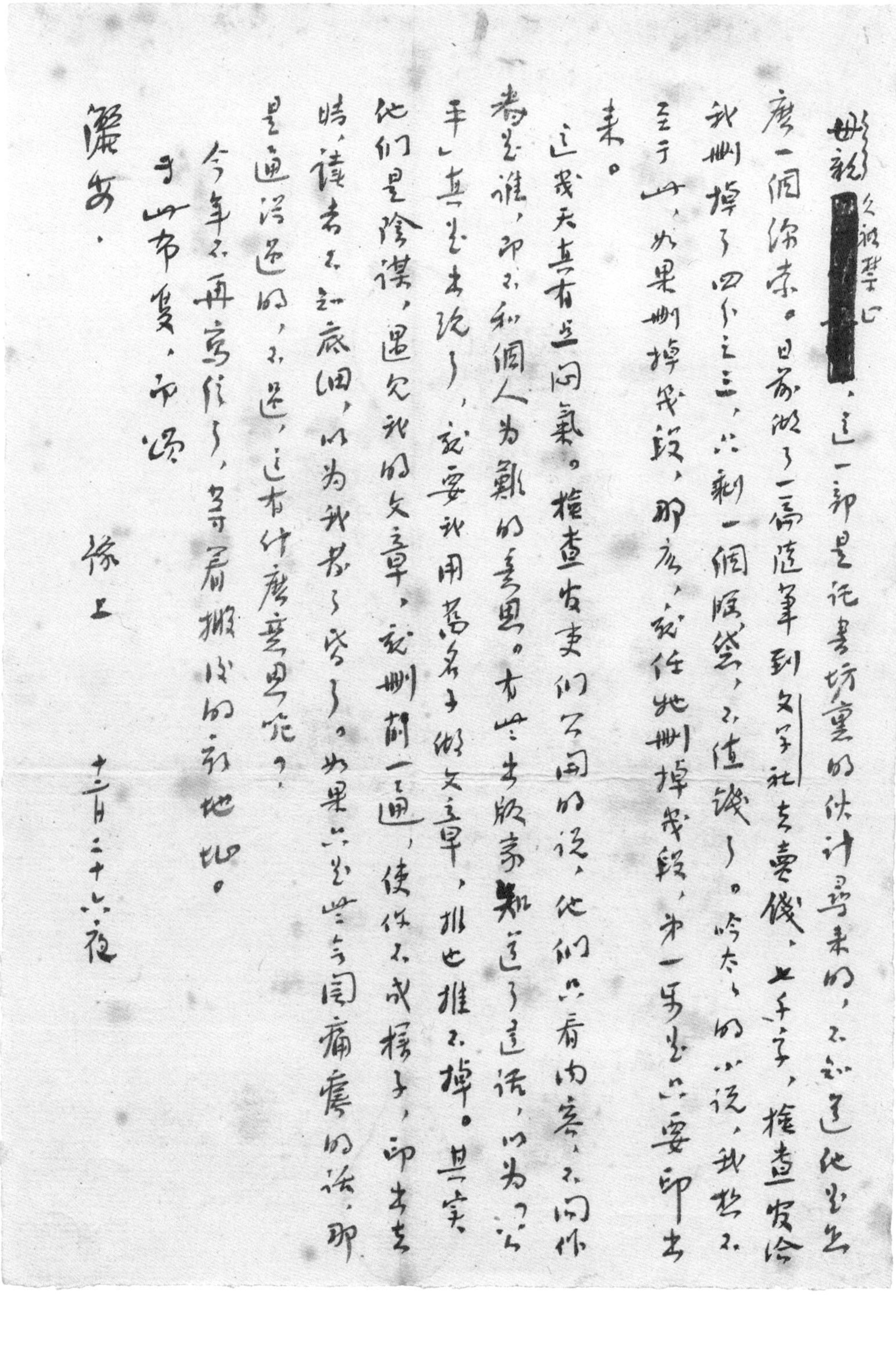

删说[illegible]久被禁止，这一部是托书坊里的伙计寄来的，不知道他是怎么一个线索。日前做了一篇随笔到文学社去卖钱，七千字，检查官给我删掉了四分之三，只剩一个脑袋，不值钱了。吟太太的小说，我想不至于此，如果删掉几段，那么，就任他删掉几段，第一要紧是只要印出来。

这几天真有些闷气。检查官们不用说的，他们只看内容，不问作者是谁，即不和个人为难的意思。有些出版家知道了这话，以为可以下手了，真是出来说了，就要我用笔名子做文章，推也推不掉。其实他们是阴谋，遇见我的文章，就删削一通，使你不成样子，印出去时，读者不知底细，以为我昏了。如果只是些无关痛痒的话，那是通得过的，不过，这有什么意思呢？

今年不再写信了，等看搬后的新地址。

专此布复，即颂

俪安。

豫 上

十二月二十六夜

⊙我没有生病，只因为这几天忙一点，所以没有就写回信。

十二月二十六夜（一）

刘
吟先生：

十九日信收到，二十日信也收到的。我没有生病，只因为这几天忙一点，所以没有就写回信。

周女士她们所弄的戏剧组，我并不知道底细，但我看是没什么的，不打紧。不过此后所遇的人们多起来，彼此都难以明白真相，说话不得不小心些，最好是多听人们说，自己少说话，要说，就多说些闲谈。《准风月谈》本来不关甚么，也不再不关，但他必要成为禁书。所谓上海的文学家们，也很有些可怕的，他们会因一点小利，要别人的性命。但自然是无聊的，并不可怕的居多，但却讨厌得很，恰如虱子跳蚤一样，常常会暗中咬你几口，虽然不是什么大事，你总得搔一下了。这种人物，还是不和他们认识好。我最讨厌江南才子，扭扭捏捏，没有人气，不像人样，现在虽然大抵改穿洋服了，内容也并不两样。其实上海本地人倒并不坏的，只是各处坏种，多跑到上海来作恶，所以上海便成为下流之地了。

日记篇

一九三五

拉都路福顯坊四一一内

四

拉都路 福顯坊四一一内

从南面窗口望出去，正前面和路两侧，全是一片广阔的菜地。虽然已是隆冬的古历十二月季节，但无论在楼房的墙根下和菜地上，全是一片绿油油、嫩青青的颜色，这竟使我这一个『东北佬』深深感到惊奇。因为在东北的家乡，一到这个季节，所望到的不是白茫茫，就是灰茫茫的一片……

——萧军

四

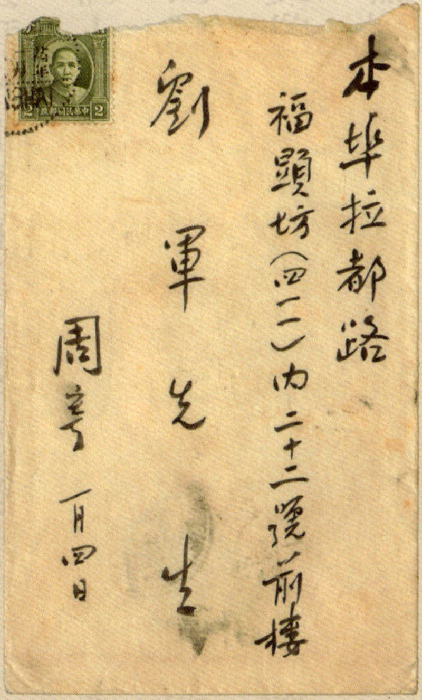

从拉都路北端的『元生秦』的亭子间里，我们搬到了接近这条路南端的一间二层的前楼住了，这就是福显坊的二十二号。这是一间有阳光的前楼，每月房价十一元。我给鲁迅先生写信，称为能看到菜地和青草的屋子，就是这一间了。

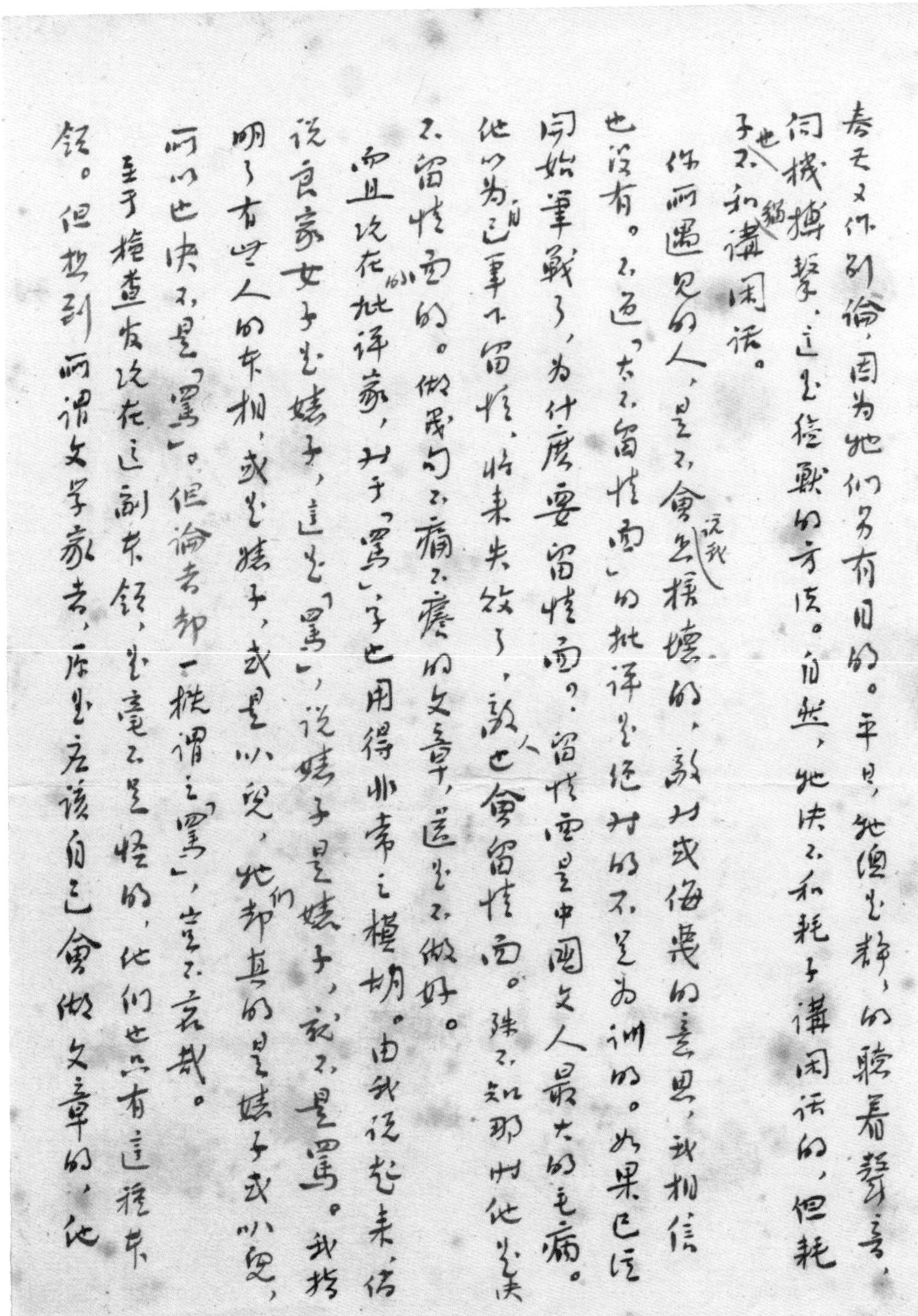
春天又作别论，因为他们另有目的。平日，他总是静，以听着声音，伺机搏击，这是很默的方法。自然，他决不和耗子讲闲话的，但耗子也不和猫讲闲话。

你所遇见的人，是不会说我损坏的，敌对或侮辱的意思，我相信也没有。不过「太不留情面」的批评是绝对的不足为训的。如果已经开始笔战了，为什么要留情面？留情面是中国文人最大的毛病。他以为自己事不留情，将来失败了，敌人也会留情面。殊不知那时他决不留情面的。做几句不痛不痒的文章，还是不做好。

而且现在的批评家，对于「骂」字也用得非常之模胡。由我说起来，倘说良家女子是婊子，这是「骂」，说婊子是婊子，就不是骂。我指明了有些人的本相，或是婊子，或是叭儿，他们却真的是婊子或叭儿，所以也决不是「骂」。但论者却一概谓之「骂」，岂不哀哉。

至于检查发现在这副本领，是毫不足怪的，他们也只有这种本领。但想到所谓文学家者，原是应该自己会做文章的，他

⊙如果已经开始笔战了，为什么要留情面？留情面是中国文人最大的毛病。

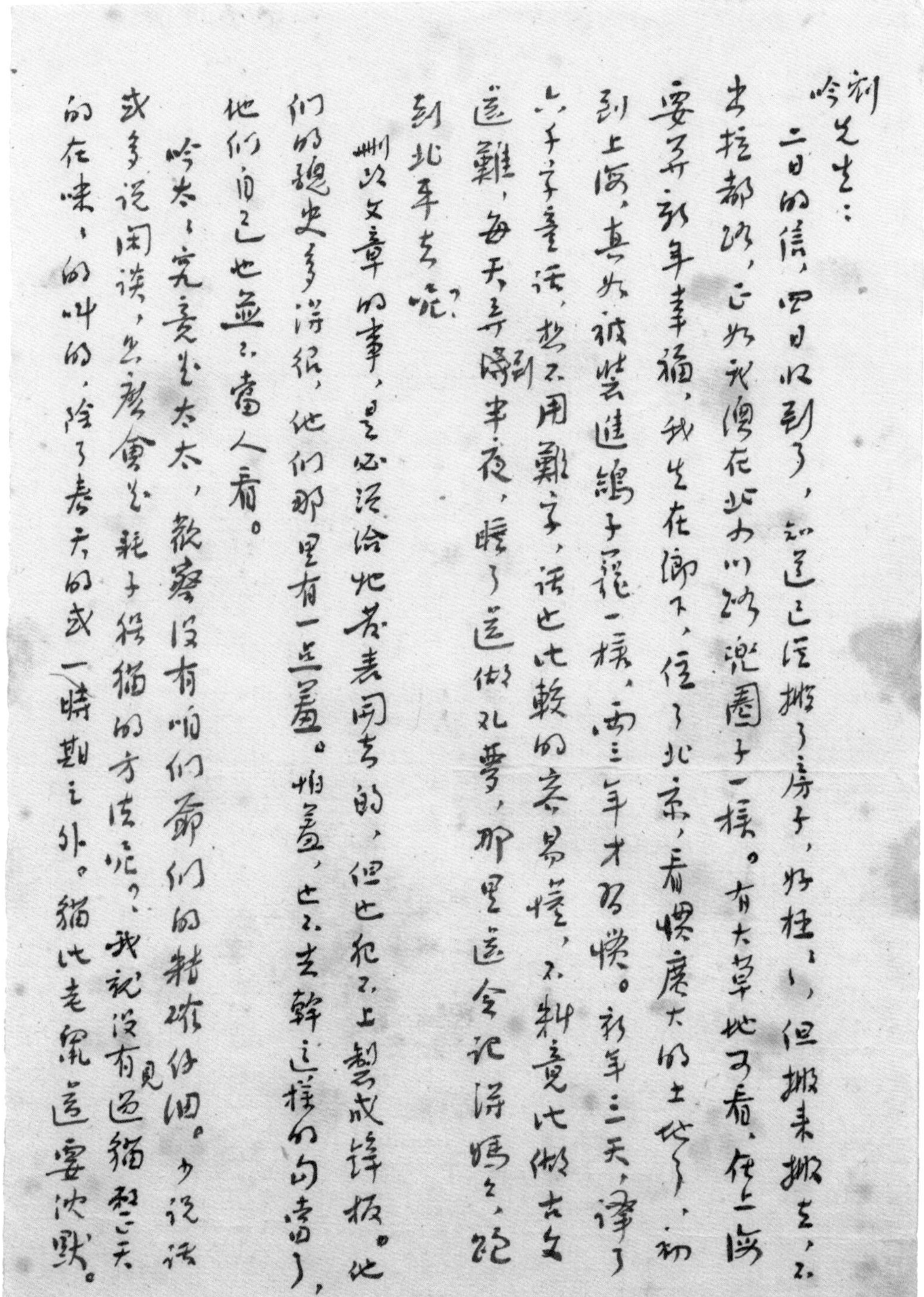

吟刘先生：

二日的信，四日收到了，知道已经搬了房子，好极好极，但搬来搬去，不出拉都路，正如我们在北四川路兜圈子一样。有大草地可看，在上海要算新年幸福，我生在乡下，住了北京，看惯广大的土地了，初到上海，真如被装进鸽子笼一样，两三年才习惯。新年三天，译了六千字童话，想不用难字，话也比较的容易懂，不料竟比做古文还难，每天弄到半夜，睡了还做乱梦，那里还会记得妈妈，跑到北平去呢？

删改文章的事，是必须给他发表开去的，但也犯不上制成铅板。他们的丑史多得很，他们那里有一点羞。怕羞，也不去干这样的勾当了，他们自己也并不当人看。

吟太太究竟是太太，观察没有咱们爷们的精确仔细。少说话或多说闲谈，也总会是耗子捉猫的方法呢？我就没有见过猫整天的在咪咪的叫的，除了春天的或一时期之外。猫比老鼠还要沉默。

⊙ 知道已经搬了房子，好极好极，有大草地可看，在上海要算新年幸福。

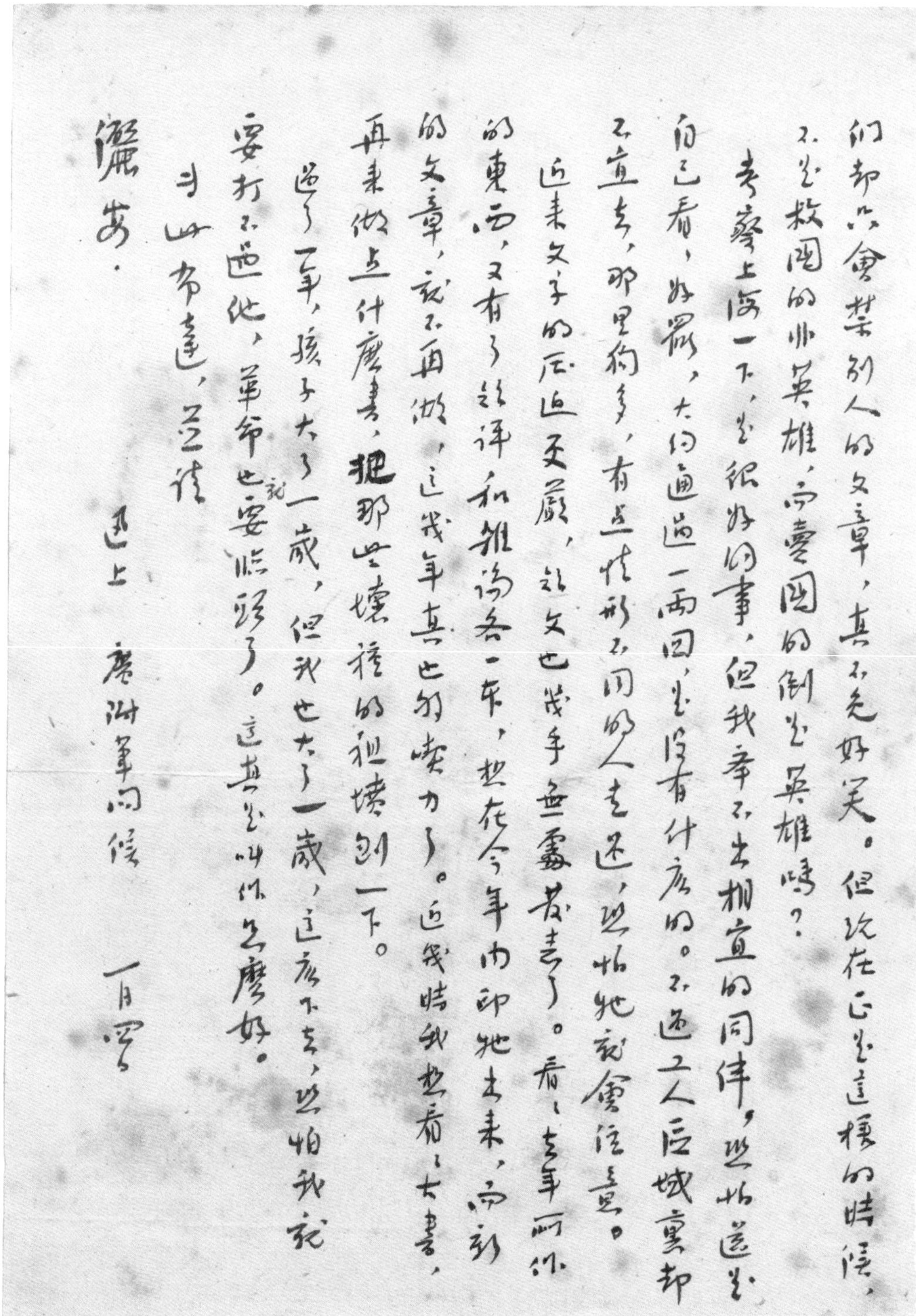

们却只会禁别人的文章，真不免好笑。但现在正是这样的时候，不是救国的非英雄，而卖国的倒是英雄吗？

来看上海一下，是很好的事，但我举不出相宜的同伴，恐怕这是自己看，好罢，大约逛逛一两回，是没有什么的。不过工人区域里却不宜去，那里狗多，有些情形不同的人走过，恐怕他就会注意。

近来文字的压迫更严，就文也几乎无处发表了。看看去年所作的东西，又有了短评和杂论各一本，想在今年内印他出来，而新的文章，就不再做，这几年真也够吃力了。近几时我想看看古书，再来做点什么书，把那些坏种的祖坟刨一下。

过了一年，孩子大了一岁，但我也大了一岁，这么下去，恐怕我就要打不过他，革命也就要临头了。这真是叫作怎么好。

专此布达，并请

俪安。

迅上　广平同候

一日

⊙做几句不痛不痒的文章，还是不做好。

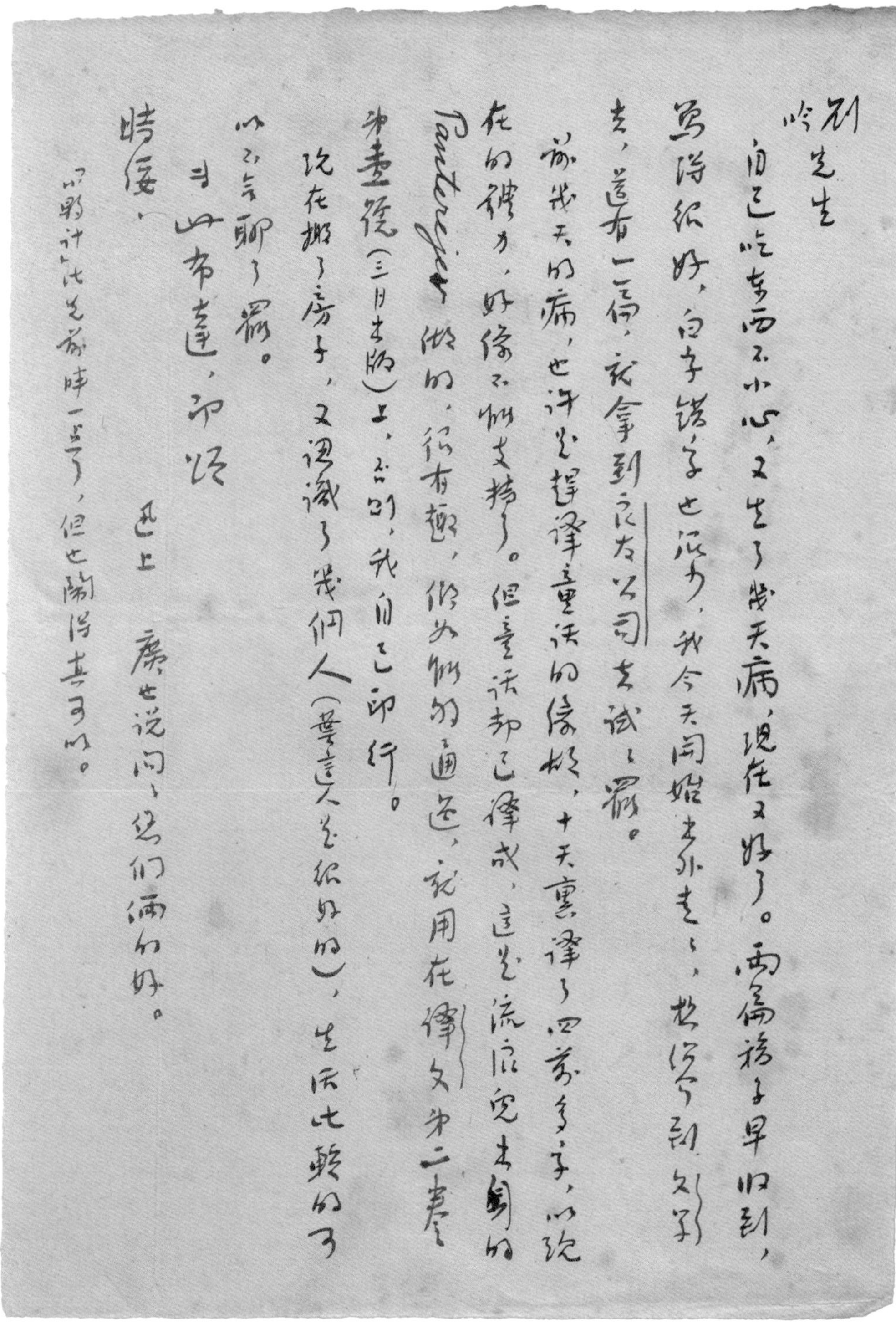
刘
吟 先生：

自己吃东西不小心，又生了几天病，现在又好了。两篇稿子早收到，写得很好，白字错字也很少，我今天同时寄出外去了，找得到刊物的去，还有一篇，我拿到良友公司去试试罢。

前几天的病，也许是翻译童话的缘故，十天里译了四万多字，以现在的体力，好像不胜支持了。但童话却已译成，这是流浪儿出身的Panteleyev做的，很有趣，倘如删削的通过，我用在译文第二卷第壹期（三月出版）上，否则，我自己印行。

现在搬了房子，又认识了几个人（叶是人是很好的），生活比较的可以不会无聊了罢。

此布达，即颂

时绥。

迅 上

广平说问你们俩好。

以前计比先前晦一点了，但也闹得真可以。

⊙现在搬了房子，又认识了几个人，生活比较的可以不无聊了罢。

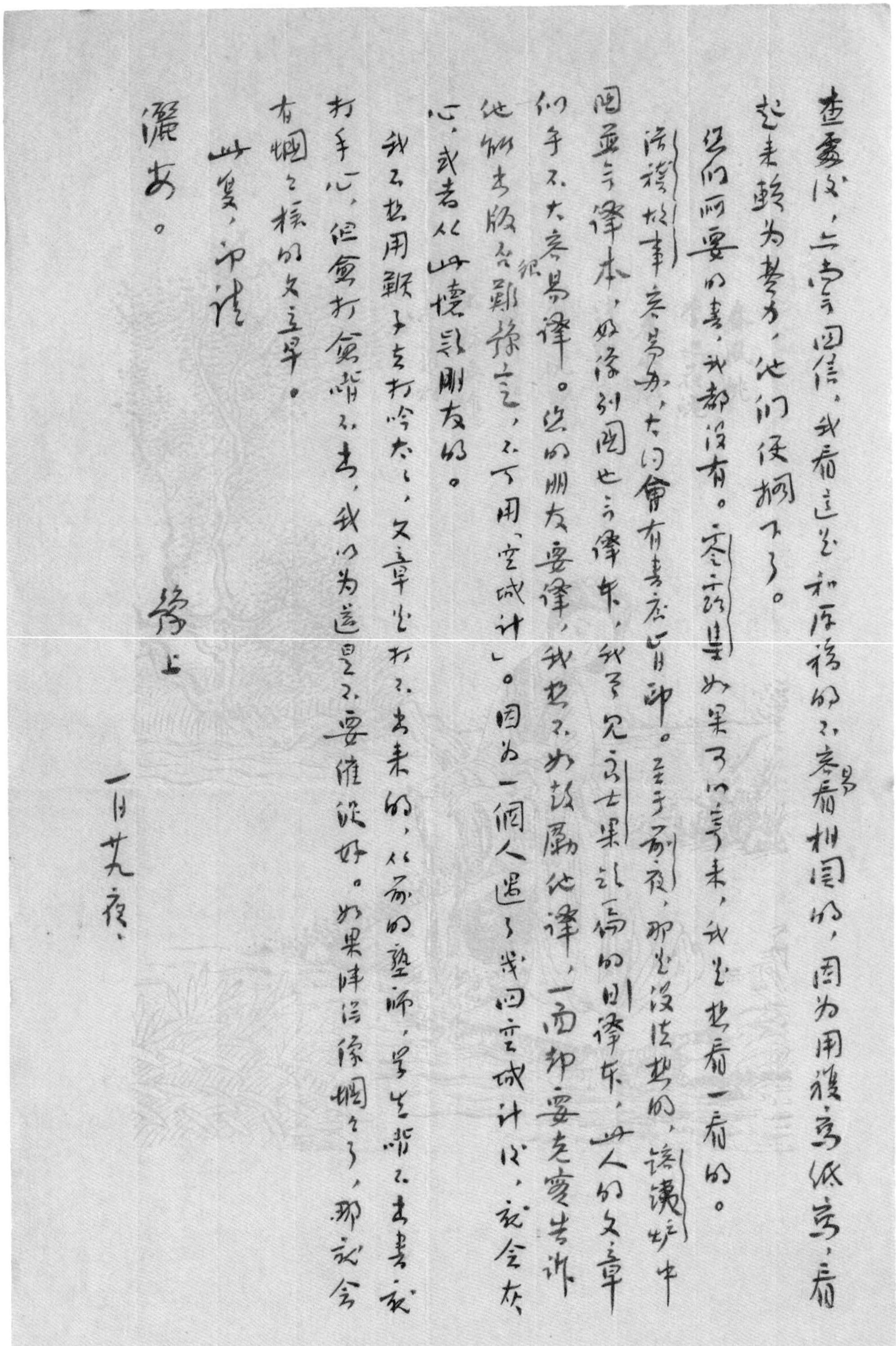
查处后，上海回信，我看这些和原稿的不容易相同的，因为用复写纸写，看起来较为费力，他们便搁下了。

你们所要的书，我都没有。《[illegible]》如果可以寄来，我是想看一看的。《[illegible]》于事容易办，大约会有书店肯印。至于《前夜》，那是没法想的，《[illegible]》中国并无译本，好像别国也无译本，我只见过日本的一个译本，此人的文章似乎不大容易译。你的朋友要译，我想不如鼓励他译，一面却要先妥当告诉他[illegible]出版[illegible]难[illegible]，不可用"空城计"。因为一个人遇了几回空城计，就会灰心，或者从此怀疑朋友的。

我不想用鞭子去打吟太太，文章是打不出来的，从前的塾师，学生背不出书就打手心，但愈打愈背不出，我以为还是不要催促好。如果胖得像蝈蝈了，那就会有蝈蝈样的文章的。

此复，即请

俪安。

豫上

一月廿九夜。

⊙运动原是很好的，但这是我在少年时候的事，现在怕难了。我不想用鞭子去打吟太太，文章是打不出来的。

蕭、吟兩兄：

二十及二十四日信都收到了。運動原是很好的，但這是我在少年時候的事，現在怕難了。我是南邊人，但我不會弄船，卻能騎馬，先前是每天總要跑一兩點鐘的。然而自從到了「先生」以來，就再沒有工夫幹這些事，二十年前曾經試了一試，不過幾回，不至於掉下去，或拔住馬鬃而已。現在如果試起來，大約會跌死也難說了。

自從弄筆以來，有一種壞脾氣，就是一件事情開手，不做完就不舒服，也不肯同時做兩件事，所以每作一文，不寫完就不放手，倘若一天寫不完，則必須做到沒有力氣了，才可以放下，但睡着也還要想到。生活就因此沒有規則，而一有規則，即于譯作有害，這是很難兩全的。還有二層，一是瑣事太多，忽而有家務，忽而陪同鄉，忽而印書，忽而討版稅；二是著作太雜，忽而做序文，忽而作評論，忽而譯外國文。腦子就永是七七八八，我恐怕不執筆，就會為了救。

所謂「還有一篇」，是指蕭兄的一篇，但後來方法變換了，先都交給文學，看他們要那一篇，然後再將退回的向別處設法。但至今尚無回信。吟太太的小說送檢

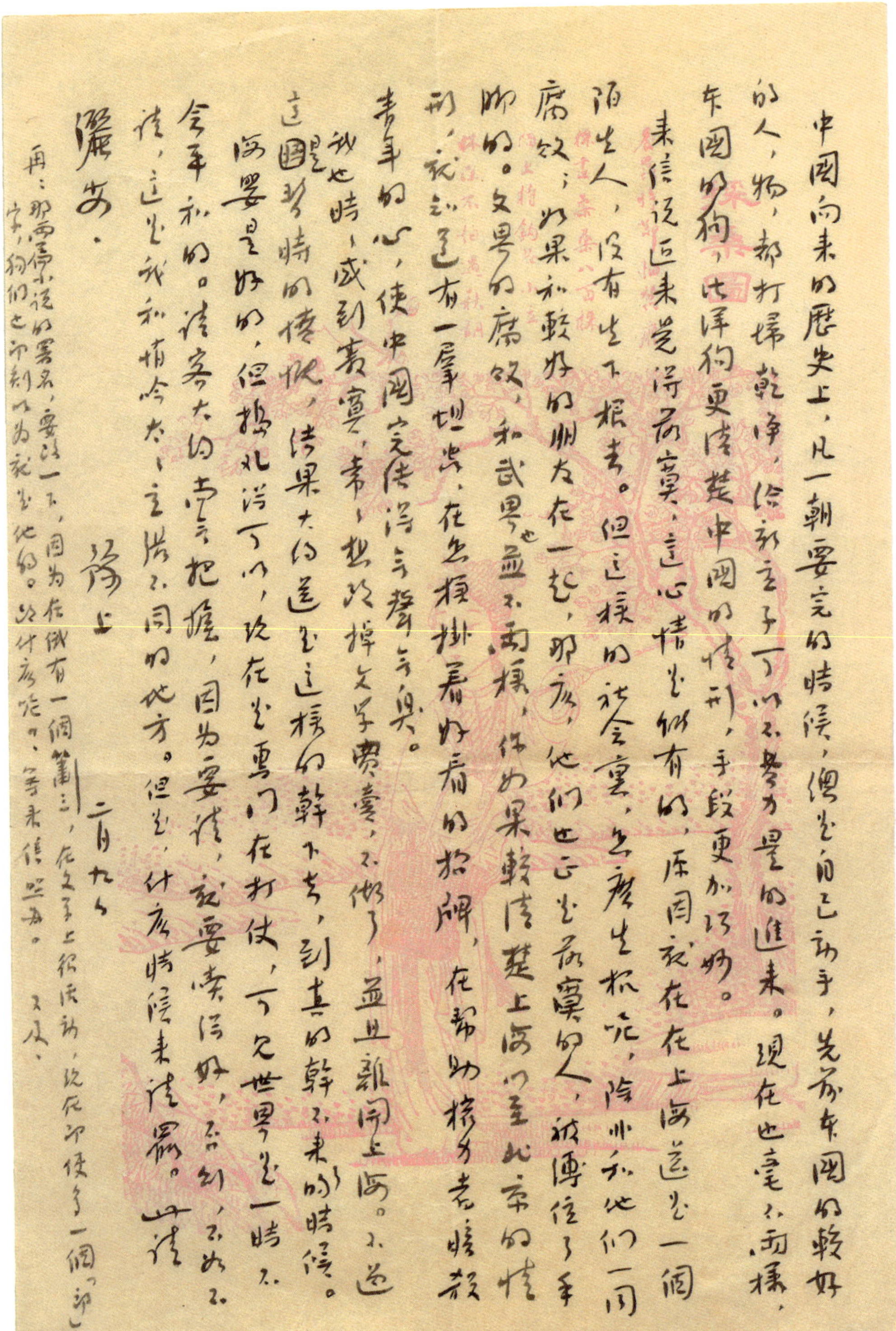

中国向来的历史上，凡一朝要完的时候，总是自己动手，先前本国的较好的人，物，都打扫干净，给新主子可以不费力量的进来。现在也毫不两样，本国的狗，比洋狗更清楚中国的情形，手段更加巧妙。

来信说近来觉得寂寞，这心情是能有的，原因就在在上海还是一个陌生人，没有生下根来。但这样的社会里，怎么生根呢，除非和他们一同腐败；如果和较好的朋友在一起，那么，他们也正是寂寞的人，被缚住了手脚的。文界的腐败，和武界也并不两样，你如果较清楚上海以至北京的情形，就知道有一群坦克，在怎样挂着好看的招牌，在帮助权力者杀青年的心，使中国完结得无声无息。

我也时时感到寂寞，常常想改掉文字买卖，不做了，并且离开上海。不过这是暂时的愤慨，结果大约还是这样的干下去，到真的干不来了的时候。

海婴是好的，但捣乱得可以，现在是专门在打仗，可是世界是一时不会和平的。请客大约未必把握，因为要请，就要吃得好，否则，不如不请，这是我和悄吟太太主张不同的地方。但是，什么时候来请罢。此请

俪安。

豫上 二月九日

再：那两篇小说的署名，要改一下，因为在俄有一个"萧三"，在文字上很有名，现在即使了一个"萧"字，狗们也即刻以为就是他的。他什么也不告诉，等来信罢。又及。

⊙但这样的社会里，怎么生根呢，除非和他们一同腐败。

刘军
悄吟 先生：

来信早收到；小说稿已看过了，都做得好的——不是客气话——充满着热情，和只玩些技巧的所谓「作家」的作品大两样。今天已将悄吟太太的那一篇寄给《太白》。余两篇让我想一想，择一个相宜的地方，《文学》社我不能寄了，因为先前的两篇，我记得寄给他们的，现在还没有回信。

至于你要给《火炬》的那篇，我看不必寄去，一定登不出来的，不如暂留在我处，看有什么机会发表；不过即使发表，我想恐怕中国人也很难看见的。虽经过一道关，但情形也未必会两样。前几天大家过年，报纸停刊，从袁世凯那时起，卖国就在这时候，这方法留传至今，我看是国内也在爆竹声中卖完了。你记得去年各报上登过一篇「敌乎，友乎？」的文章吗？做的是徐树铮的儿子，现代闻人的代言人，他竟连日本是友是敌都怀疑起来了，怀疑的结果，才决定是「友」。将来恐怕还会有一篇「友乎，主乎？」要登出来。今年就要将「一二八」「九一八」的纪念取消，报上登载的减少学校假期，就是这件事，不过他们说话改头换面，使大家不觉得。「友」之敌，就是自己之敌，要代「友」讨伐的，所以我看此后的中国报，将不准对日本说一句什么话。

刘先生：

十，十一两信俱收到。印书的事，我现在不能答复，因为还没有探听，计画过。地图在内山书店没有寄卖，因为这里海关禁止入口，一看见就没收的。

此复，即颂

时绥。

迅 上

二，十二日

三十一

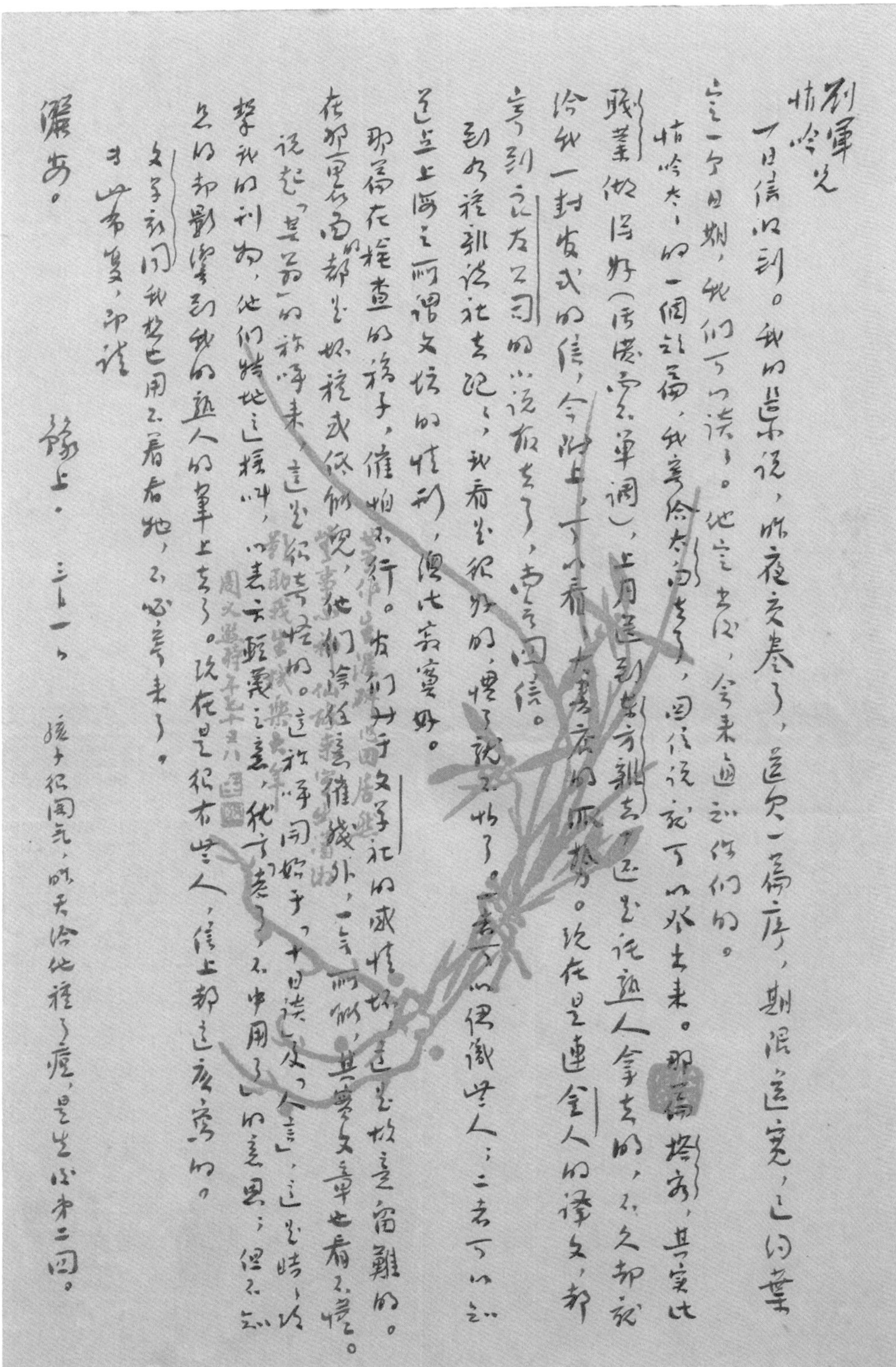
刘军兄
悄吟太太：

十一日信收到。我的意见，昨夜交卷了，这只一篇序，期限还宽，已同叶紫定一个日期，我们可以谈了。他已去过，会来通知你们的。

悄吟太太的一个短篇，我寄给太白去了，回信说就可以登出来。那篇搭客，其实比萧军做得好（虽然也不平凡），上月送到东方杂志去，是托熟人拿去的，不久却就给我一封发出的信，今附上，可以看看大书店的架势。现在是连全人的译文，都寄到良友公司的小说稿去了，也无回信。

到文艺新潮社去记记，我看是很好的，惯了就不怕了。一来可以借识世人；二来可以知道上海之所谓文坛的情形，总比寂寞好。

那篇在检查的稿子，恐怕不行。他们对于文学社的感情坏，这是故意留难的。在那里面做事的都是坏种或低能儿，他们除拿钱外，一无所能，其实文章也看不懂。

说起「是翁」的称呼来，这是社会新闻，「网子」，「十日谈」，「人言」，这些时候攻击我的刊物，他们特地这样叫，以表示轻蔑之意，就是「老了，不中用了」的意思；但不知怎的却影响到我的熟人的笔上去了。现在是很有些人，信上都这么写的。

文学社问我恐也用不着看她，不必寄来了。

专此布复，即请
俪安。

豫上。 三月十七

孩子很闹气，昨天给他种了痘，是生后第二回。

⊙悄吟太太的一个短篇，我寄给《太白》去了，回信说就可以登出来。

三月十三夜（二）

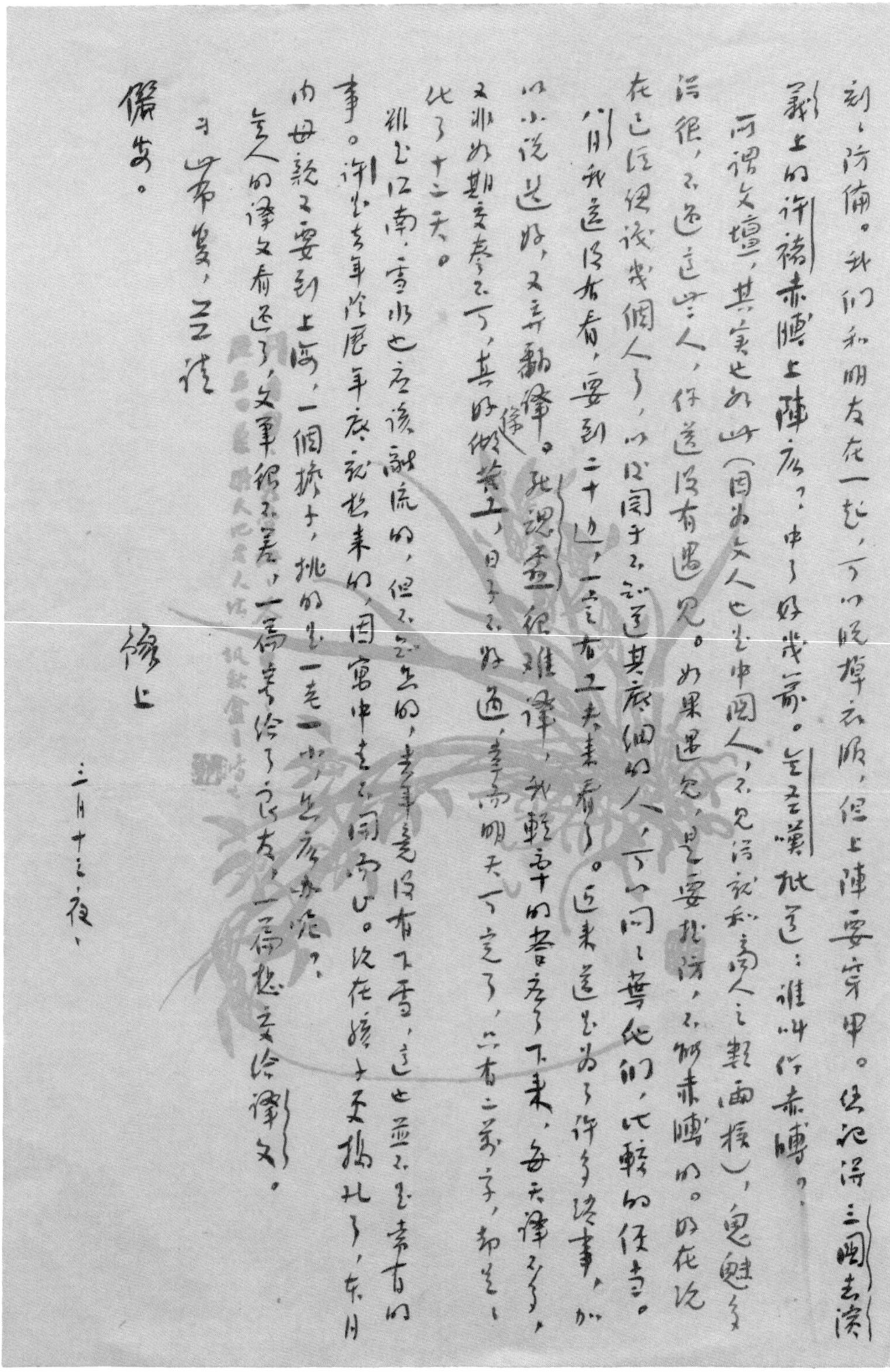

刻刻防備。我们和朋友在一起，可以脱掉衣服，但上陣要穿甲。你記得《三國志演義》上的許褚赤膊上陣麼？中了好几箭。金圣嘆批道：誰叫你赤膊？
所謂文壇，其實也如此（因為文人也是中國人，不見得就和商人之類兩樣），鬼魅多得很，不過這些人，你總沒有遇見。如果遇見，是要提防，不能赤膊的。所在說在已經很說我個人了，以後同于不知道其底細的人，可以同之無倫的，比較的佳吉。
八月我這將看看，要到二十邊，一定有工夫来看了。近来這里為了許多瑣事，加以小說選好，又再翻譯。我認為盡很難譯，我輕率的答應了下来，每天譯不了，又非如期交卷不可，真好做苦工，日子不好過，幸而明天可完了，只有二萬字，却差不化了十二天。
北京江南，雪水也應該融化的，但不知怎的，去年竟沒有下雪，這也並不是壽者的事。許先去年除夕年底就起来的，因為宮中去不同而已。[illegible]
内母親又要到上海，一個孩子，挑的是一老一少，怎麼辦呢？
生人的譯文有送了，文筆很不差，一篇寄給了朋友，一篇想交給衛文。
子帶夏，並請
儷安。
儀上
三月十三夜

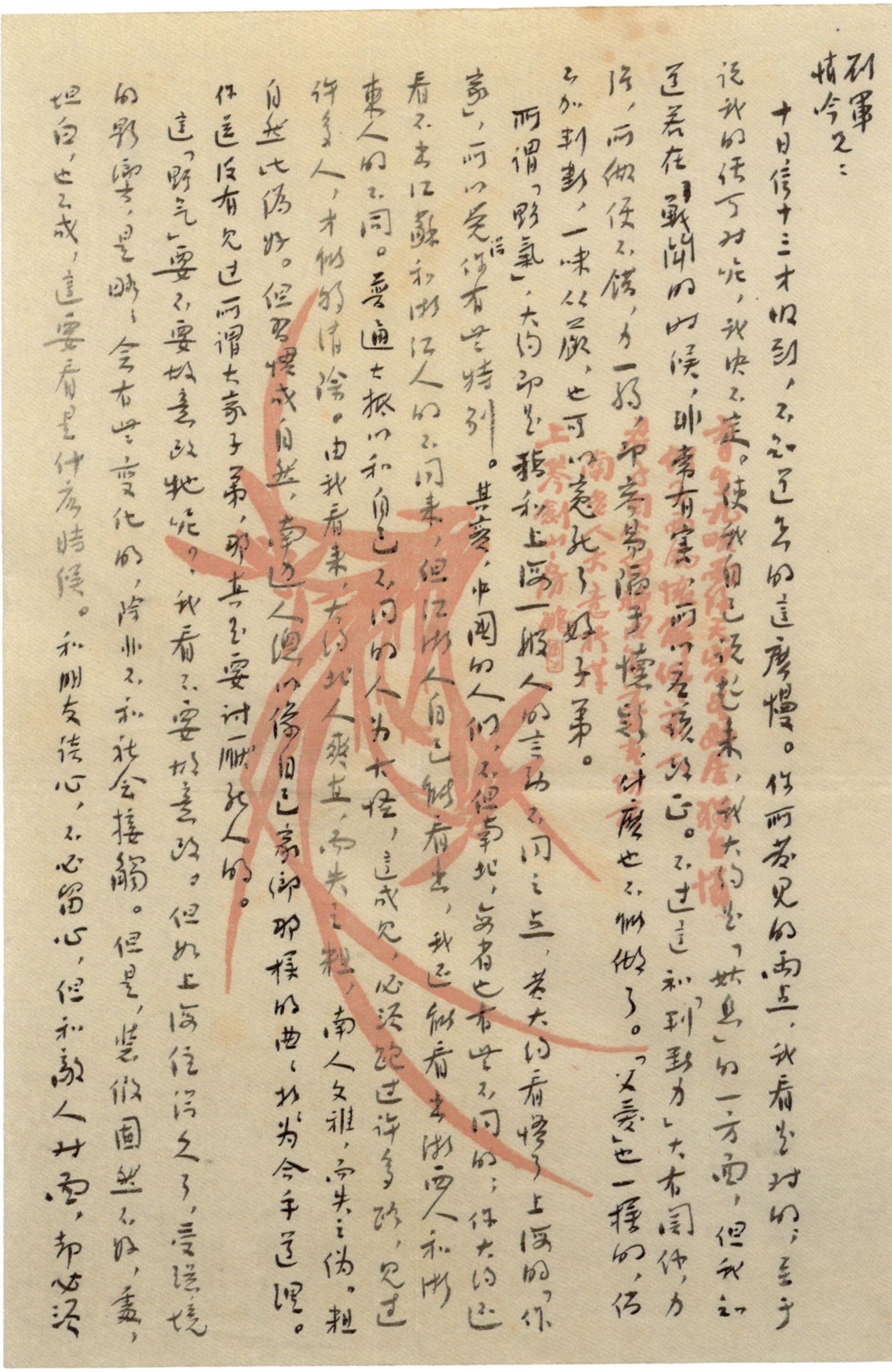

刘軍
悄吟兄：

十日信十三才收到，不知道為的這麽慢。你所舉出的兩点，我看是對的；至于說我的信可以治病，我決不確。使我自己說起來，我大約是「奸臣」的一方面，但我知道若在戰鬥的時候，非常有害，所以總該改正。不過這和「判斷力」大有關係，力強，所做便不錯，力一弱，即容易陷于懷疑，什麽也不能做了。「又是」也一樣的，你不能判斷，一味從嚴，也可以冤死了好子弟。

所謂「野氣」，大約即是指和上海一般人的言動不同之点，我看慣了上海的「作家」，所以覺你們有些特別——。其實，中國的人們，不但南北，每省也有些不同的；你大約還看不出江蘇和浙江人的不同來，但江浙人自己能看出，我還能看出浙西人和浙東人的不同。普通大抵以和自己不同的人為古怪，這成見，必須跑過許多路，見過許多人，才能打消。由我看來，大約北人爽直，而失之粗，南人文雅，而失之偽。粗自然比偽好。但習慣成自然，南邊人總以像自己家鄉那樣的曲曲折折為合乎道理。你還沒有見過所謂大家子弟，那真是要討厭死人的。

這「野氣」要不要故意改它呢？我看不要故意改。但如上海住得久了，受了環境的影響，是略略會有些變化的，除非不和社會接觸。但是，裝假固然不好，處處坦白，也不成，這要看是什麽時候。和朋友談心，不必留心，但和敵人對面，却必須

⊙力强，所做便不错，力一弱，即容易陷于怀疑，什么也不能做了。

附：东方杂志社退稿信　一页

三郎先生大鑒蒙
惠大作業已拜讀殊深感佩惟敝社積稿甚多
尊著恐一時不克刊登用特奉還即請
查收並希
鑒諒爲荷專此布達順請
著安

東方雜誌社謹啓　二月十八日

三月十七

晴岭太太：

来信并稿两篇，已收到。

前天，孩子的脚给沸水烫伤，因为那有人，要去照顾他。伤了半只脚，看来要有半个月才会好。等他能走路，我们再来看你们。

如此布复，并请

雙安。

緣上

三月十七

三月十九夜（二）

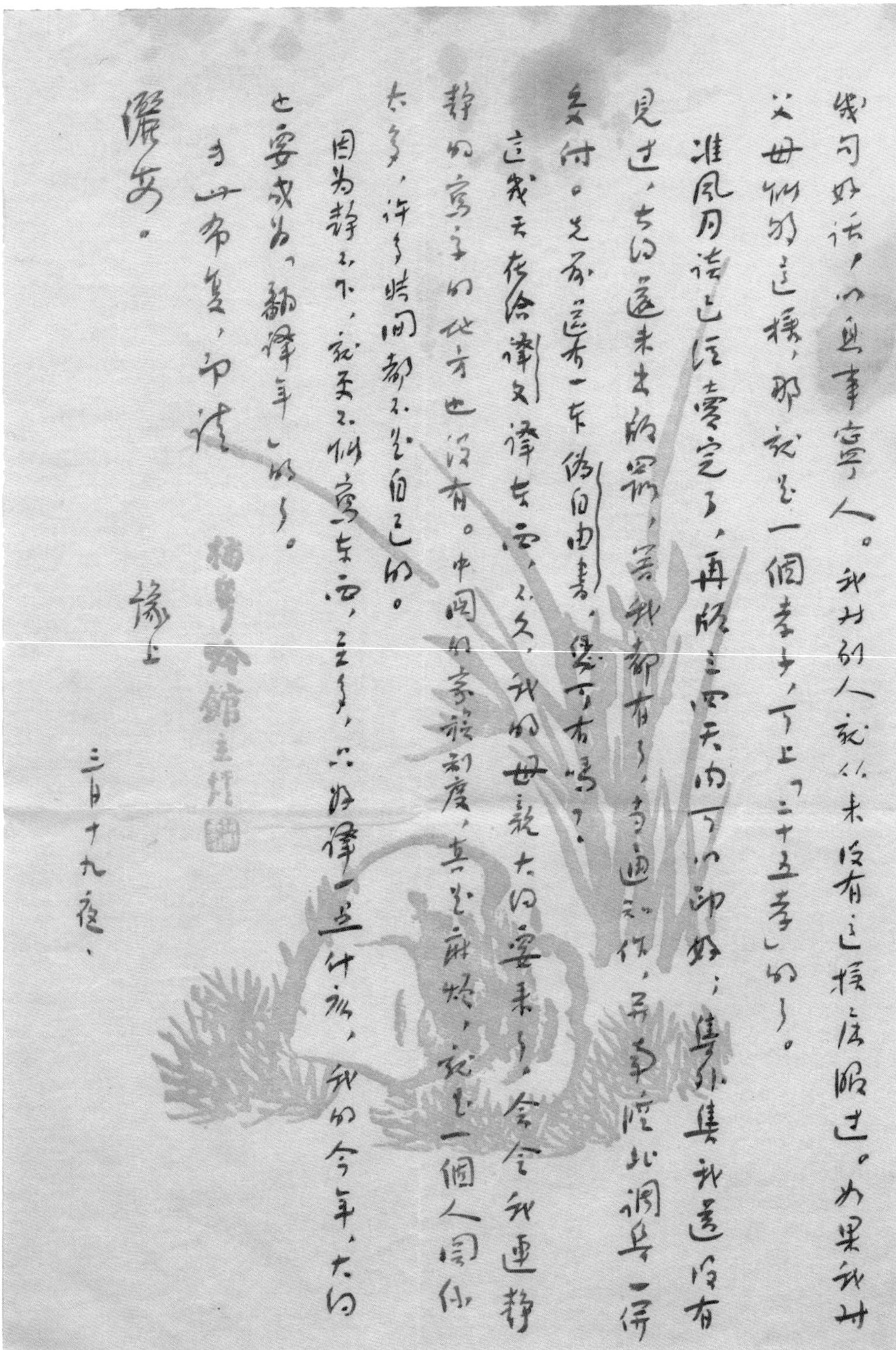

几句好话，以息事宁人。我对别人就从来没有这样应服过。如果我对父母做到这样，那就是一个孝子，可上「二十五孝」的了。准风月谈已经写完了，再过三四天内可以印好；集外集我还没有见过，大约还未出版罢，等我都有了，当通知你，[illegible]一併交付。至于还有一本《伪自由书》，是否有了。这几天在给《译文》译东西，不久，我的母亲大约要来了，会令我连静静的写字的地方也没有。中国的家族制度，真是麻烦，就是一个人关系太多，许多时间都不是自己的。因为静不下，就更不能写东西，至多，只好译一点什么，我的今年，大约也要成为「翻译年」的了。

专此布复，即请

俪安。

迅上

三月十九夜。

⊙一个人关系太多，许多时间都不是自己的。

蕭軍兄：

十八日信收到。那一篇律詩，是很流暢的，不過這故事先就不流暢的故事，不及上一回的那篇沉悶。那一篇我已經交給譯文了。

這回孩子給佛也還債，其實倒是太闊氣了的緣故，並非沒有人管，是有人寄居他。寓裏原有一個看護他的老媽子，她這幾天因為要去求神拜佛，請友探親，便找了一個替工。那天是她們倆都在的，不過她以為有替工在，替工以為有她在，就兩個都不管，任憑孩子奔進一個房去搗亂，弄傷了脚。孩子也太闊氣，一不留意，他就亂鑽，跑得很快，人家有時也實在追不上。痛一下子也好，我實在看得麻煩極了。痛的經驗是應該有一點的，但我立刻給敷了藥，然而也不怎樣痛，現在腫已退，再有十天總可以走路的，只要好，沒有危險，我的責任算是盡了。

這孩子也不受委屈，雖然還沒有發明「夜間溜冰法」（上海也有冰了嗎），但不肯實領教的消極抵抗法，卻已經有了的。這時我也往往只好由他從

五

拉都路三五一號

就在居住这幢楼时，鲁迅先生、许广平先生和海婴曾来过一次。当天的午饭是鲁迅和许广平先生请我们在法租界一家西餐馆里吃的。这期间给他去信时，萧红曾问鲁迅先生『过年』了，想不想在北京的妈妈？或者到北京去看看？

——萧军

拉都路三五一號

五

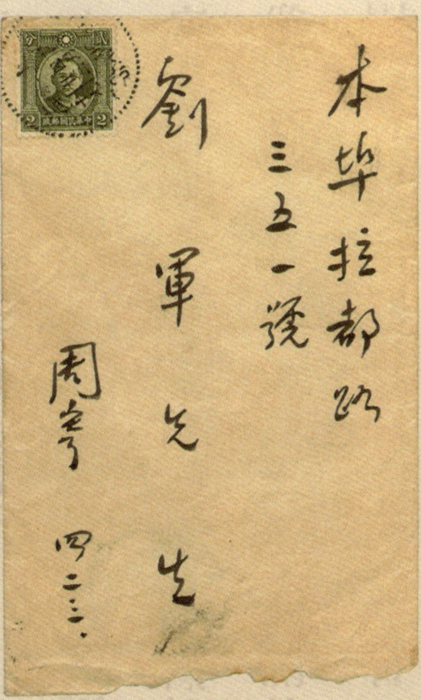

第三次搬家，搬到了拉都路的中段三五一号一处大门里。这是一条较高级的弄堂，门口有铁栅门，一列有三幢三屋的西式楼房。我们占了第二幢。这是一位由北方来到上海居住的朋友租下的，承他的好意，把第三层让我们居住了。

三月三十一夜

這一張信剛要寄出，就收到搬家的通知，只好擱下。現在《八月》已看完，序也做好，且放在這裏，待得來信後再說。今晚又看了一看《涓涓》，雖然不知這結末怎樣，但我以為是可以做完的，不過仍不能公開發表。那第三篇《又說》，有些地方寫得太露骨，頭緒也太紛繁，要修改一下才好。

此後的筆名，須用兩個，一個用于《八月》之類的，一個用于零碎稿件的，否則，《八月》印出後，倘為叭兒狗所知，則別的稿子即使並沒有什麼，也會被他們抽去，不能發表。

還有，現用的「三郎」的筆名，我以為也須換一個才好，雖然我是那麼的愛用他。因為上海原有一個李三郎，別人會以為是他所做，而且他也來打麻煩，要文學社登他的信，說明那一篇小說非他所作。聲明不要緊，會人以為是他所作却不上算，所以必須將這姓李的撇清，要撇清，除了換一個筆名之外，無好方法。

前天收到了一篇《搭客》，編輯說要改一個題目，我想這無大關係，代為答應了。《櫻花》寄給了文學社（前天退回的），結果未知。

三月三十一夜。

三月三十一夜

刘军兄：

二十三日信收到。漫画上面，我看是可以不必再添什么，因为单看计划，就已经够复杂，够吃力了，如果再加别的，也许会担不动。

孩子的遗像已好，可以去了，不过那皮箱没有呢，所以不许他多走。我的世兄本说下月初要来，但近得来信又说生病，医生云须旅行，因为年纪大了，他不保险。这真是医生的官话，即使年纪青，谁能保险呢？但因此不远到来也难说。我只好束手等待着。

平林夫人作品的译本，我不知道有别的。二心集卖完了，自己还有一两本，当于将来和别的书一同交上，但也许又会寄失的罢。

八月在下月五日以前，准可看完，只能随手改几个误字，大段的删改，却不能了，因为要下手，必须看两遍，而我实在没有了这工夫。序文当于看完后写一点。

专此，即问

俪祉。

豫 上 三月二十五

吟太太是否康健，仍然要睏早觉么？

四日
迅

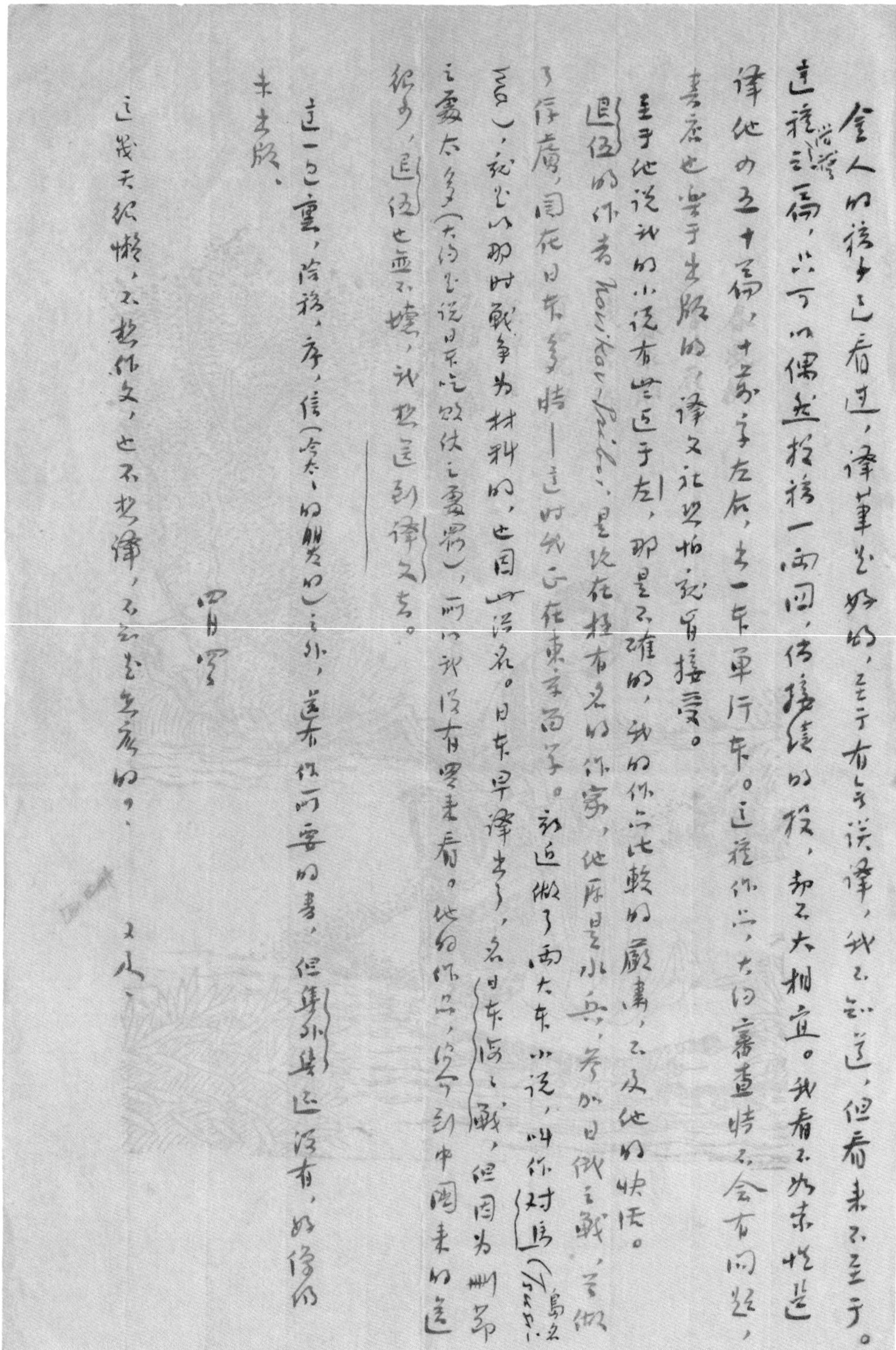

全人的稿子已看过，译笔是好的，至于有无误译，我不知道，但看来不至于。这种汉译三篇，只可以偶然投稿一两回，倘接续的投，却不大相宜。我看不如索性选译他的五十篇，十万字左右，出一本单行本。这种作品，大约审查时不会有问题，书店也乐于出版的，译文社也许就肯接受。

至于他说我的小说有些近于左〔琴科〕，那是不确的，我的作品比较的严肃，不及他的快活。

《退伍》的作者 Novikov-Priboi，是现在极有名的作家，他原是水兵，参加日俄之战，并做了俘虏，同在日本多时——这时我正在东京留学。新近做了两大本小说，叫作《对马》（Tsushima 岛名），就是以那时战争为材料的，也因此得名。日本早译出了，名《日本海海战》，但因为删节之处太多（大约是说日本吃败仗之处罢），所以我没有买来看。他的作品，没有到中国来的还很多，《退伍》也并不坏，我想送到《译文》去。

这一包里，除稿、序、信（今天的和先前的）之外，还有你所要的书，但《集外集》还没有，好像仍未出版。

四日
迅

这几天很懒，不想作文，也不想译，不知是怎么的。 又及

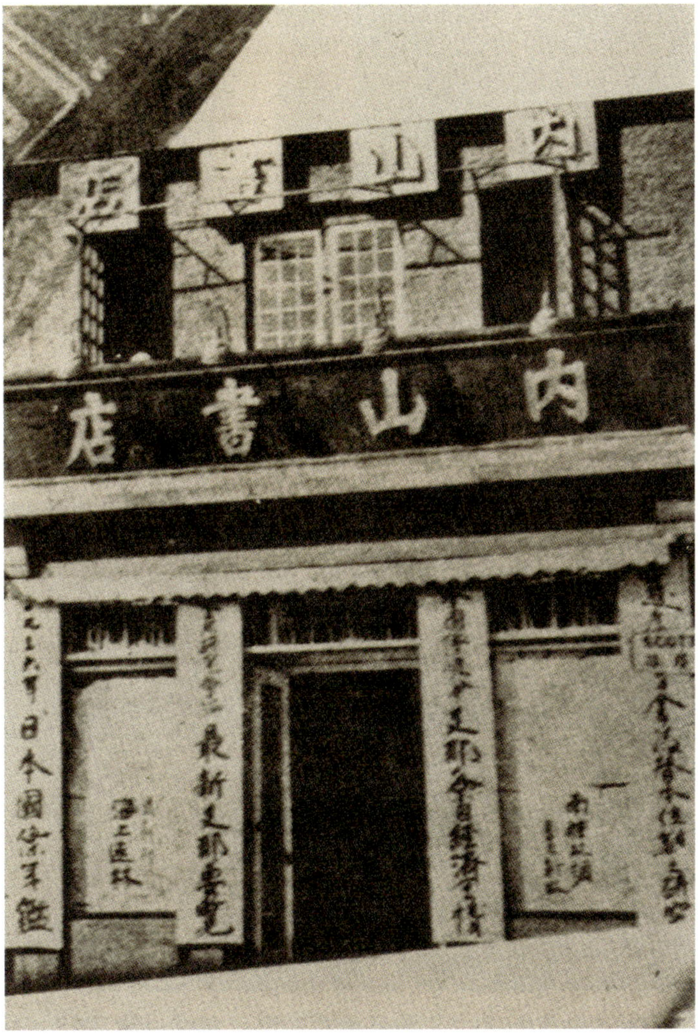

⊙内山书店坐落在上海北四川路底一条横街的北侧，面向南，正对着北四川路大街。如丁字形的顶头处。记得这所书店的规模并不宽大，好像只有三间左右的门面房。鲁迅第一次约我们就在这里见面。那天到了内山书店，想不到鲁迅先生已经在那里了。正坐在柜台里面另一间套间里的一张桌子前面，在检点着摊在桌子上的一些信件和书物。

——萧军

四月三夜

刘兄：

三日信收到。稿、序、并另有信，都作一包，放在书店里，附上一笺，可拿以去取，但星期日上午，他们是休息的。

迅上

四月三夜。

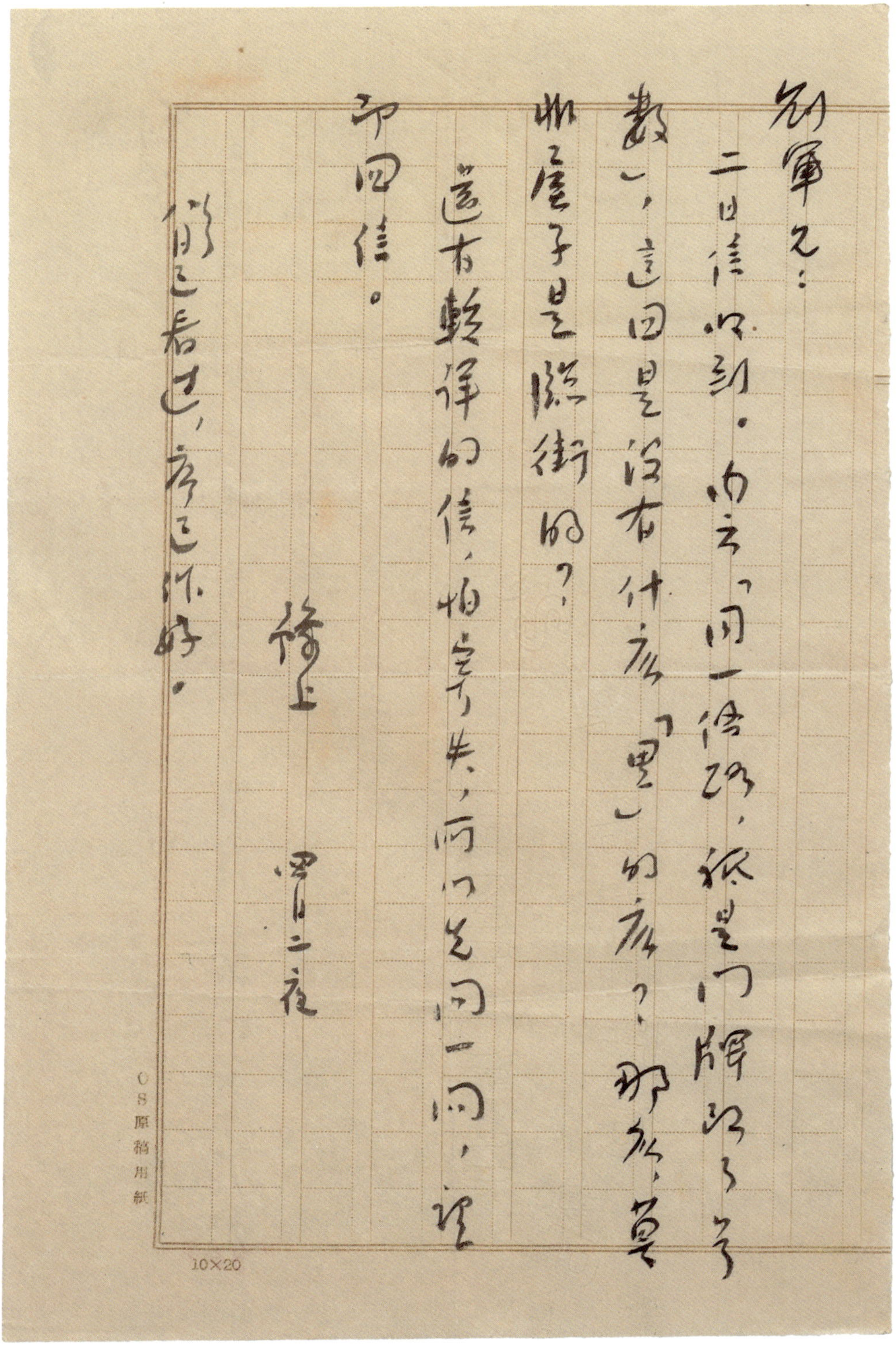

刘軍兄：

二日信收到。内云「同一條路，總是門牌沒有號數」，這回是沒有什麼「黑」的麼？那麼，莫非屋子是臨街的？？

還有轉給的信，怕要丢失，所以先問一問，望即回信。

悄上

四日二夜

[illegible]春[illegible]，希望你好。

OS原稿用紙

10×20

⊙莫非屋子是临街的？

《搭客》及《樱花》上，都有署名的。《搭客》不知如何；《樱花》已送检查，且经通过，不便改了，以后的投稿再用新名罢。听说《樱花》以后也许附几句对于剧的答案。

一个作者，"自卑"固然不好，"自负"也不好的，容易停滞。我想，顶好是不要自馁，总是干；但也不可自满，仍旧总是用功。要不然，输出多而输入少，后来要空虚的。

月上我已经删去的，是说明而非描写的地方，作者的说明，以为必要，尤其是狗的心思之类。[illegible][illegible]纵会道呢。

前信说吕君要和你谈谈，我想是很好的，他是研究文字批评的人，我和他很熟识。

此复，即请

俪安。

迅上

十二.夜

刘军兄：

七日信早到；我们常想来看你们，孩子的脚也好了，但结果总是被打岔了许多琐事，事忙，就没有力气，一天一天的拖，到你来，又不必再写信。

《二心集》中的那一篇，是针对那时的弊病而发的，但这些老病，现在并没有好，而且我有时还觉得加重了。现在是连说这些话的意思，我也没有了，真是倒退得可以。

我的原稿的境遇，许知道了似乎有些出去，我是满足的，居然还可以包油条，可见还有一些用处。我自己是在擦桌子的，因为我用的是中国纸，比洋纸能吸水。

金人译的左士陀闻的小说一篇，打听了几处，似乎不大好通，那就我前一信说的可以去一家书，怕是不成的了，请通知他。这回我想把那一篇 Novikov-Priboi 的小说一篇寄到《译文》去。

⊙居然还可以包油条，可见还有一些用处。

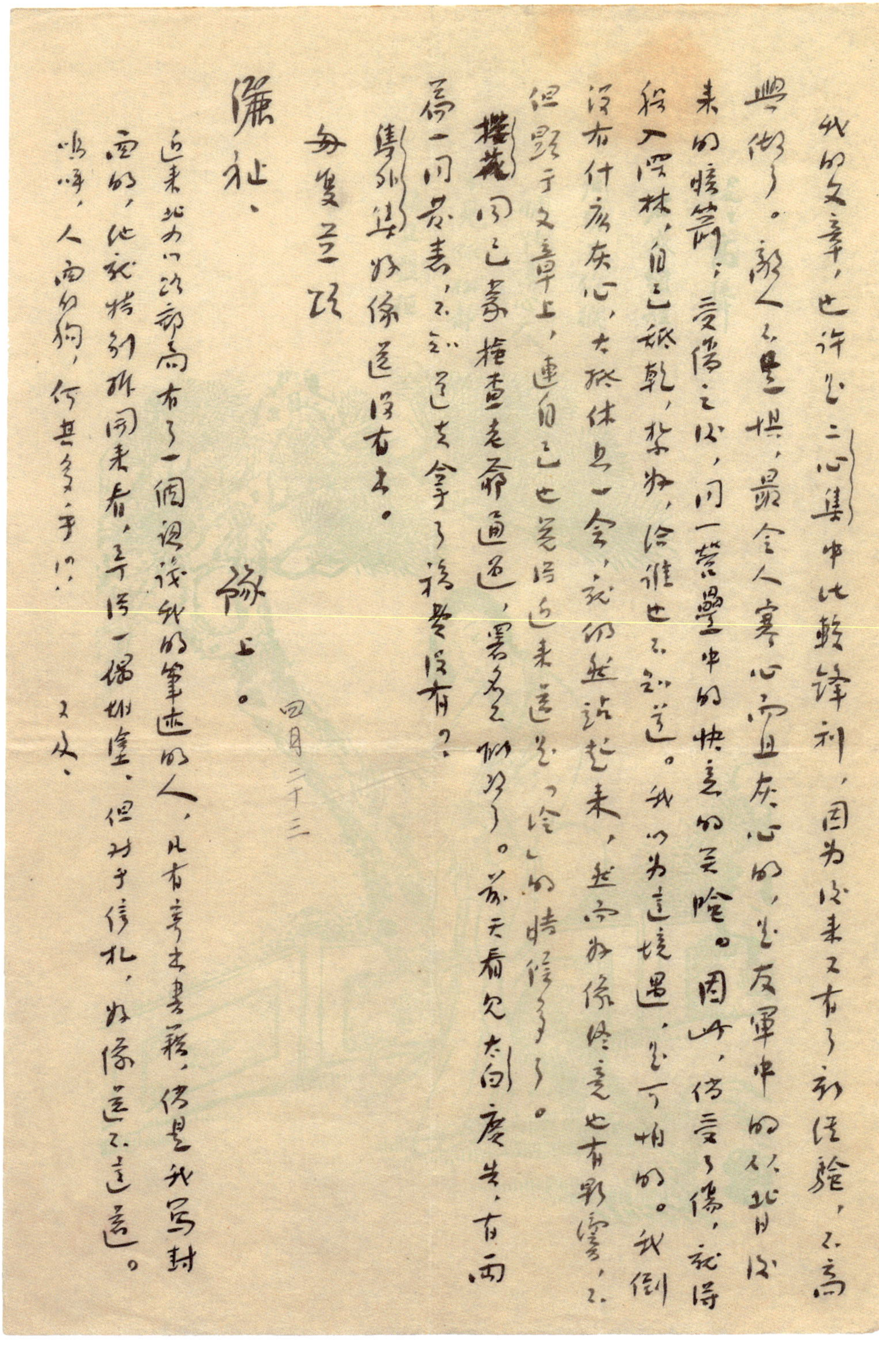

我的文章，也许是《二心集》中比较锋利，因为后来又有了新经验，不高兴做了。敌人不足惧，最令人寒心而且灰心的，是友军中的从背后来的暗箭；受伤之后，同一营垒中的快意的笑脸。因此，倘受了伤，就得躲入深林，自己舐干，扎好，给谁也不知道。我以为这境遇，是可怕的。我倒没有什么灰心，大抵休息一会，就仍然站起来，然而好像终竟也有影响，不但显于文章上，连自己也觉得近来还是"冷"的时候多了。

《樱花》同已蒙检查老爷通过，署名是删掉了。前天看见太白广告，有两篇一同发表，不知道去拿了稿费没有？《集外集》好像还没有来。

专复并颂

俪祉。

豫 上。

四月二十三

近来此地的邮局有了一个很认识我的笔迹的人，凡有寄来书籍，倘是我写封面的，他就特别拆开来看，弄得一塌糊涂。但对于信札，好像还不这么。呜呼，人面的狗，何其多也乎！

又及。

⊙敌人不足惧，最令人寒心而且灰心的，是友军中的从背后来的暗箭。

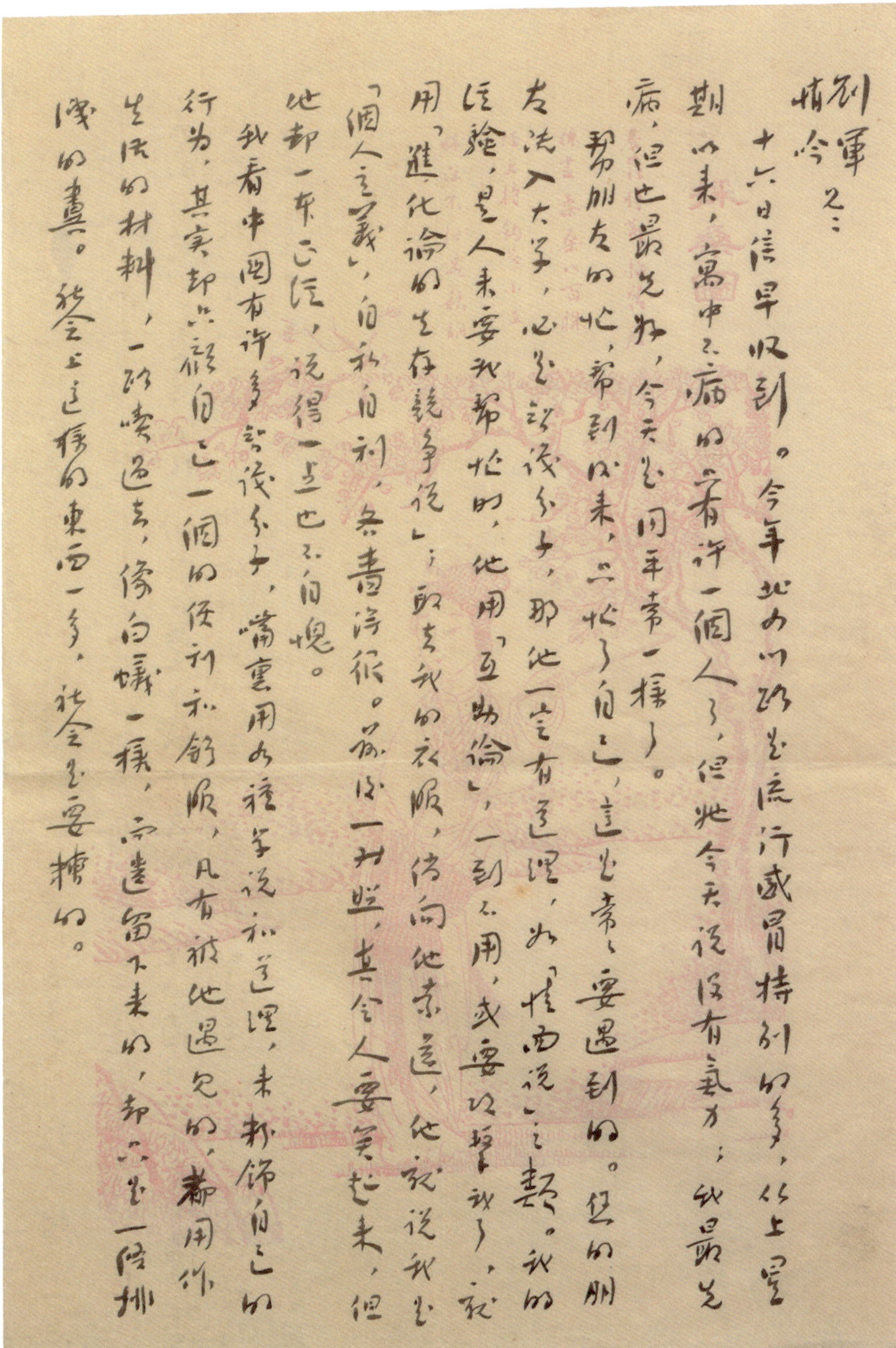

刘军
悄吟 兄：

十六日信早收到。今年北方的路是流行感冒特别的多，从上星期以来，寓中之病的有许一個人了，但此今天说没有气力；我最先病，但也最先好，今天是同平常一样了。

帮朋友的忙，帮到后来，只忙了自己，这是常常要遇到的。但的朋友説入大学，必须识者分子，那他一定有道理，为「性的説」之类。我的经验，是人来要我帮忙时，他用「互助論」，一到不用，或要攻击我了，就用「進化論」的生存競争説；取去我的衣服，倒向他求道，他就说我是「個人主義」，自私自利，無責任感。再得一对照，真令人要笑起来，但他却一点不悟，説得一点也不自愧。

我看中国有许多智识分子，嘴裏用各种学说和道理，来粉饰自己的行为，其实却只顾自己一個的便利和舒服，凡有被他遇见的，都用作生活的材料，一路吃过去，像白蟻一样，而遗留下来的，却只是一条排泄的粪。社会上这样的东西一多，社会是要糟的。

⊙一路吃过去，像白蚁一样，而遗留下来的，却只是一条排泄的粪。

九月廿九

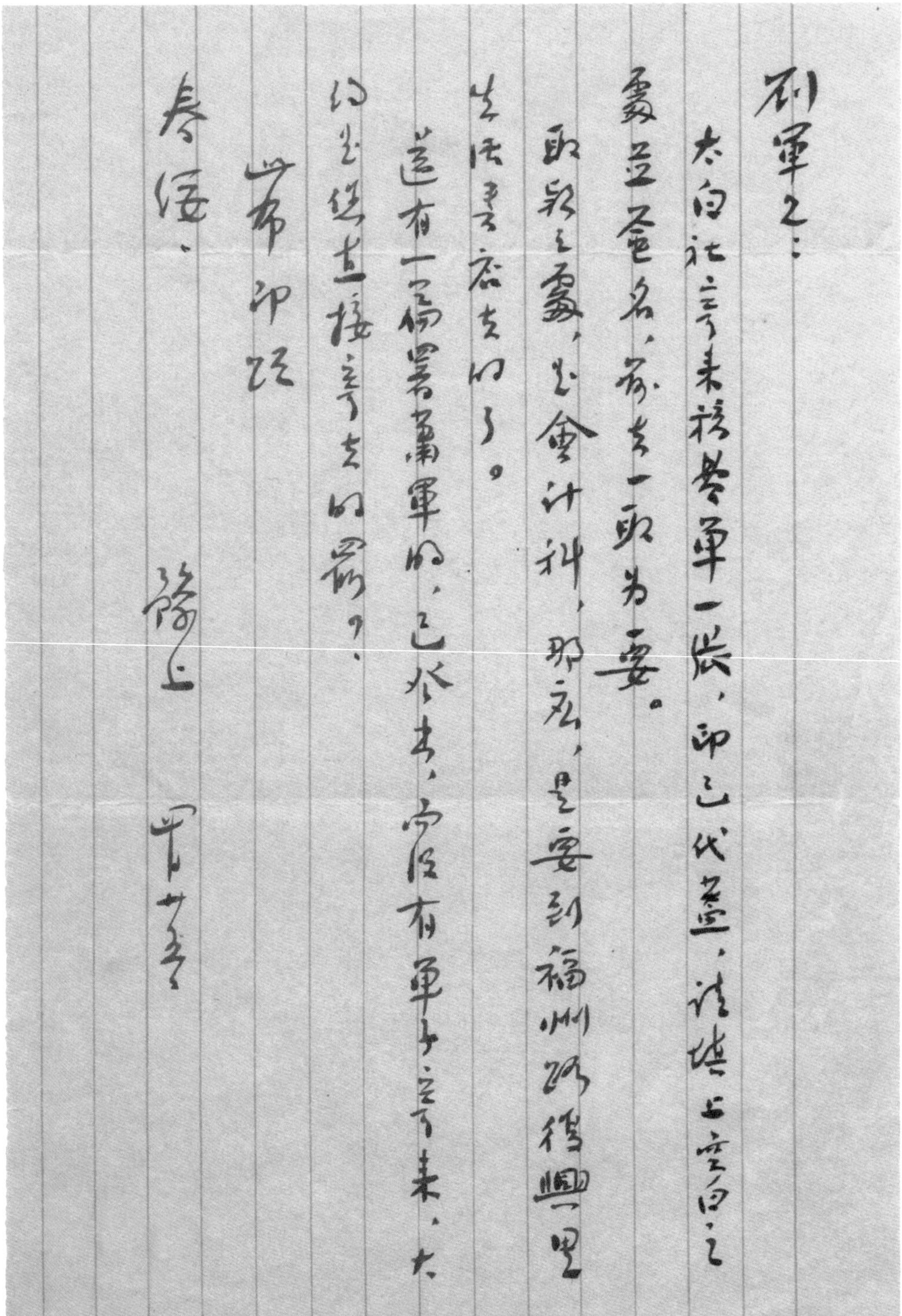
刘军兄：

太白社寄来稿费单一张，印已代盖，请填上空白之处并签名，前去一取为要。取款之处，是会计科，那应，是要到福州路复兴里生活书店去问了。

还有一篇署萧军的，已登出，却没有单子寄来，大约也是直接寄去的罢。

此布，即颂

俪祉。

豫上

九月廿九

九月廿八夜

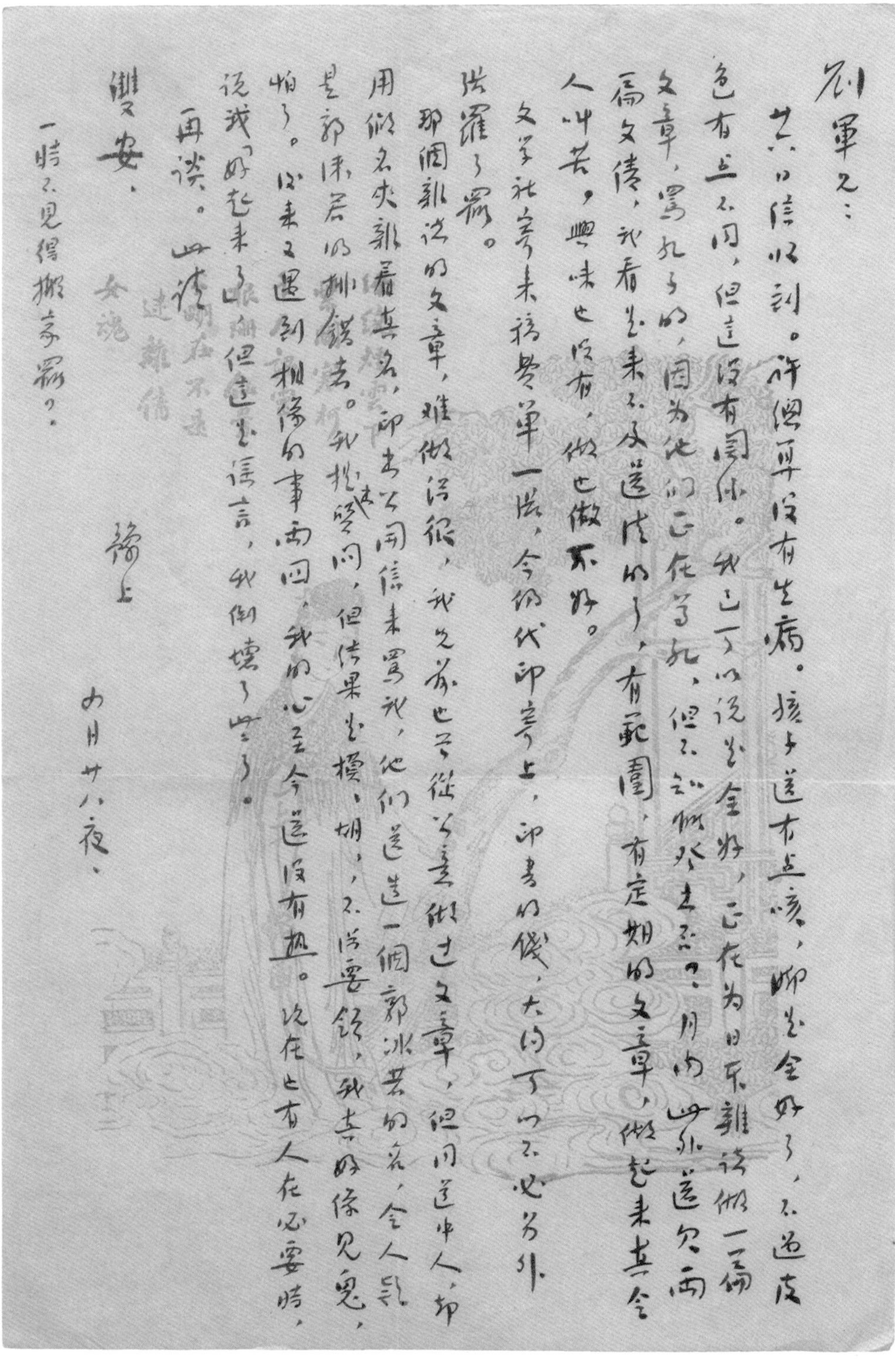
刘军兄：

廿六日信收到。许广平没有生病。孩子出过点疹，那是全好了，不过皮色有点不同，但这没有关系。我已可以说是全好，正在为日本杂志做一篇文章，写孔子的，因为他们正在写孔，但不知他们登不登？月内此外还只两篇文债，我看是来不及还清的了，有范围，有定期的文章，做起来真令人叫苦，兴味也没有，做也做不好。

文学社寄来稿费单一张，今附代印寄上，印书的钱，大约可以不必另外张罗了罢。

那个新从的文章，难做得很，我先前也曾从公意做过文章，但同道中人，却用假名夹着真名，印出公开信来骂我，他们造这一个郭冰若的名，令人疑是郭沫若的挑拨错处。我提出质问，但结果是模模胡胡，不得要领，我真好像见鬼，怕了。以来又遇到相像的事两回，我的心至今还没有热。现在也有人在必要时，说我「好起来了」，但这是谣言，我倒坏了些了。

再谈。此请

俪安。

豫 上

九月廿八夜。

一时不见得搬家罢？

⊙一时不见得搬家罢？

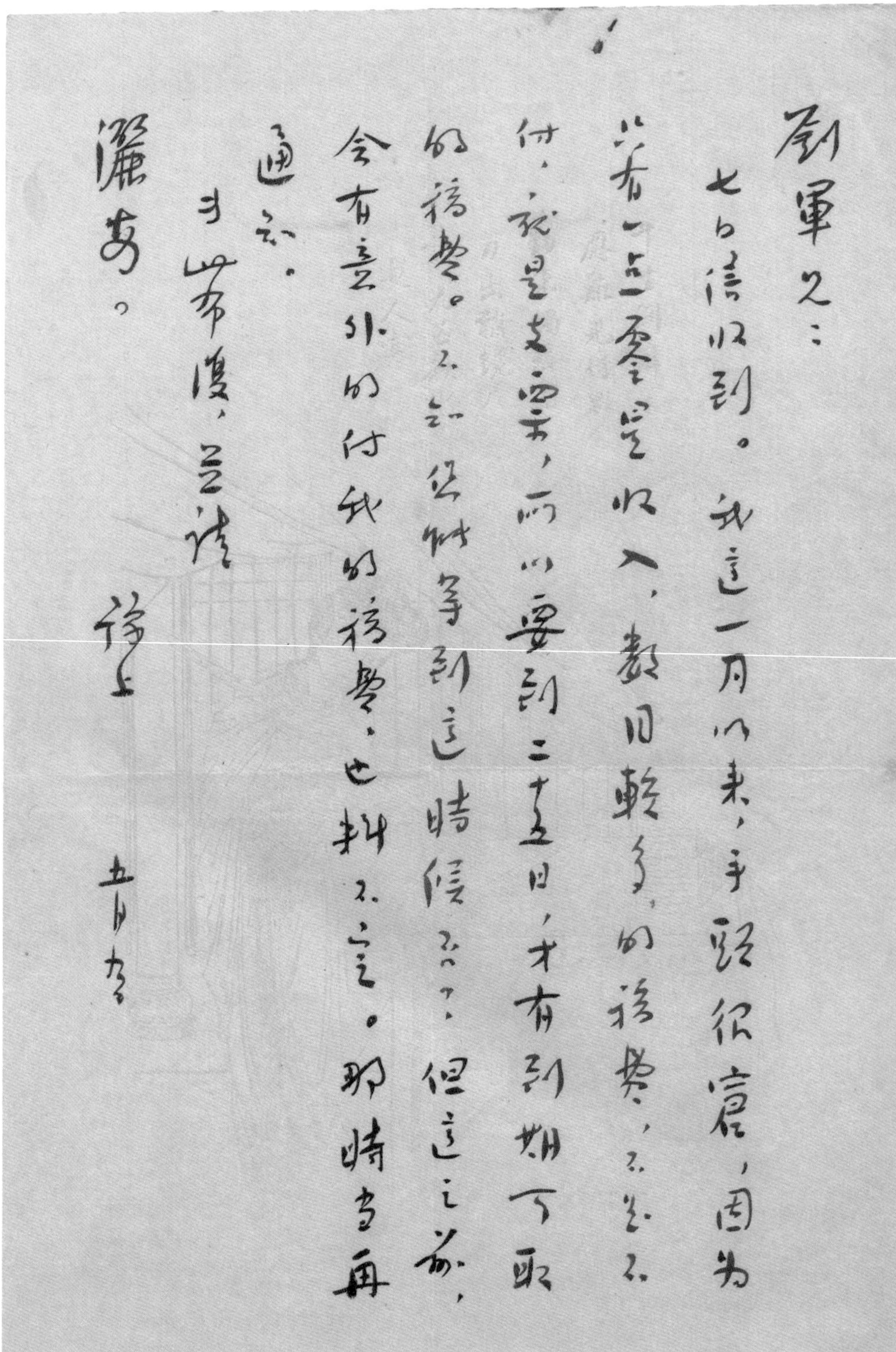

刘军兄：

七日信收到。我这一月以来，手头很窘，因为只有一点零星收入，数目较多的稿费，不是不付，就是支票，所以要到二十五日，才有到期可取的稿费。不知能够等到这时候不？但这之前，会有意外的付我的稿费，也料不定。那时当再通知。

专此布复，并请

俪安。

豫上

五月九日

⊙我这一月以来，手头很窘。

五月二十夜

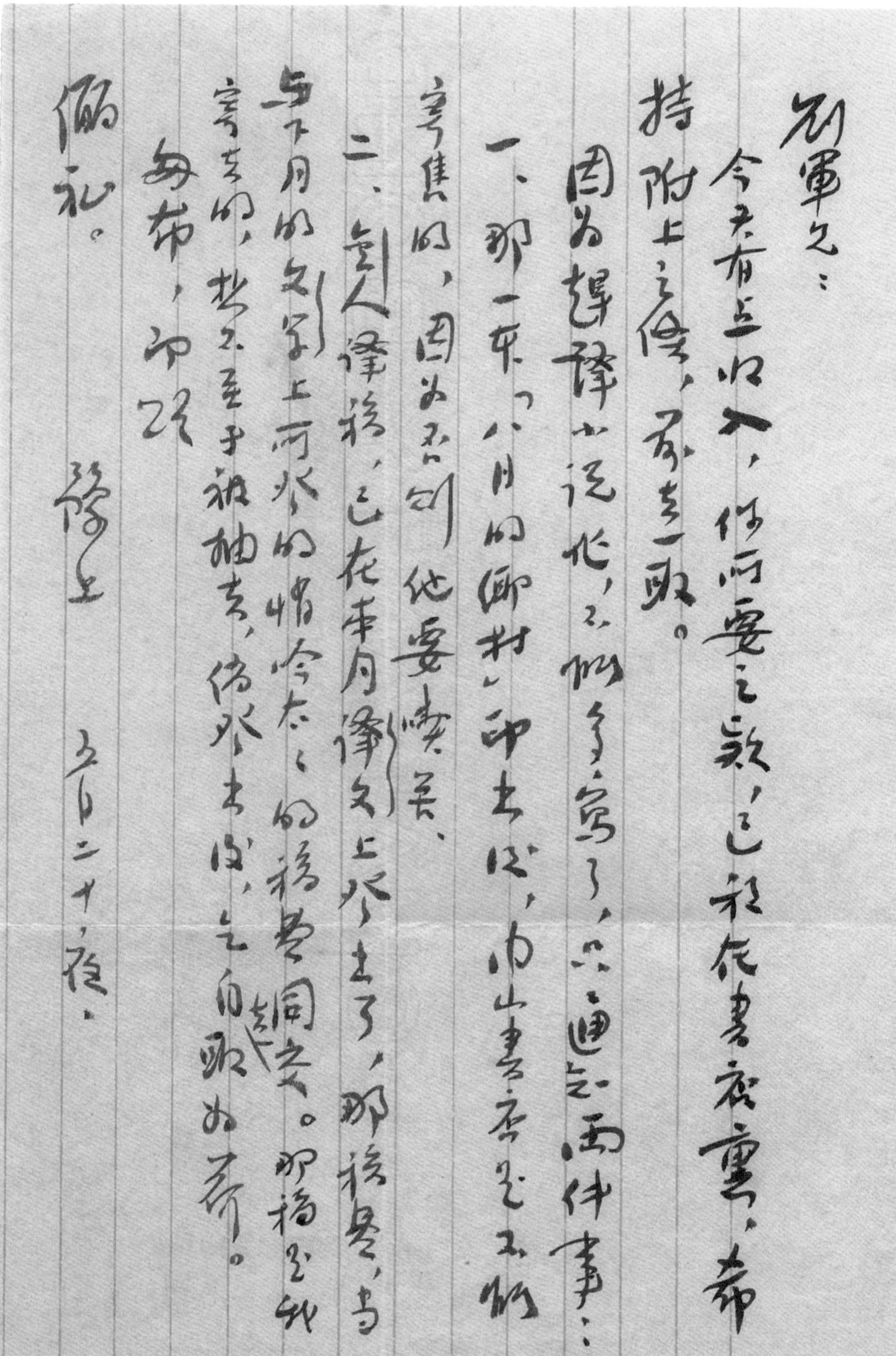
刘军兄：

今天有点收入，你所要之款，已放在书店里，希持附上之条，前去一取。

因为赶译小说，不能多写了，只通知两件事：

一、那一本"八月的乡村"印出后，内山书店是不能寄售的，因为[illegible]他要卖[illegible]。

二、剑人译稿，已在本月译文上登出了，那稿费，当与下月的文学上所登的悄吟太太的稿费一同交去。那稿是我寄去的，我不至于被抽去，倘不来取，亦自取为荷。

俪祉。

豫上　五月二十夜。

⊙今天有点收入，你所要之款，已放在书店里。

薩坡賽路一九零號

薩坡賽路一九零號

那时候在上海，为了避免烦扰，就连孩子们上学也还是要更名改姓的，不能够使学校知道他们是谁的儿女。那时候海婴还不知道他爸爸是鲁迅。因为我们到他家里去，全是称『周先生』，这是许广平先生事先嘱咐我们的，凡有海婴在面前，我们就什么也不谈……

——萧军

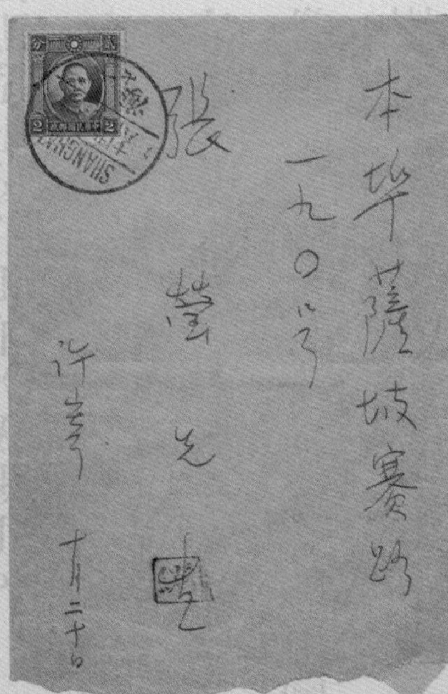

我们住在萨坡赛路一百九十号。十月二十七日，鲁迅先生和许广平先生那天来寻我们。回家来得知他们来过没能相见。感到很懊丧。这是他们第二次来看我们。萧红所著《生死场》中第一章有《麦场》一个小标题，我恍惚记得是有『草头』，我萧红说没有，手边又无字典可查，就写信去鲁迅先生那里『打官司』。结果是我『败诉』了——『麦』字并无『草头』。

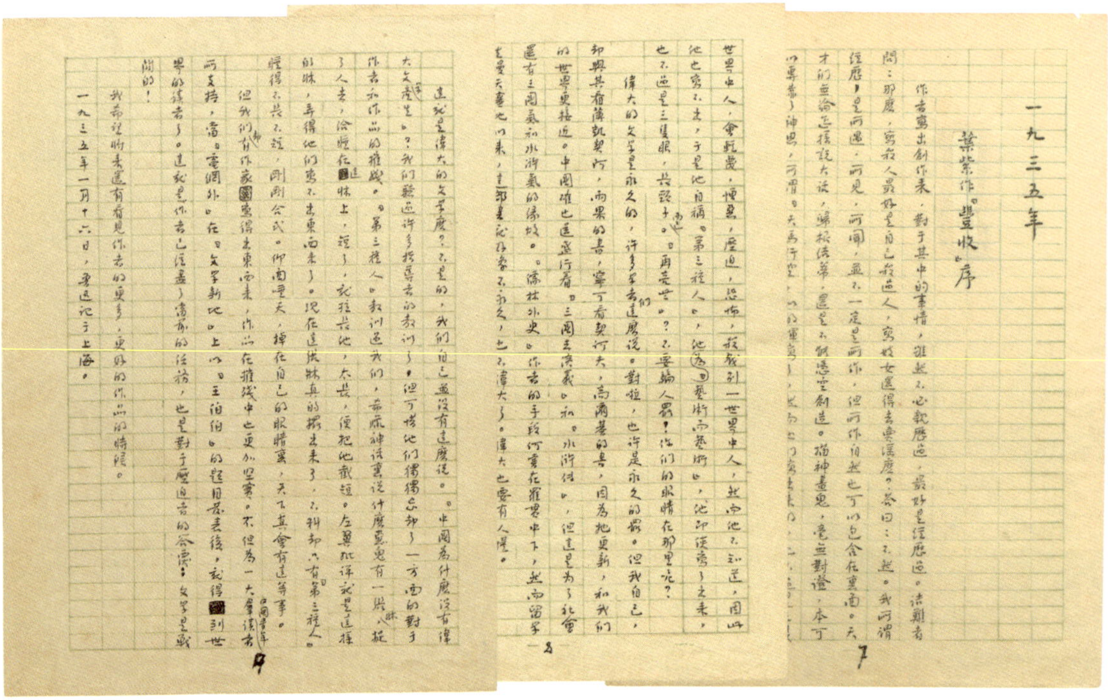

⊙一九三五年一月十六日，鲁迅为叶紫《丰收》作序。

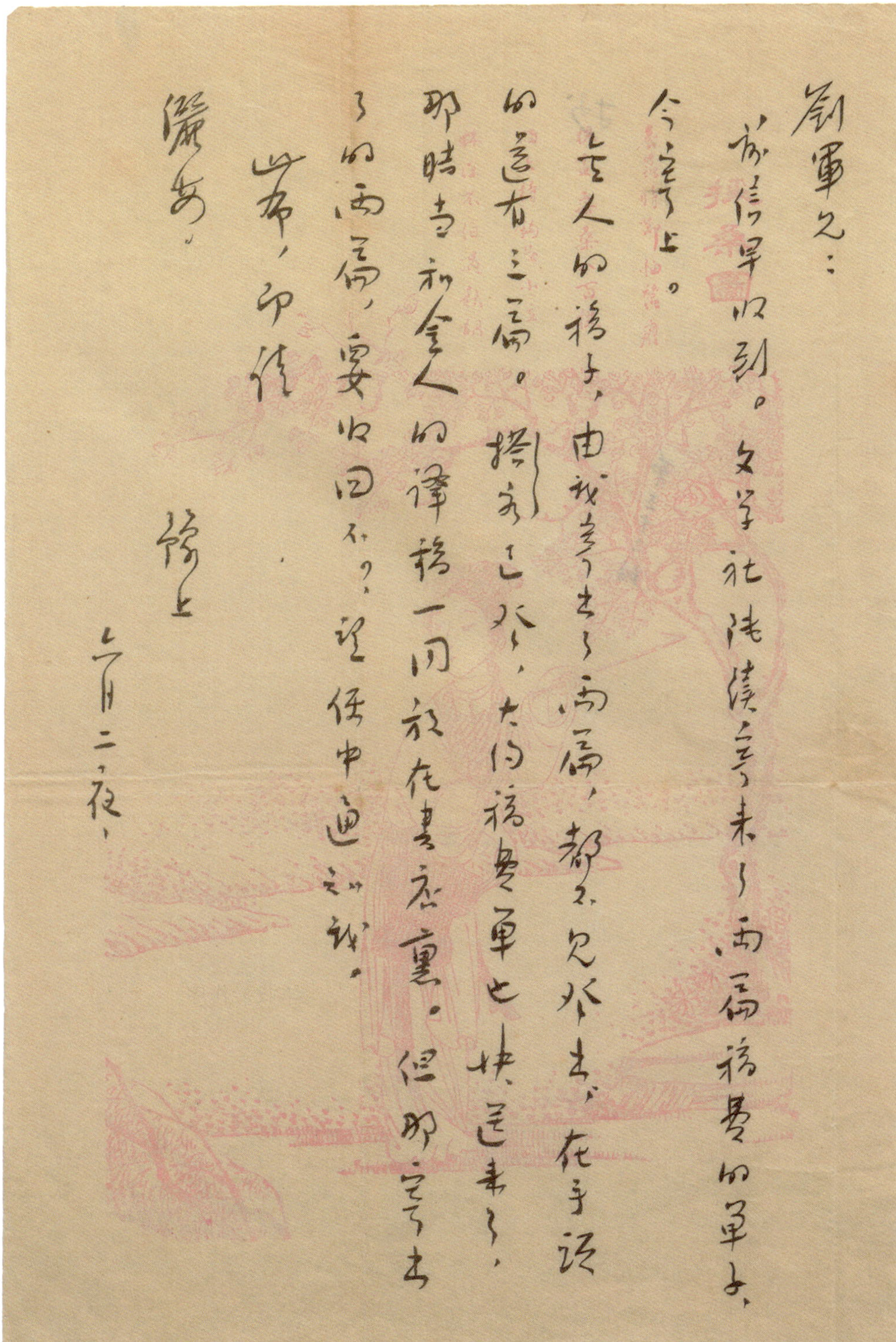

刘军兄：

前信早收到。文学社陆续寄来了两篇稿费的单子，今寄上。

金人的稿子，由我寄去了两篇，都不见外来，在手头的还有三篇。揭载之外，大约稿费单也快送来了。那时当和金人的译稿一同放在书店里。但那寄出了的两篇，要收回不？望便中通知我。

此布，即请

俪安。

豫 上

六月二夜。

⊙但那寄出了的两篇，要收回不？

六月廿七（二）

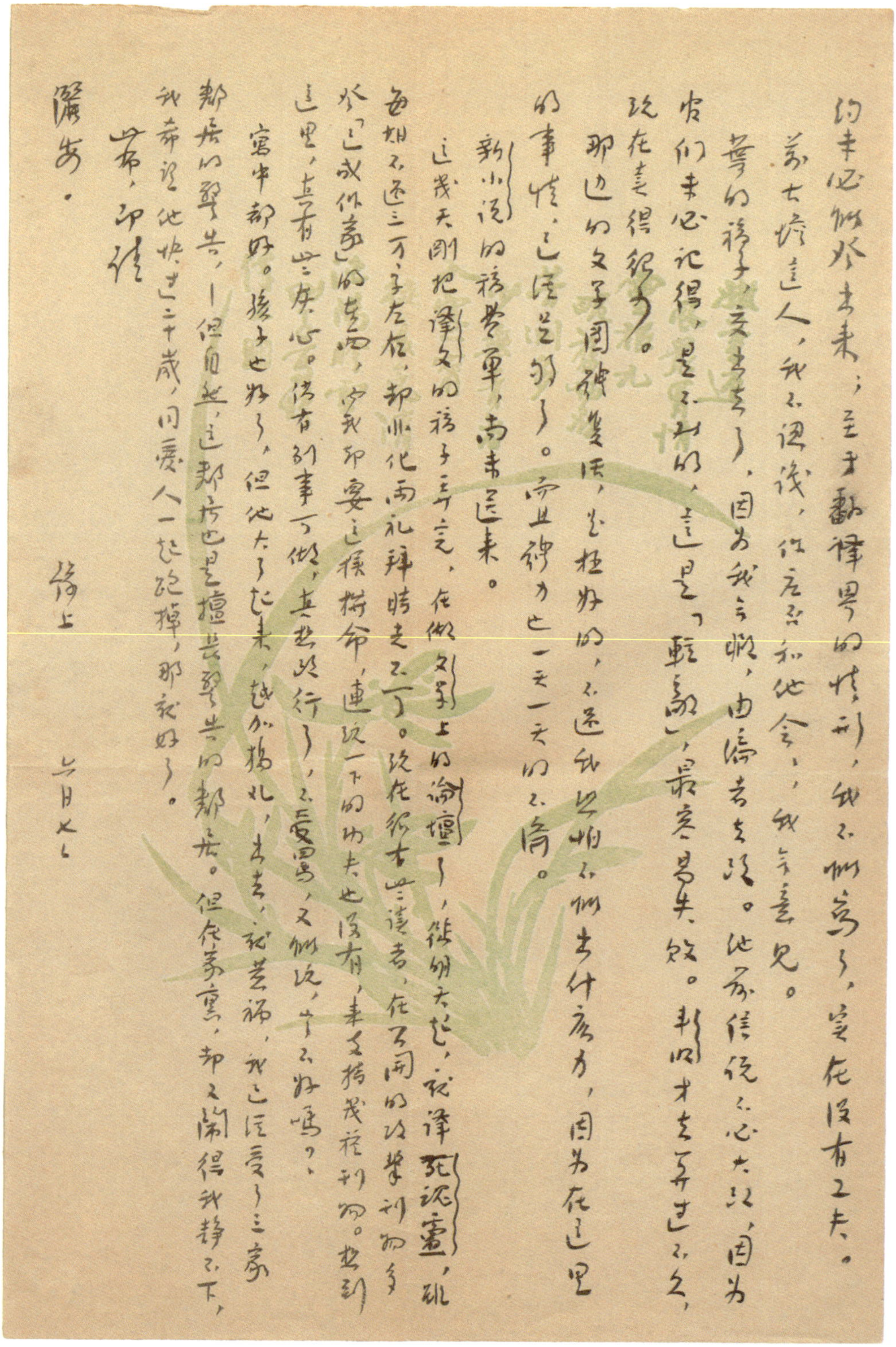
的未必做得来；至于翻译界的情形，我不很熟了，实在没有工夫。

萧乾这人，我不很认识，但应该和他会会，我无意见。

尊的稿子，交去了，因为我不懂，由靳以去说。他家信说不必太认真，因为我们未必记得，是不对的，这是「轻敌」，最容易失败。靳以才去开会不久，现在走得很多了。

那边的文学团体复活，总归是好的，不过我怕不能出什么力，因为在这里的事情，已经够多了。而且精力也一天一天的不济。

《新小说》的稿费单，尚未送来。

这几天刚把《译文》的稿子弄完，在做《文学》上的论坛了，能够放下，就译《死魂灵》，跳每期不过三万字左右，却非化两礼拜时光不可。现在很有些读者，在不同的场合利用多少「已成作家」的东西，我却要这样拼命，连改一下的功夫也没有，来支持我这刊物。想到这里，真有些灰心。倘有别事可做，真想改行了，不过要写，又做不好，岂不好吗？

家中都好。孩子也好了，但他大了起来，越加捣乱，出去，就惹祸，我已经受了三家邻居的警告，——但自然，这邻居也是擅长警告的邻居。但在家里，却又闹得我静不下，我希望他快过二十岁，同爱人一起跑掉，那就好了。

俪安。

广、海附候

豫上

六月廿七

⊙我希望他快过二十岁，同爱人一起跑掉，那就好了。

六月七日（二）

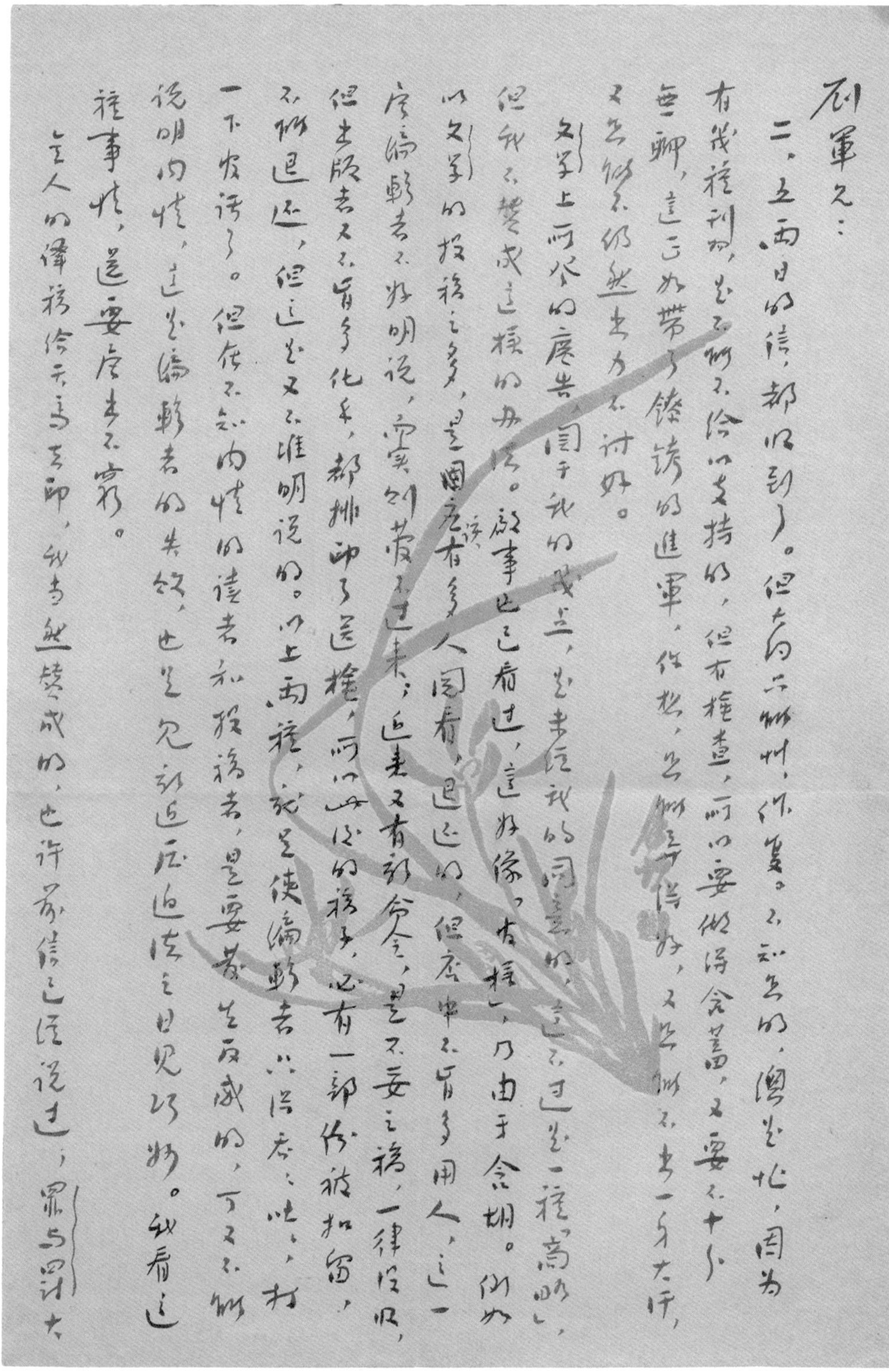

刘军兄：

二，五两日的信，都收到了。但太白不能刊，作罢。不知怎的，总是忙，因为有几种刊物，是不能不给以支持的，但有检查，所以要做得含蓄，又要不十分无聊，这正如带了锁链的进军，你想，怎能做得好，又怎能不出一身大汗，又怎能仍然出力不讨好。

《文学》上两人的广告，关于我的几点，是未经我的同意的，这不过是一种商略，但我不赞成这样的办法。那事也已看过，这好像，有损，乃由于含胡。例如《文学》的投稿之多，是因为读者多人阅看，退还的，但店中不肯多用人，这一层编辑者不好明说，实则发表不过来；近来又有新命令，是不妥之稿，一律没收，但出版者又不肯多化钱，都推卸了这种，所以如此的稿子，必有一部份被扣留，不能退还，但这是又不能明说的。以上两种，就是使编辑者只得吞吞吐吐，打一下官话了。但在不知内情的读者和投稿者，是要发生反感的，可又不能说明内情，这是编辑者的失败，也是见新近压迫之日见巧妙。我看这种事情，还要层出不穷。

主人的译稿给天马书店，我当然赞成的，也许前信已经说过，《罪与罚》计大

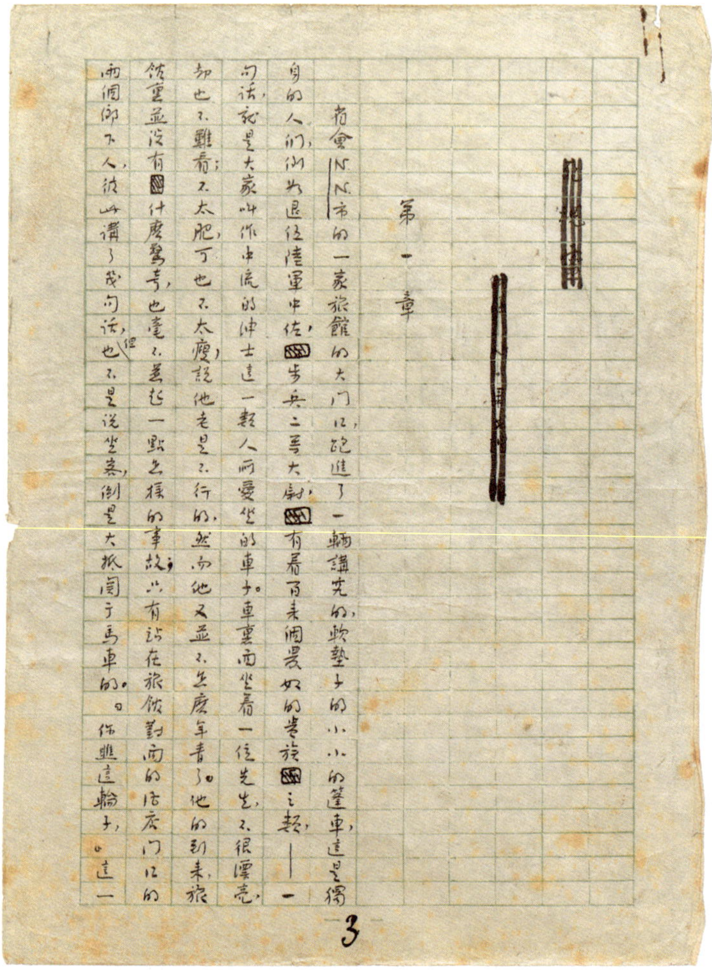

第一章

省會N.N.市的一家旅館的大门口，跑進了一輛講究的軟墊子的小小的篷車，這是獨身的人們，例如退伍陸軍中佐，步兵二等大尉，有着百來個農奴的貴族之類，——一句话，就是大家叫作中流的紳士這一類人所愛坐的車子。車裏面坐着一位先生，不很漂亮，却也不難看；不太肥，可也不太瘦；說他老是不行的，然而他又並不怎麼年青。他的到來，旅館裏並沒有什麼騷擾，也毫不惹起一點怎樣的事故；只有站在旅館對面的酒店門口的兩個鄉下人，彼此講了幾句话，但也不是說坐客，倒是大抵關于馬車的。"你瞧這輪子，"這一

3

⊙鲁迅翻译果戈里《死魂灵》（第一部）手稿，一九三五年二月—十月译，四百九十四页，现存北京鲁迅博物馆。鲁迅逝世前的一天，看到了自己翻译的《死魂灵》登在《译文》头一篇的广告而心安。许广平先生说：『这是他最后一次和文字接触』。

刘军兄：

良友公司的稿费单，写信去催了才寄来，今寄上，但有期限，在本月廿一，必须去领取。

又寄新小说(三)一本来，现亦另封挂号寄上，这有一本是他们给我的，我已看过，不要了，顺便寄去，你可以送朋友的。

我们都还好，我在译死魂灵，要二十以外才完。

这封信收到之后，请给我一个回信。

此布，即请

俪安。

豫上

六月十七

六，二七，下午

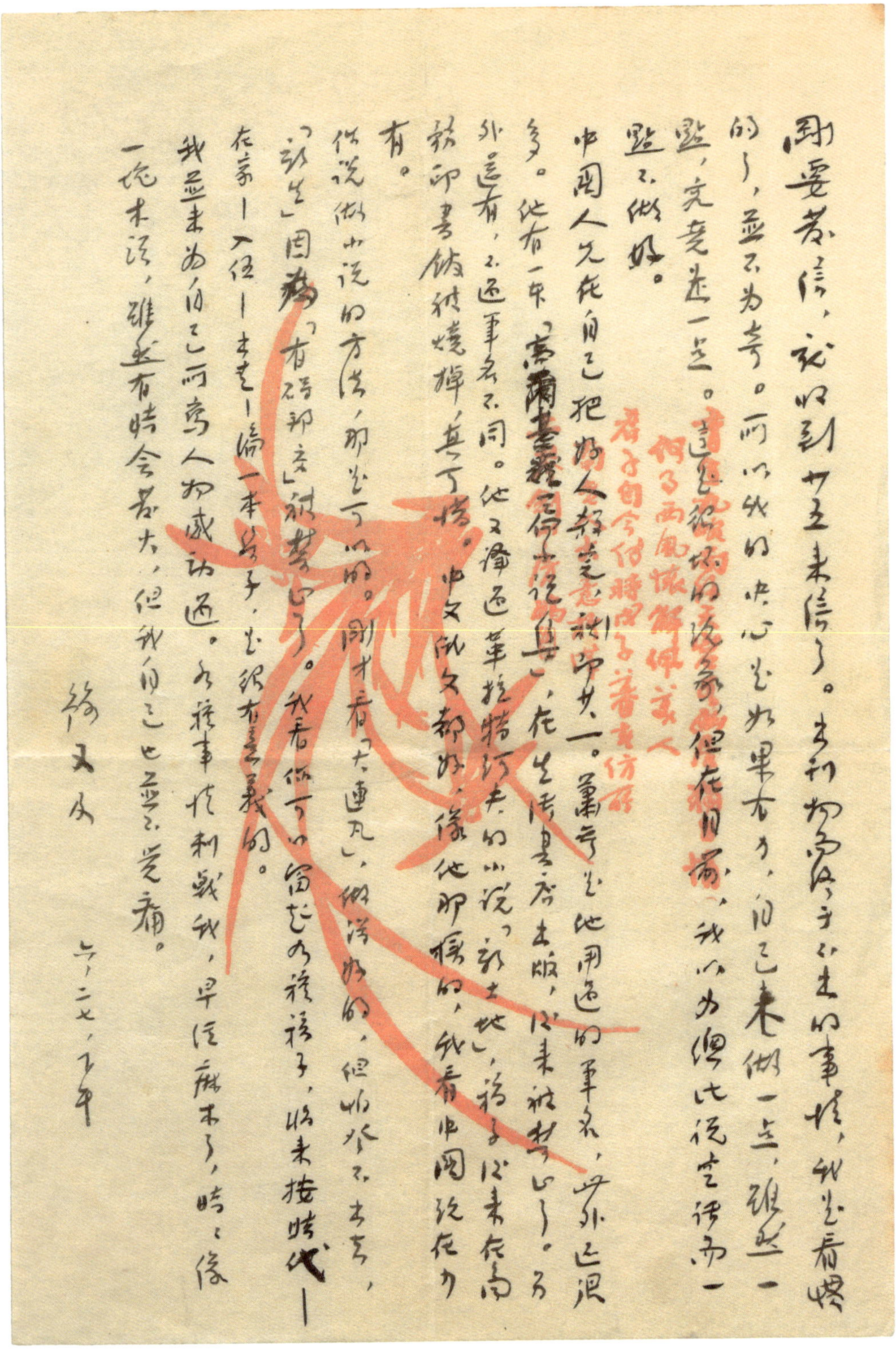

刚要发信，就收到廿五来信了。至于物质及于你不利的事情，我是看惯的了，并不为奇。所以我的决心是如果有力，自己来做一点，虽然一点，究竟是一点。但在目前，我以为总比说空话而一点不做好。

中国人先在自己把好人杀完，[illegible]。萧是他用过的笔名，此外还很多。他有一本「[illegible]」，在生活书店出版，后来被禁止了。另外还有，不过书名不同。他又译过革拉特珂夫的小说「新土地」，稿子后来在商务印书馆被烧掉，真可惜。中文俄文都好，像他那样的，我看中国现在少有。

你说做小说的方法，那是可以的。刚才看「大连丸」，做得好的，但怕外不出来，「新生」因为「有碍邦交」被禁止了。我看你可以写些这样子，将来接时代——在家——入住——未免——编一本集子，是很有意义的。

我并未为自己所写的人物感动过。各种事情刺戟我，早经麻木了，时时像一块木头，虽然有时会发火，但我自己也并不觉痛。

徐文

六，二七，下午

⊙各种事情刺戟我，早经麻木了，时时像一块木头，虽然有时会发火，但我自己也并不觉痛。

六月二十七

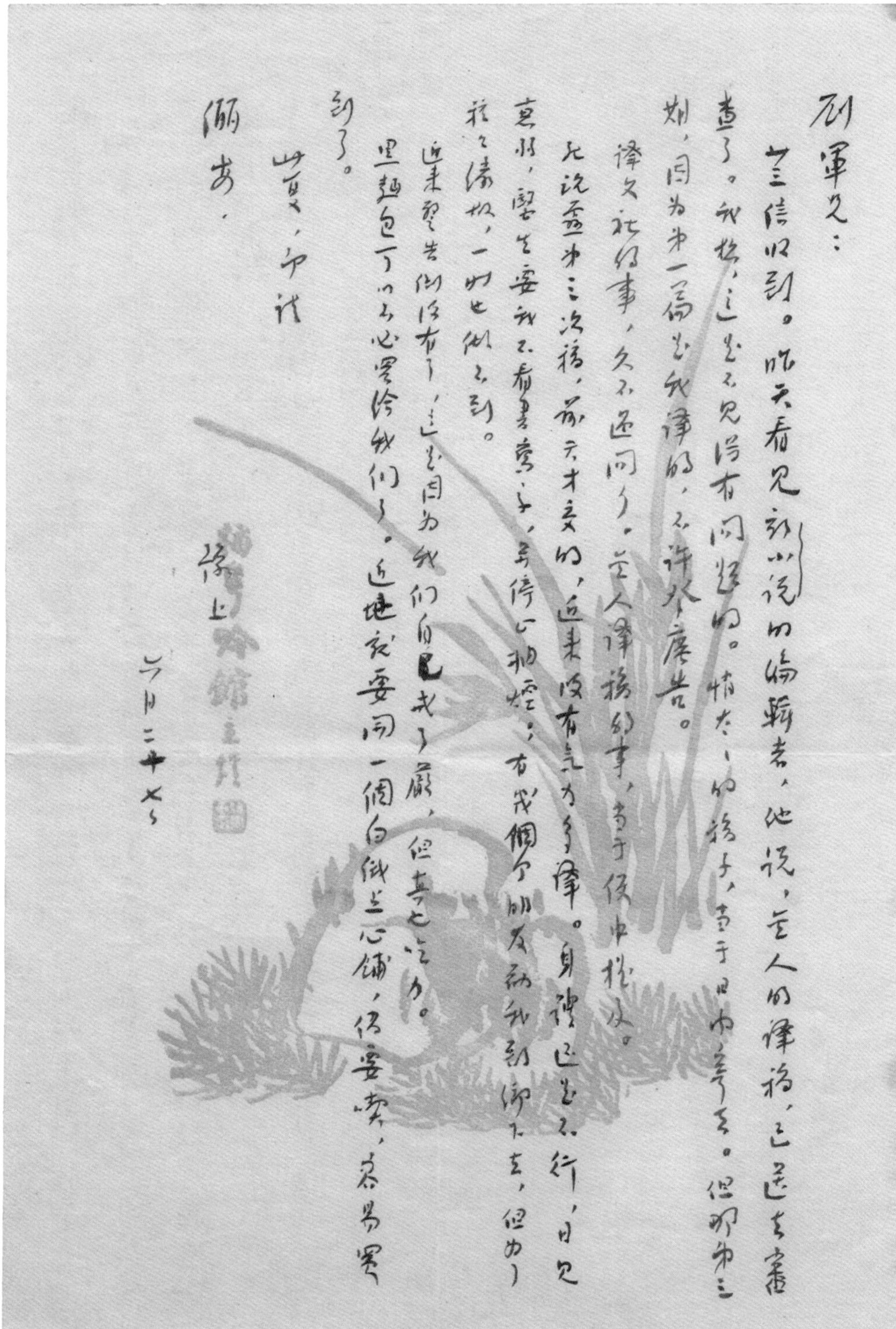
刘军兄：

三信收到。昨天看见那小说的编辑者，他说，金人的译稿，已送去审查了。我想，这是不见得有问题的。悄吟的稿子，当于月内寄去。但那第三期，因为第一篇是我译的，不许广告。

译文社的事，久不过问了。金人译稿的事，当于信中提及。先说孟十还的稿，前天才交的，近来没有气力多译。身体还是不行，日见衰弱，医生要我不看书写字，并停止抽烟；有几个朋友劝我到乡下去，但为了种种缘故，一时也做不到。

近来警告倒没有了，这是因为我们自己戒了严，但真也吃力。

黑面包可以不必买给我们了。近地就要开一个白俄点心铺，倘要吃，容易买到了。

此复，即请

俪安。

豫上

六月二十七

⊙黑面包可以不必买给我们了。近地就要开一个白俄点心铺，倘要吃，容易买到了。

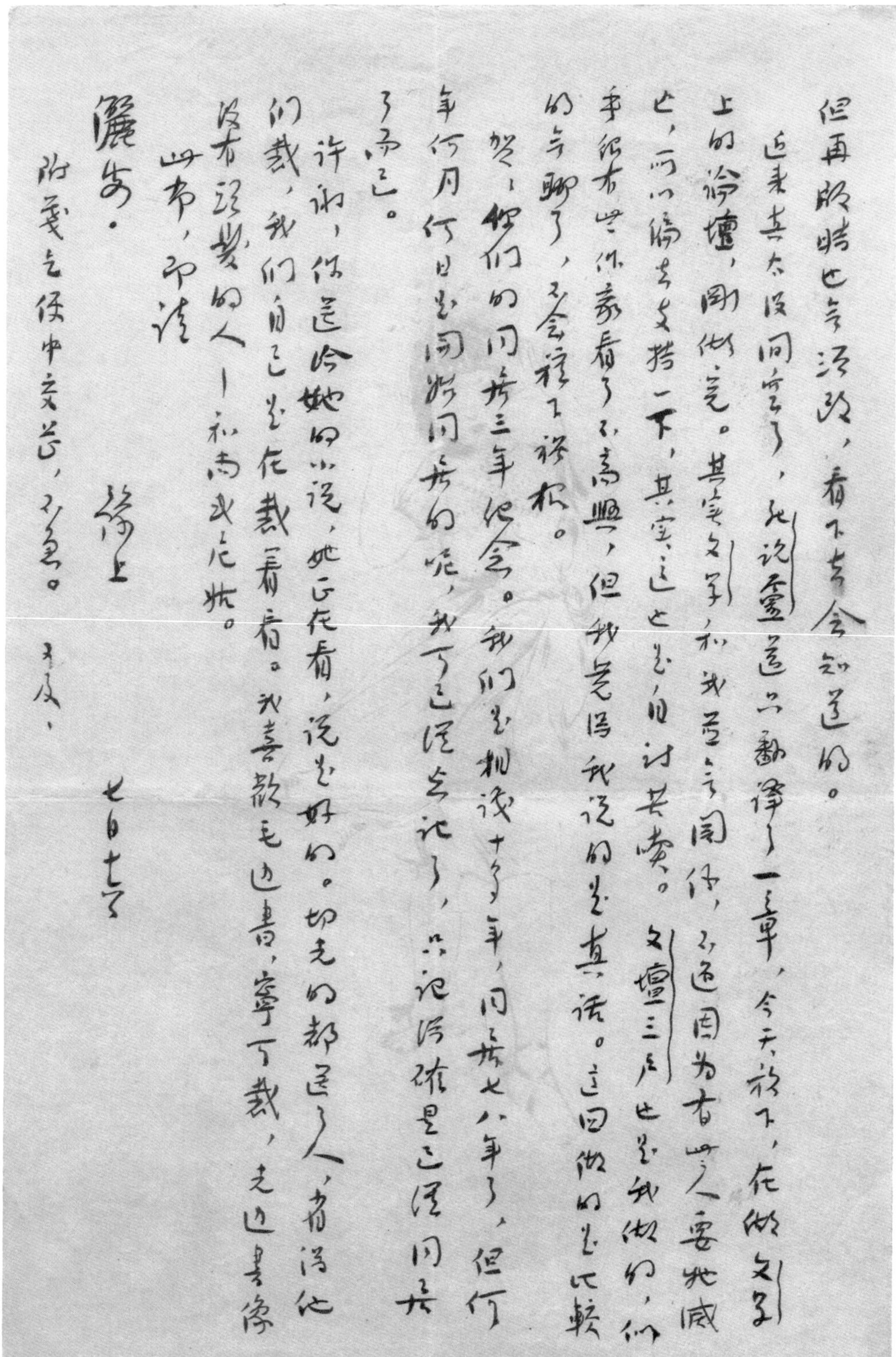
但再版時也會記得，看不看會知道的。
近來真太沒閒空了，光說靈臺這只翻譯了一章，今天放下，在做文字上的論壇，剛做完。其實文字和我是不同行，不過因為有些人要我感也，所以論去支持一下，其實這也是自討苦吃。文壇三尺也是我做的，你手頭有些你就看了不高興，但我覺得我說的是真話。這回做的是比較的今聊了，不會推不採取。
從這：你們的同居三年紀念。我們是相識十多年，同居七八年了，但何年何月何日是同居同居的呢，我可已經忘記了，只記得確是已經同居了而已。
許詡，你送給她的小說，她正在看，說是好的。切光的都送了人，有得作們裁，我們自己是在裁着看。我喜歡毛邊書，寧可裁，光邊書像沒有頭髮的人——和尚或尼姑。
此布，即請
麗安。
迅上
附箋已經中文譯，不見。
七日七了

⊙我喜欢毛边书，宁可裁，光边书像没有头发的人——和尚或尼姑。

劉軍兄：

十二日信并以前的一信，書，都收到的。關于出紀念册的事，先前已有幾個人提議過了，我不同意，也不願意說明理由；不過如有一團要出，那自然是另一回事，只是我個人不加入。

對于書，並無什麽意見。

月初因為兒子，我同一個老朋友，又去出席于他女兒的結婚，把譯作擱起了，以來沒握筆，所以并沒有工夫。今年也熱，我們也都生痱子。我的房裏不能裝電扇，即能裝也不用，因為會把紙張吹動，弄得不能寫字，所以我譯書的時候，如果有風，還得關起窗門來，這是終於生痱子。對于痱子的藥水，有 Watson's Lotion for Prickly Heat，極靈，大馬路屈臣氏大藥出售，我們近地是二元多角多一瓶，我們三人大約一年用兩瓶就夠，你身體大，我怕搽一次就要1/4瓶，那可不得了了。

那書的裝飾還不算壞，不過我總覺得俗氣一點。圖案作用，點淺，

⊙《生死场》萧红著，鲁迅作序，萧红设计封面。毛边本。一九三五年十二月上海奴隶社初版。鲁迅主编『奴隶丛书』之三。鲁迅藏，现存北京鲁迅博物馆。

⊙《八月的乡村》，萧军著，鲁迅作序，黄新波设计封面，并作木刻插图，毛边本。一九三五年十二月上海奴隶社初版。鲁迅主编『奴隶丛书』之二。鲁迅藏，现存北京鲁迅博物馆。

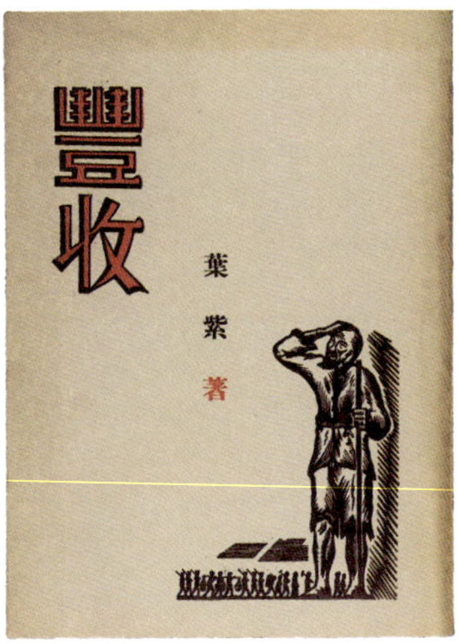

⊙《丰收》，小说集，叶紫著，鲁迅作序，黄新波设计封面，并作木刻插图十二幅。毛边本。一九三五年三月上海奴隶社初版。鲁迅主编『奴隶丛书』之一。一九三六年三月再版，两个版本鲁迅藏书都有。现存北京鲁迅博物馆。

七月廿七

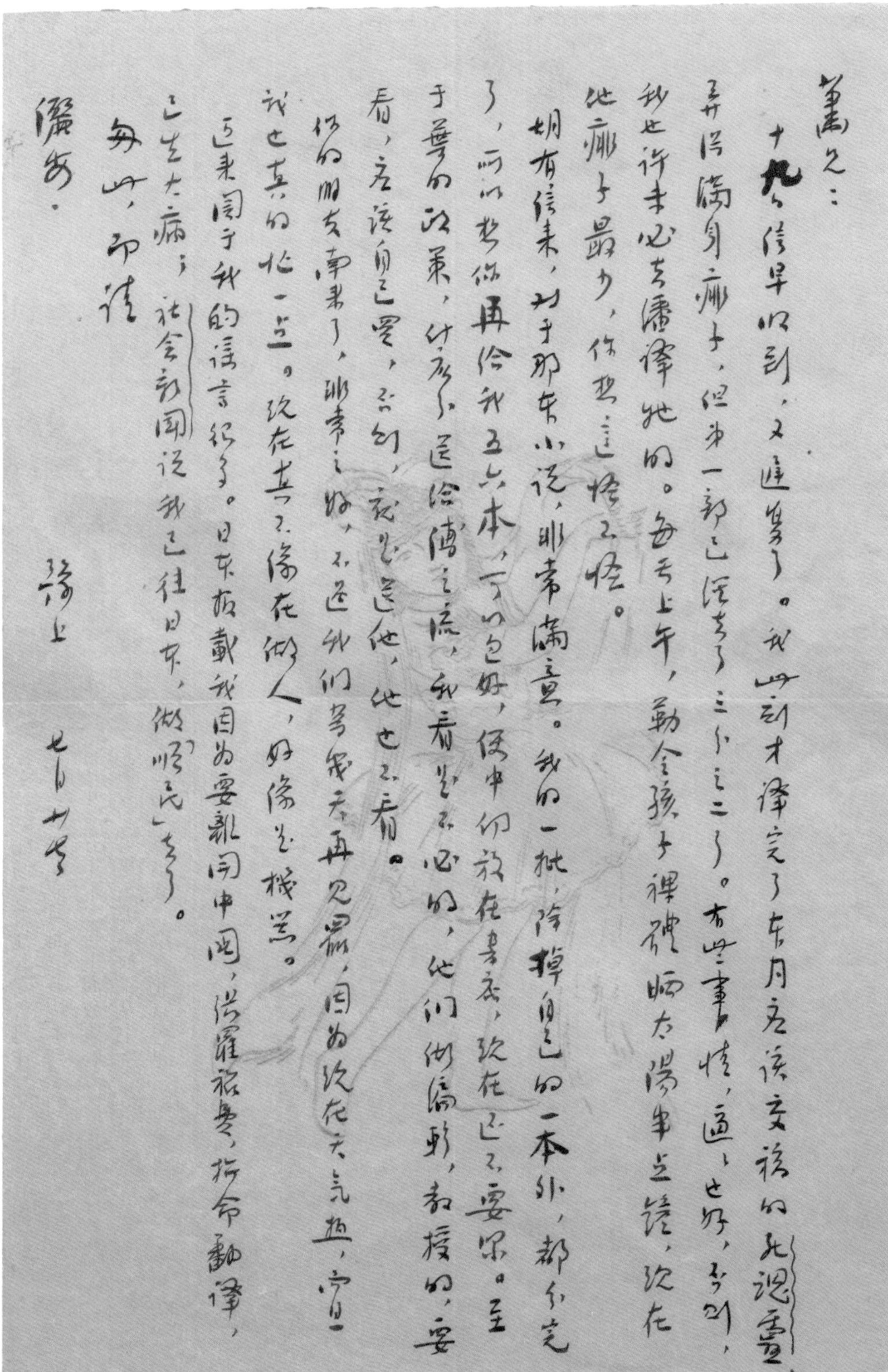

萧兄：

十九信早收到，又迟复了。我此刻才译完了本月应该交稿的死魂灵，弄得满身痱子，但第一部已经译了三分之二了。有些事情，逼逼也好，否则，我也许未必去译他的。每天上午，勒令孩子裸体晒太阳半点钟，现在他痱子最少，你想这怪不怪。

胡有信来，对于那本小说，非常满意。我的一批，除掉自己的一本外，都分完了，所以想你再给我五六本，可以包好，仍放在书店，现在还不要紧。至于书的政策，什么人送给博士之流，我看是不必的，他们做编辑，教授的，要看，应该自己买，否则，就是送他，他也不看。你的朋友南来了，非常之好，不过我们只好暂不再见罢，因为现在天气热，实在我也真的忙一点。现在真不像在做人，好像是机器。

近来关于我的谣言很多。日本报载我因为要离开中国，从罗马教皇，拚命翻译，已生大病；社会新闻说我已往日本，做「顺民」去了。

此布，即请

俪安。

豫上　七月廿七

⊙现在真不像在做人，好像是机器。

刘之：

信和书六本，当天收到了。诺字二十几个，这不算多，现在的木版物，普通每一页至少有一个。我因已寄书一本，这想托人再寄几本去，不便当的是这回不能托书店，因为万一弄错，会（累）得书店主人打破饭碗，所以只好小心些。

我说的书两部，每部约二十万字，第二部未作成稿，所以译不译还未定，但只译第一部，那么，九月底就完毕了。不过译的的人，我觉得实在少，连孩子来接见，也很少有人来答应，给我安静一下，所以我近来的译作，是常常没有一篇不在焦躁中写成的，这情形大约一时也不能改善。

对于谣言，我是不会懊恼的，如果懊恼，每月就得懊恼几回，也未必活到现在了。大约这种境遇，是可以练习惯的，后来就毫不要紧。倘有谣言，自己就懊恼，那就中了造谣者的计了。

庙子药水的确不大灵，但也不用药，也许庙子这么利害些。

我们近地开了一个白俄饭店，里面包，列巴圈，全有了。但东西是好的贵，比其他一切要大洋三毛，我看他也开不长久的。

这封信也由书店转的。

此布，即请

撰祉。

迅上

七月艾夜

⊙倘有谣言，自己就懊恼，那就中了造谣者的计了。

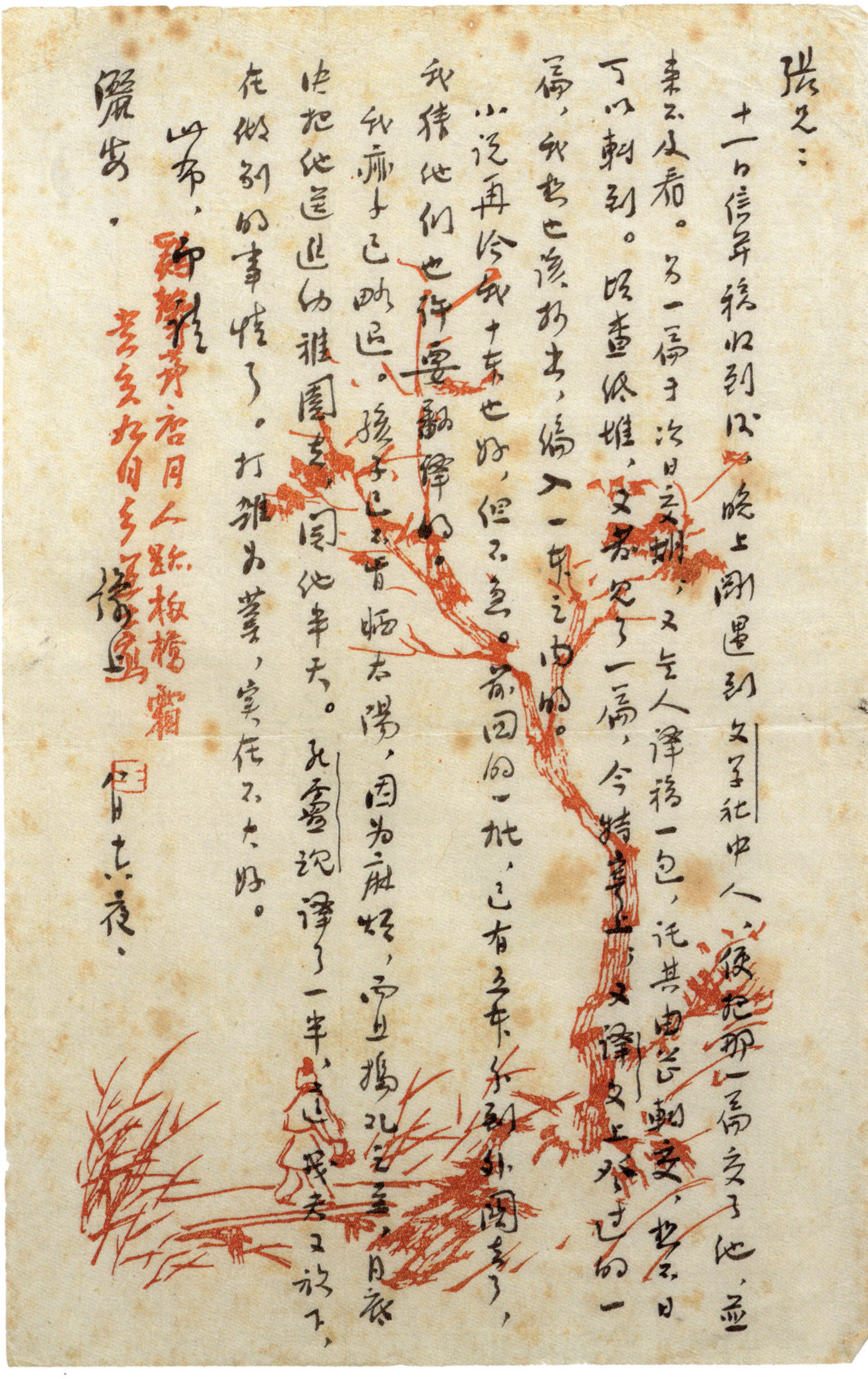

张兄：

十一日信并稿收到，次晚上刚遇到文学社中人，便把那一篇交了他，并未来及看。另一篇于次日交胡，又有人译稿一包，托其由邮交，也不日可以转到。昨查纸堆，又发见了一篇，今特寄上，亦译文上登过的一篇，我想也该收去，编入一本之内的。

小说再给我十来本也好，但不急。前回的一批，已有三本分别出国去了，我猜他们也许要翻译的。

我病已好，已断药。孩子已不肯晒太阳，因为麻烦，而且据说已无，日夜决把他送进幼稚园去，闹他半天。孔舍说译了一半，又搁着又放下，在做别的事情了。打杂为业，实在不大好。

此布，即颂

俪安。

[illegible]夜

⊙打杂为业，实在不大好。

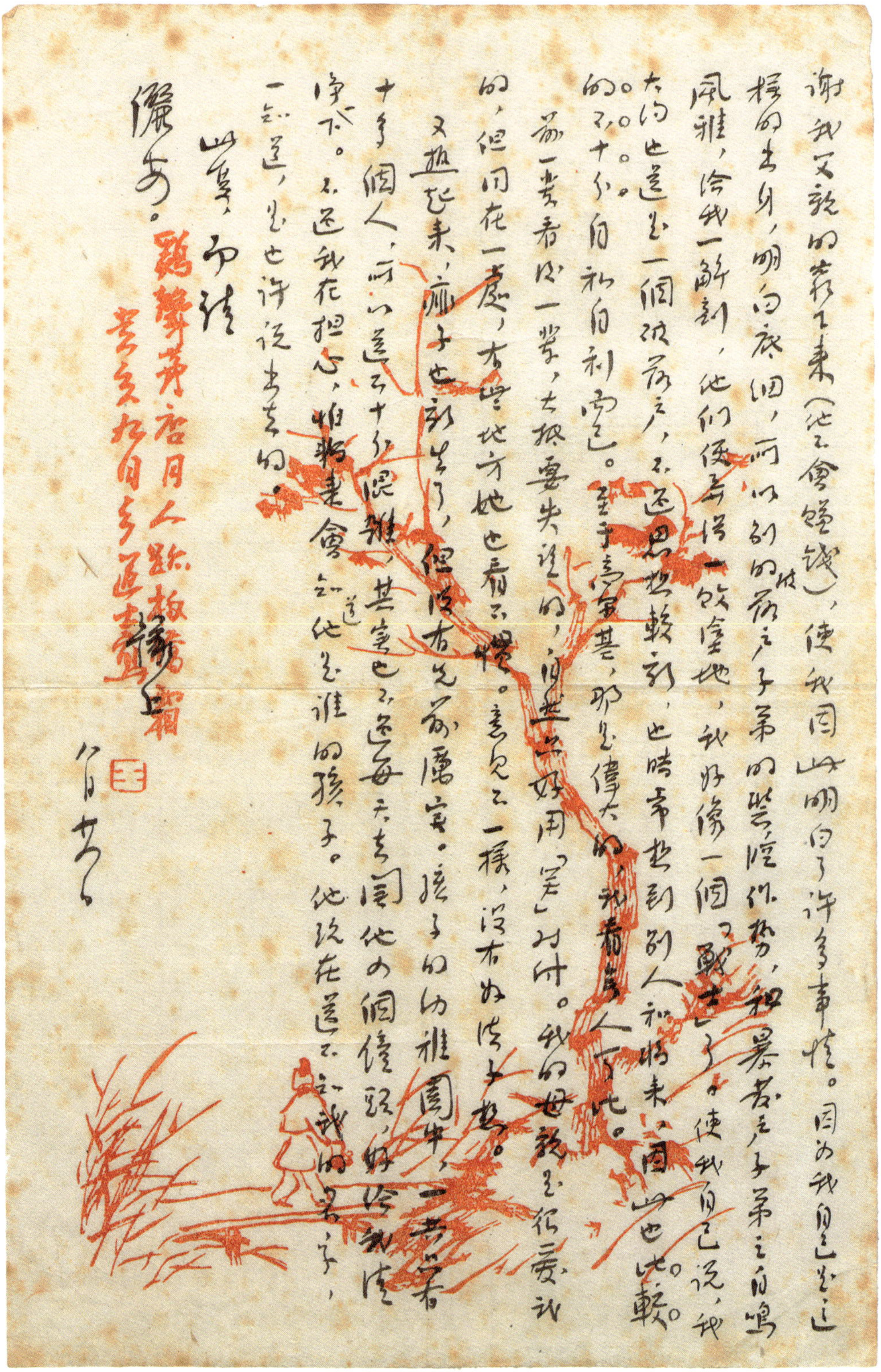

谢我父亲的穷下来（他不会赚钱），使我因此明白了许多事情。因为我自己是这样的出身，明白底细，所以对阔孩子子弟的装腔作势，和暴发户子弟之自鸣风雅，给我一个解剖，他们使我得一致命地，我好像一个「战士」，使我自己说，我大约也还是一个孩子，不过思想较新，也时常想到别人和将来，因此也比较的不十分自私自利罢。至于高官甚，那是伟大的，我看穷人下些。前一辈看得一样，大抵要失望的，所以也好用「笑」对付。我的母亲是很爱我的，但同在一处，有些地方她也看不惯。意见不一样，没有办法大哉。又想起来，疯子也就是了，但没有先前厉害。孩子的幼稚园中，一共有十多个人，所以还不十分混杂，其实也不过每天去问他几个钟头，好给知道净下。不过我在担心，怕将来会不知道他是谁的孩子。他现在还不知我的名字，一知道，是也许说出来的。

此复，即请

俪安。

迅 上

⊙ 我很感谢我父亲的穷下来，使我因此明白了许多事情。

刘先生：

廿二信并书一包，均收到。又曾寄《新小说》一本，内有金人译文一篇，不知收到否？寄给《文学》的稿子，来信说要分，但九月来不及，须待十月，只得听之。今天也有信来，今附上。悄吟太太的稿子退回来了，他说"稍弱"，也评的并不算错了，我拟交胡，拿到《妇女生活》去看看，倘不要，就只好搁起来了。

《死魂灵》作者的东西，虽不坏，不过究竟是旧作者，他常常要发一大套议论，而这些议论，有时真是难译，把我窘的汗流浃背。这回两样的德译本，而我的德文程度又差，错误一定不免，不过比起英译本的删节，日译本的错误更多来，也许好一点。至于《奥罗夫妇》的译者，是一位名人，但他大约太用力于交际了，翻译就不大高明。

我看用我去比外国的谁，是很难的，因为彼此的环境先不相同。契诃夫的祖先是农奴出身了，而这时候，我正在封建社会里做少爷，看不起钱，也是那时的所谓"读书人家子弟"的通性。我的祖父是做官的，到父亲才穷下来，所以我其实是"破落户子弟"，不过我很感

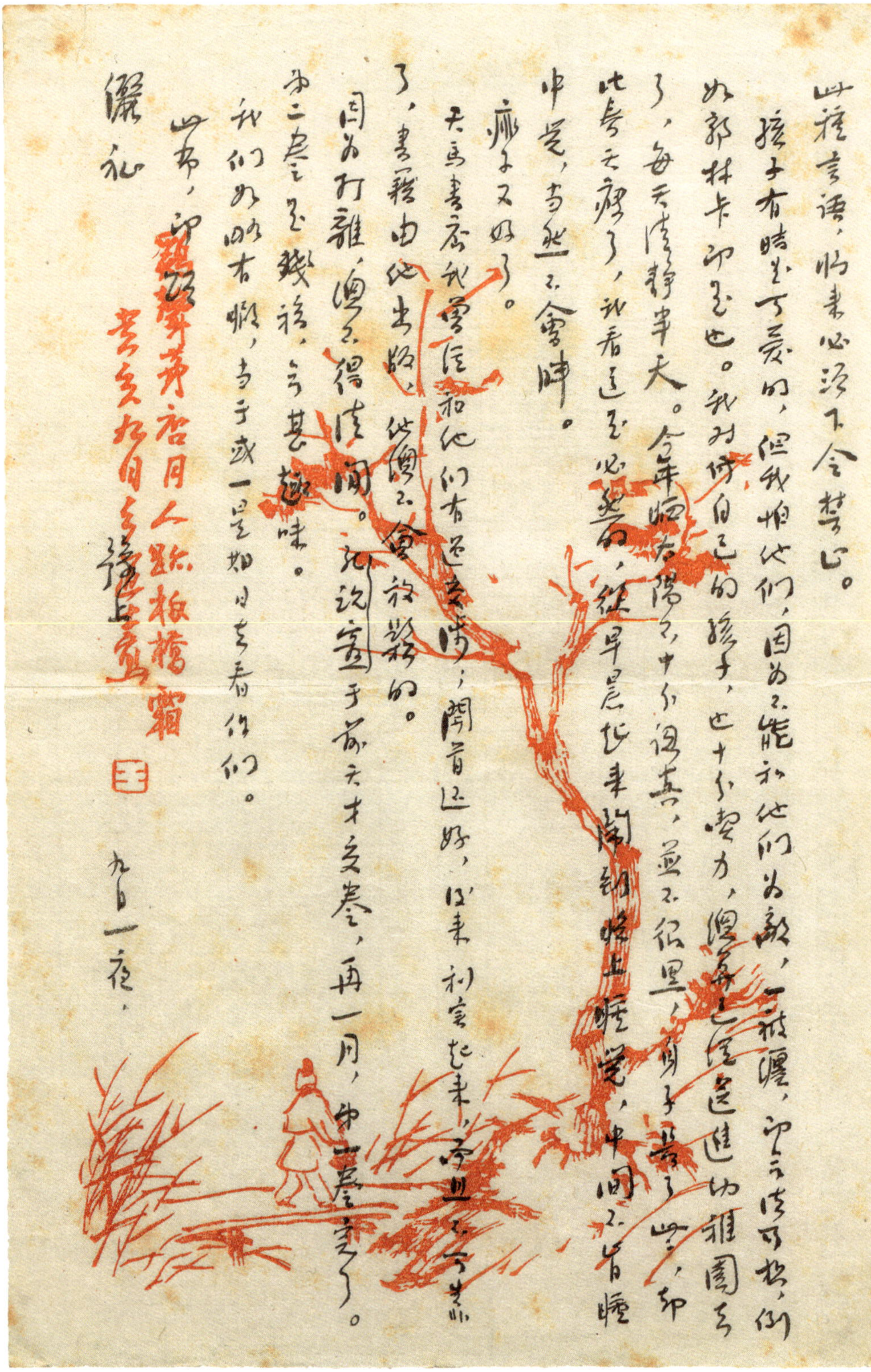

此种言语，将来必须不会禁止。

孩子有时是可爱的，但我怕他们，因为不能和他们为敌，一被缠，即无法可想，例如郭林卡即是也。我对付自己的孩子，也十分吃力，但幸而已经送进幼稚园去了，每天清静半天。今年晒太阳不十分得法，并不很黑，胖了些，却比夏天瘦了，我看这是必要的，从早晨起来闹到晚上睡觉，中间不肯睡中觉，当然不会胖。

痱子又好了。

天马书店我曾经和他们有过交涉，开首还好，后来利害起来，帐且不付了，书籍由他出版，他恐不会敷衍的。

因为打杂，总不得清闲。《死魂灵》于前天才交卷，再一月，第一卷完了。第二卷是残稿，无甚趣味。

我们如略有暇，当于或一星期日去看你们。

此布，即颂

俪祉

豫上

九月一夜。

⊙我们如略有暇，当于或一星期日去看你们。

張兄：

八月廿日信收到。同日收到金人稿費單一張，今代印上。又收到良友公司通知信，說「新小說」停刊了，「閘」、「草莽」，並且前寄我的稿轉給我信，已毫無此種消息，突然停刊了，真有點奇怪。鄭君平也辭職了，他的那篇「軍中」，這會著落，不知會有一點稿費否，但我當寫信去問一問新人。

胡懷琛的文章，都是些可說可不說的話，此人是專做此類文章的。《死魂靈》的原作，一定比譯文好，就是德文譯本，也比中譯好，有些形容辭之類，我竟安排不好，只好略去，不過比兩種日本譯本卻較好，錯誤也較少。瞿若不死，譯這種書是極相宜的，即此一端，即足判殺人者為罪大惡極。

[illegible]的性情，我看有點神經過敏，但我決計將金人的信寄給他，這是于他有益的。大家都沒有惡意，我想，他該能看得出來。

盧森堡的東西，我一點也沒有。

「土匪氣」很好，何必克服他，但亂撞是不行的。跑，也好，不過上海恐怕未必宜于練跑。滿洲人住江南二三年，便連馬也不會騎，[illegible]坐茶館。我不愛江南。秀氣是秀氣的，但小氣。聽到蘇州話，就令人肉麻。

九月十六夜

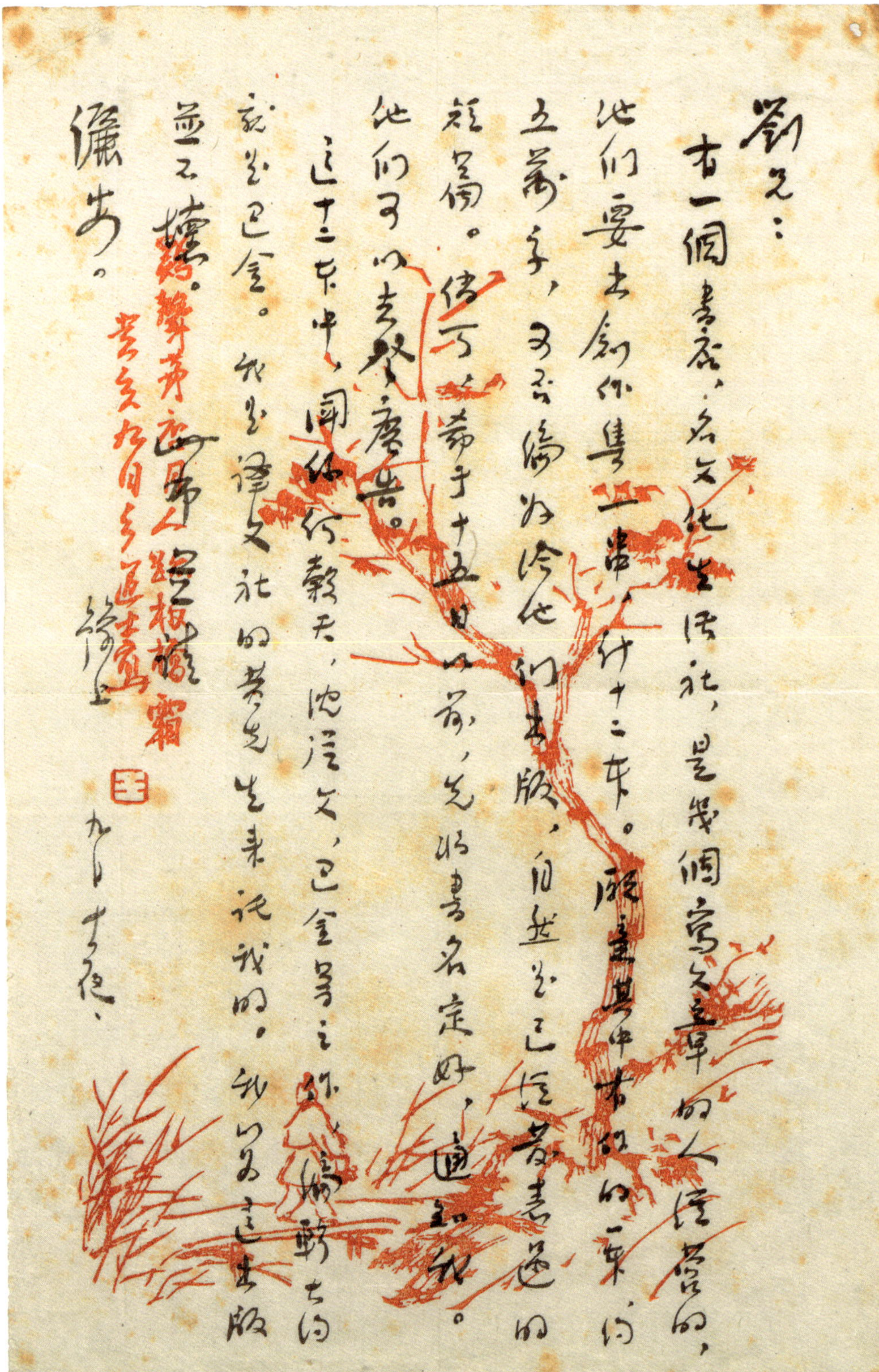

刘兄：

有一个书店，名文化生活社，是几个写文章的人经营的，他们要出创作集一串，计十二本。愿其中有你的一本，约五万字，可否编好给他们出版，自然已经发表过的短篇。但可在节后十五日以前，先将书名定好，通知我。他们可以去登广告。

这十二本中，闻作家数人，沈从文，巴金等之外，编辑者的就是巴金。我是译文社的黄先生来托我的。我以为这出版并不坏。

俪安。

迅上

九月十六夜

九月十七日

衍之：

十日信收到。小说集子已通知那边，算是定了局。

这集子的内容，我想可以有五篇，除你所举的三篇外，别作五月初登出，若登出，即可以入；又副中稿已取回，交了文学社，玫瑰嫁他们不必登出了，编在集里面，算是有未经登出一篇，较为好看。

其实你只要做那三篇给我就可以了，如能有一点自序，更好。

我自惰了太久了，翻译要今天才动手，一时怕不能来看你们了。

此布，即请

俪安。

徐上

九月十七日

⊙一时怕不能来看你们了。

九月十九

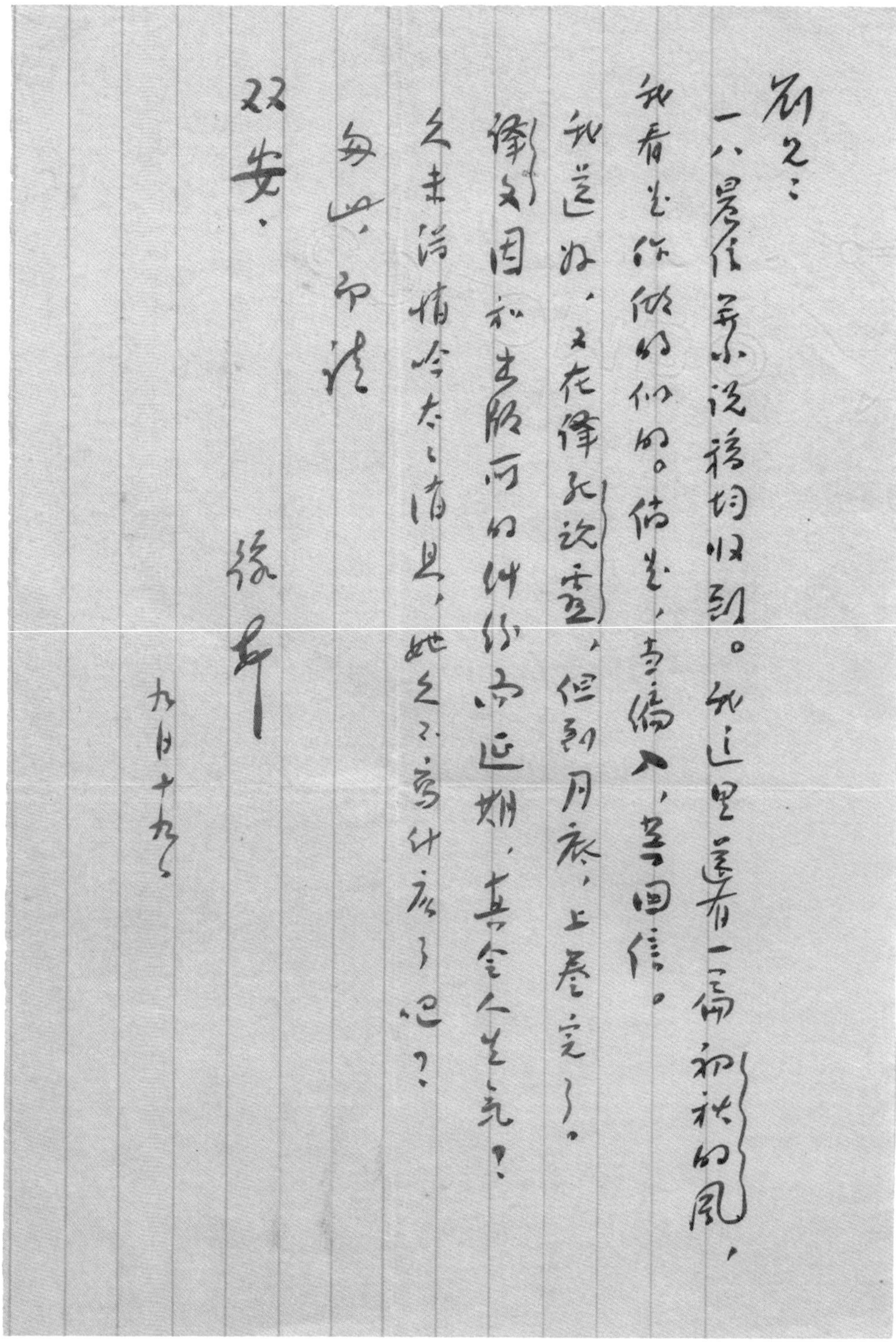
刘兄：

一八日信并小说稿均收到。我这里还有一篇《初秋的风》，我看是你做的似的。倘是，当编入，并当回信。我近好，又在译《死魂灵》，但到月底，上卷完了。《译文》因和生活书店的什么而延期，真令人生气！久未得悄吟太太消息，她久不写什么了吧？匆此，即请

双安。

豫

九月十九

⊙久未得悄吟太太消息，她久不写什么了吧？

剑之：

剑已尽去，稿费单今日寄到，兹粘上。锺书老了八十；但我们也，前天起，伏案太久，头上痛了。匆匆再谈。即请

俪安。

绛上

十二夜

开明 G（20×25）

⊙鲁迅藏信笺。

⊙萧军在青岛山东大学教室从窗子向外观望。

十二月二十八

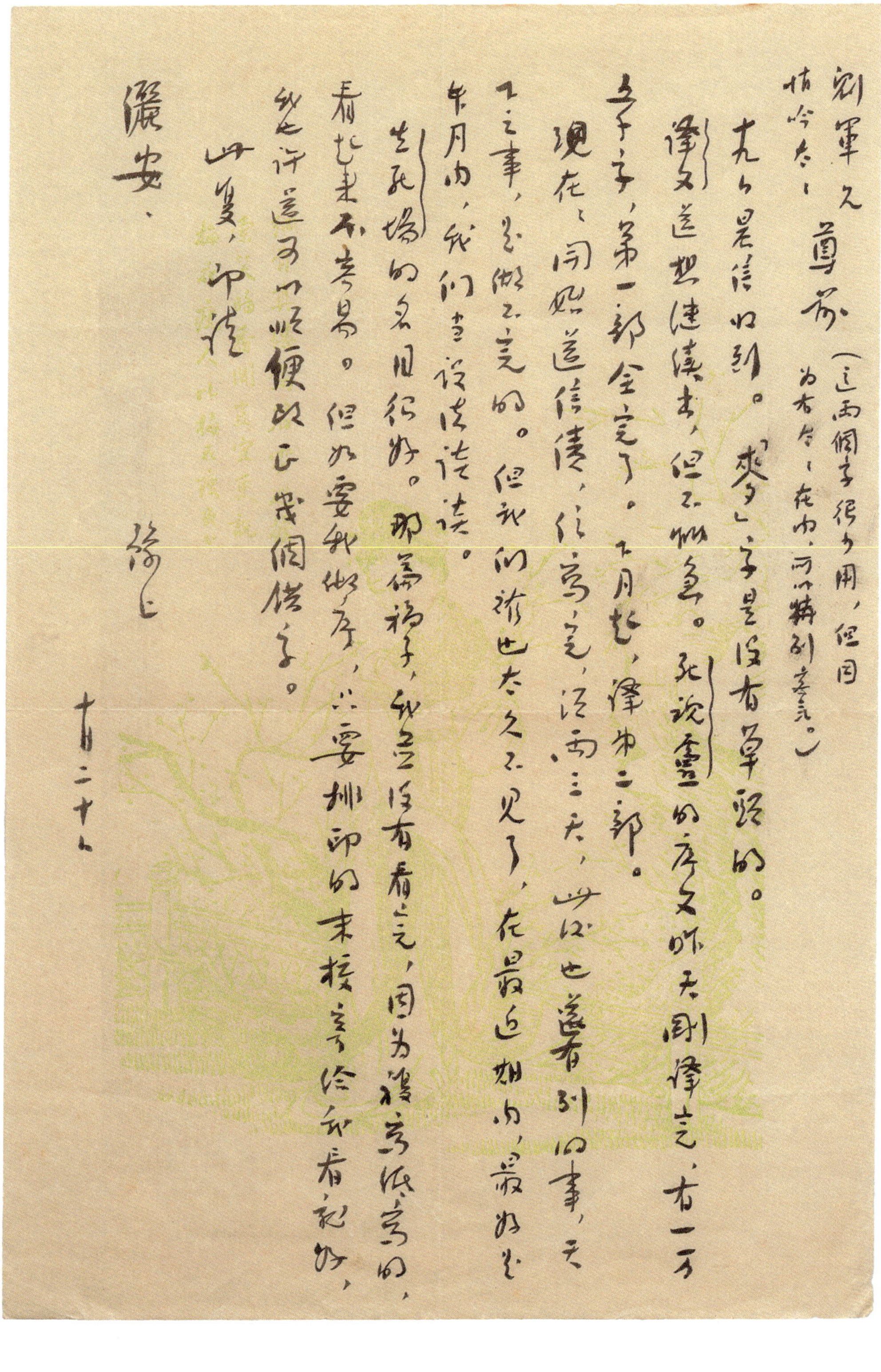

刘军兄
悄吟太太 尊前（这两个字很少用，但因为有太太在内，所以特别客气。）
先前的信收到。「麦」字是没有草头的。
《译文》还想续出，但不知怎样。我说《死魂灵》的序文昨天刚译完，有一万多字，第一部全完了。下月起，译第二部。
现在，同做这信债，信写完，须两三天，所以也总有别的事，天天之事，是做不完的。但我们确也太久不见了，在最近期内，最好是本月内，我们当设法谈谈。
《生死场》的名目很好。那篇稿子，我至今没有看完，因为複写纸写的，看起来不容易。但如要我作序，只要排印的末校寄给我看就好，我也许还可以顺便改正几个错字。
此复，即请
俪安。
豫 上
十二月二十八

⊙但我们确也太久不见了，在最近期内，最好是本月内，我们当设法谈谈。

的，不过一想到那时代，就知道并不足奇，而且那时的检查制度又多么严
厉，不拘说什么（比喻之传文居据，俟彼悲心，这一篇，我译附在「北说壹」以
面，现在看起来，是毫没有什么的）。至于耿说他满嘴胡新，却纯据中国
思想立论，外国的批评家都不这样说，中国的论客，论事论人，向来是
好夸张的。但他虽不识别大夫，这是一去那时禁令严，二则人们都有一种
迷信，以为高位者一定道德学问也好。我记得我们小时候，社会上还大抵
相信进士翰林状元宰相一定是好人，其实也并不是因为未论断。
他是老实的，所以他会发狂。你看我们这里的聪明人，都读得笑迷迷，
白胖胖，今天黑撑食，明天满丸子……
第二部北说盒并不多，慢慢的译，想在明年二三月出版；以后迟十这译的
「所先接窝作」一篇，是很好的一部研究。现正在校对第一部，下月十日以前当
可印成，自然要给你留下一部
寄上，即请

俪安。

徐上

有二寿

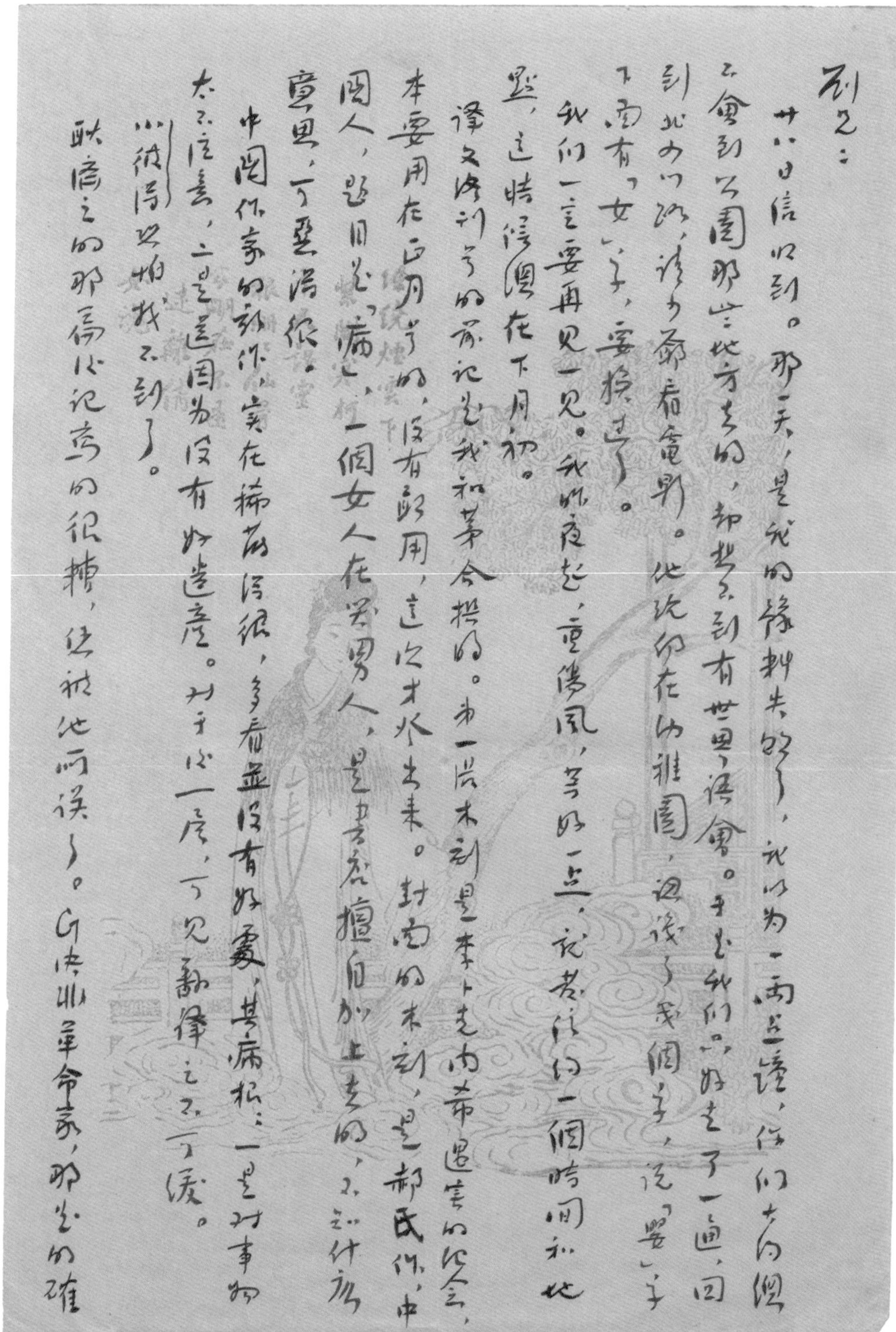
刘岘兄：

廿六日信收到。那一天，是我的豫料失败了，我以为一两点钟，你们大约总不会到公园那些地方去的，却想不到有世界语会。于是我们只好走了一通，回到北四川路，请你们看电影。他说你们在山雅园，因为我写了"要"字下面有"女"字，要换去了。

我们一定要再见一见。我昨夜起，重伤风，等好一点，就发信约一个时间和地点，这时候总在下月初。

译文所刊的前记，是我和茅合拟的。第一篇木刻是李卜克内希遇害的纪念，本要用在正月号的，没有能用，这次才拿出来。封面的木刻，是郝氏作，中国人，题目是"痛"，一个女人在哭男人，是书店擅自加上去的，不知什么意思，可恶得很。

中国作家的新作，实在稀薄得很，多看并没有好处，其病根：一是对事物太不注意，二是还因为没有好遗产。对于后一层，可见翻译之不可缓。

《小说月报》恐怕找不到了。

耿济之的那篇作品，记得的很糟，使被他所误了。所谓革命家，那些的确

⊙我们一定要再见一见。我昨夜起，重伤风，等好一点，就发信约一个时间和地点。

十一月

君兄

倩芬：

我想在礼拜三（十一月六日）下午五点三刻钟，在书店等候，我们俩先去逛公园之后，然后到书店里来，同到我的寓里吃夜饭。

林山、郁风

顺祝。

修上

十一月

十五日上午

研兄：

校稿昨天看完，胡刚刚来，便交与他了。校稿除改正了几个错字之外，又改正了一点格式，例如每行的末一格，就是一个圈或是一个点，很不好看，现在都已改正。

夜里写了一点序文，今送上。

这几天的近诗书得了，虽然未必真，可是令人高兴。静候下。安民搬的很多。

北山有远，亦请

隐安。

弟 上

十五日上午

此画说纸画的已来，本来画的送得着几天。又及

No.

OS 原稿用纸

20×20

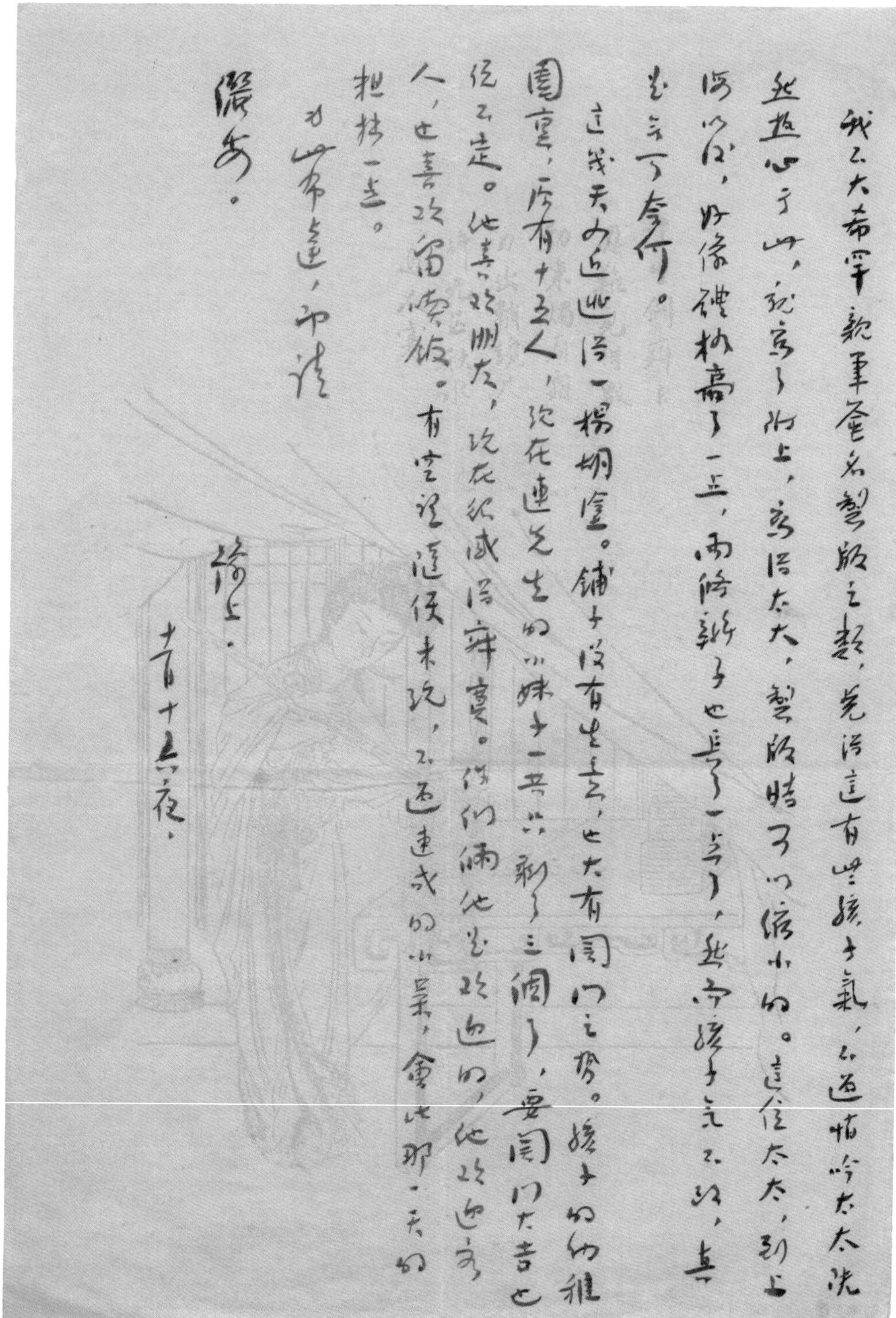

⊙这位太太，到上海以后，好像体格高了一点，两条辫子也长了一点了，然而孩子气不改，真是无可奈何。

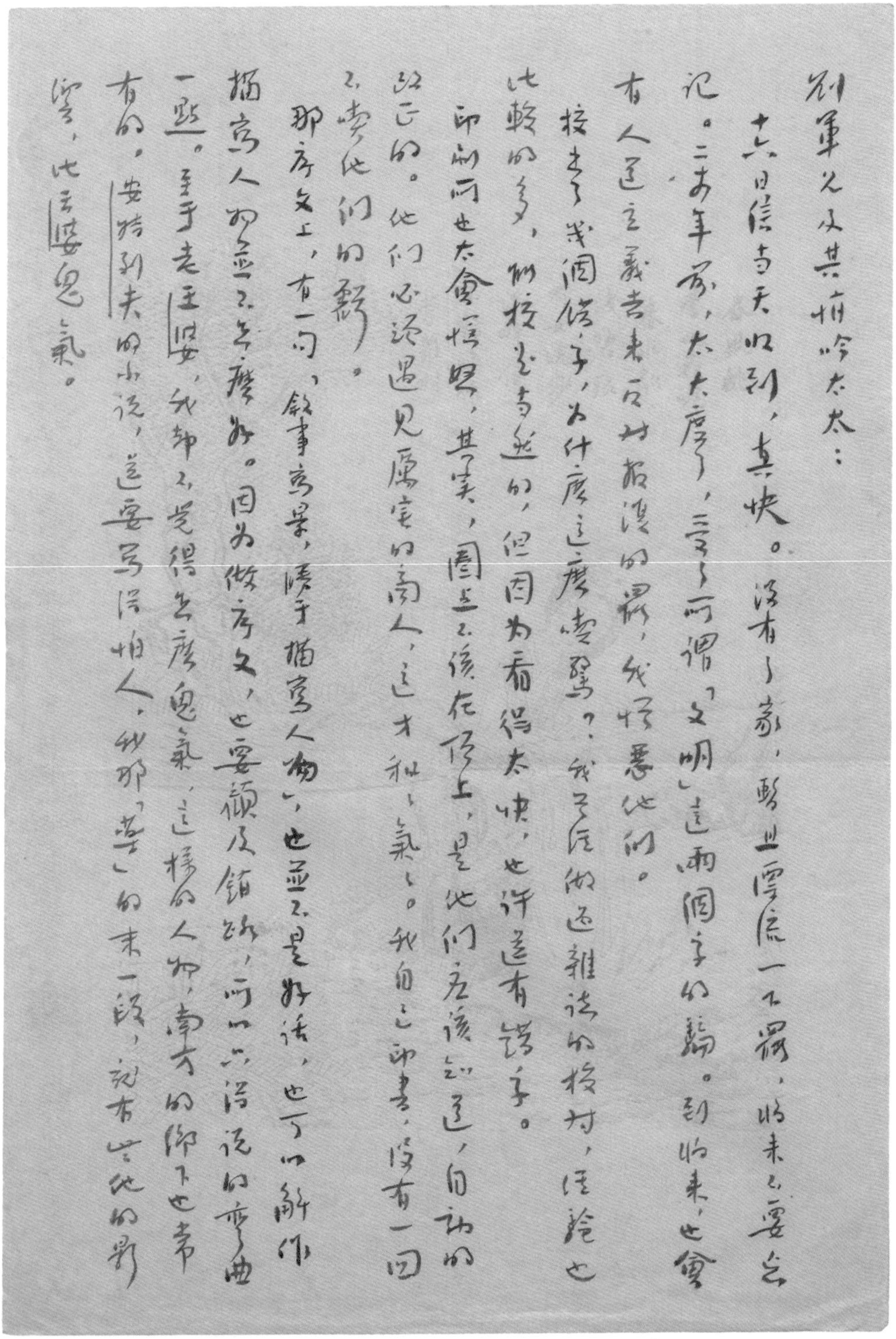

刘军兄及其悄吟太太：

十六日信当天收到，真快。没有了家，暂且漂流一下罢，将来不要忘记。二十年前，太大度了，受了所谓「文明」这两个字的骗。到将来，也会有人道主义者来反对报复的罢，我憎恶他们。

校出了我个字，为什么这么吃惊？我是在做过杂志的校对，但校对也比较的多，所校出来的，但因为看得太快，也许还有错字。印刷所也太会偷懒，其实，圆点不该在行上，是他们应该知道，自动的改正的。他们必须遇见厉害的商人，这才和和气气。我自己印书，没有一回不吃他们的亏。

那序文上，有一句，「叙事写景，胜于描写人物」，也并不是好话，也可以解作描写人物并不怎么好。因为做序文，也要顾及销路，所以只得说的弯曲一点。至于老王婆，我却不觉得怎么鬼气，这样的人物，南方的乡下也常有的。安特列夫的小说，还要写得怕人，我那「药」的末一段，就有些他的影响，比老王婆鬼气。

⊙没有了家，暂且漂流一下罢，将来不要忘记。

日记廿三

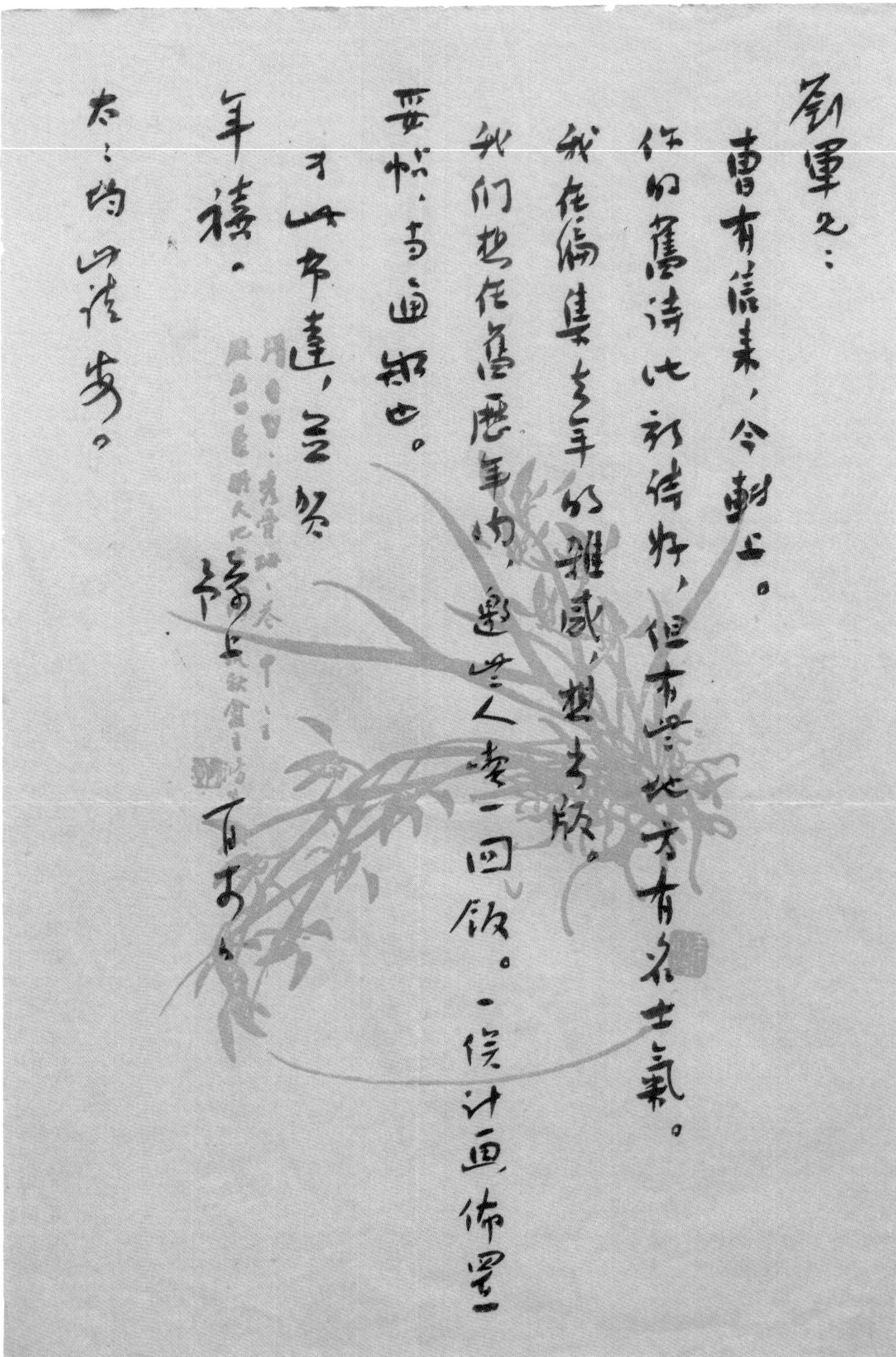

劉軍兄：

曹有信來，今轉上。

你的舊詩比新詩好，但有些地方有名士氣。

我在編集廿年的雜感，想出版。

我們想在舊曆年內，邀些人吃一回飯。一俟計畫佈置妥帖，當函知也。

專此布達，並頌

年禧。

豫 上

廣平

太太均此請安。

[illegible]

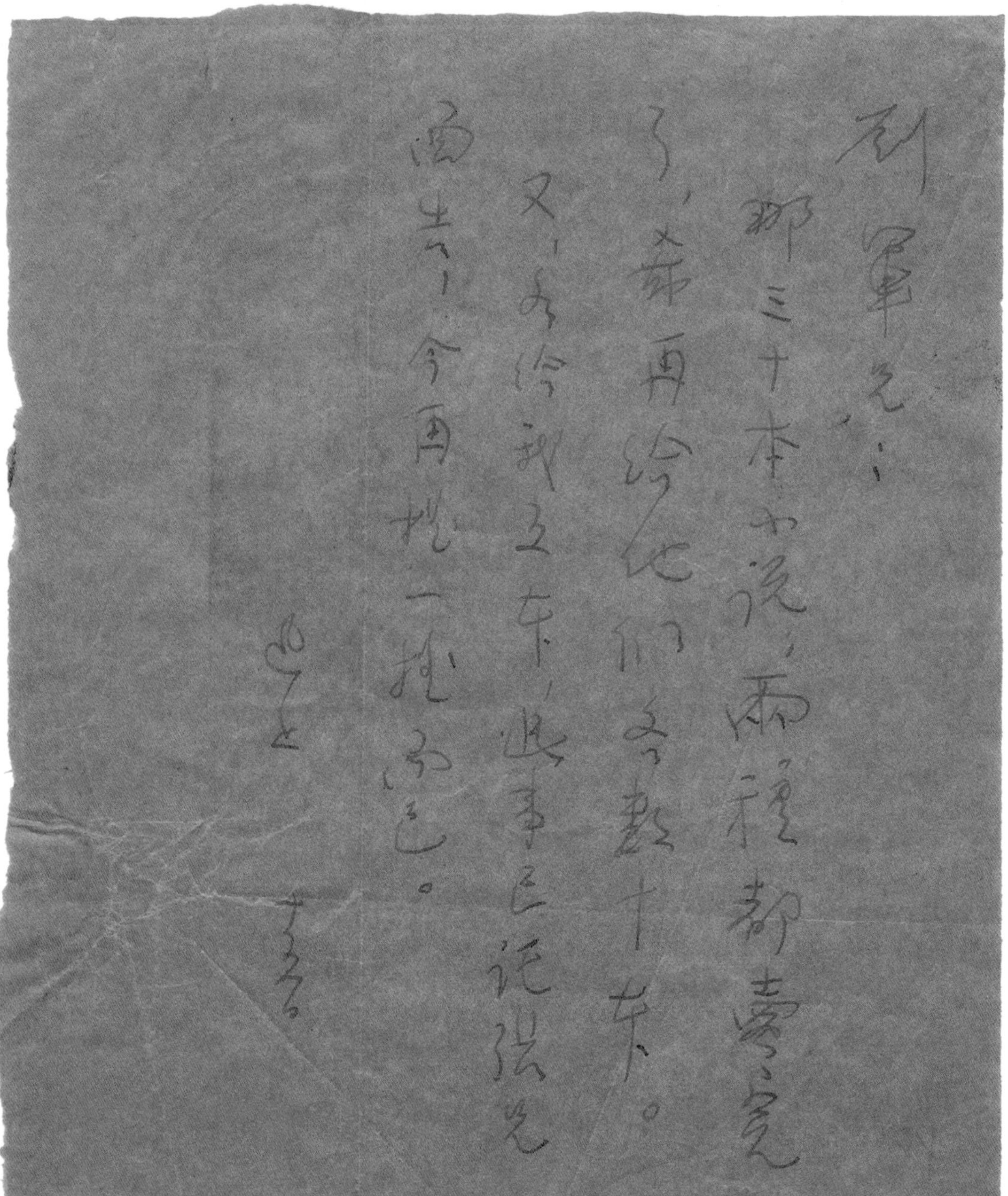

剛軍兄：

那三十本小說，兩種都要寄了，希再給他們各數十本。

又，要給我五本，此事已託張兄函告，今再提一提而已。

此上

[illegible]

二月二十三

刘兄：

义军的事情，急于应用，写通信也怕来不及，所以请你把过去二三年中的经过，撮要述给他们，愈快愈好，可先写给一二千字，余续写。（用回忆记的形式就好）

又如风姊，望劝告三郎：那一篇文章，是写给外国人看的，只记事，不发议论，二三千字就好，但要快。

迅上

二月二十三

⊙ 黄源、萧军、萧红合影。这张照片是萧红赴日本之前特拍照留念。照片背面写有“悄于一九三六年七月十七日赴日，此影摄于宴罢归家时”。

释文

此章节为释文部分。两萧在上海生活近两年时间里，连续更换了六个地址，由此看出两人当年生活的颠簸和不易程度。乃至鲁迅在回信中时常会问：『又搬新地址了吗？』

备注：

本章释文部分，是依照鲁迅书信原稿。为尊重当年语境和鲁迅先生本人语言风格，文中的部分用词未加改动。如：智识（知识）、那里（哪里）、沈默（沉默）等。请读者给予理解。

释文

一　青島：廣西路新五號

二　本埠：法租界 蒲柏路大益公寓

三　本埠：法租界 拉都路二七三號

四　本埠：拉都路 福顯坊四一一内

五　本埠：拉都路三五一號

六　本埠：薩坡賽路一九零號

廣西路新五號

1934・10・9

序言

愛倫堡（Ilia Ehrenburg）論法國的上流社會文學家之後，他說，此外也還有一些不同的人們：『教授們無聲無息地在他們的書房裏工作著，實驗X光線療法的醫生死在他們的職務上，奮身去救自己的伙伴的漁夫悄然沉沒在大洋裏面。……一方面是莊嚴的工作，另一方面卻是荒淫與無恥。』

這話說得很分明，然而中國是還有更其甚的呢。手頭沒有書，說不清見于那裏的了，也許是已經漢譯了的日本箭內亙氏的著作罷，他曾經一一記述了宋代的人民怎樣為蒙古人所淫殺，俘獲，踐踏和奴使。然而南宋的小朝廷卻仍舊向殘山賸水間的黎民施威，在殘山賸水間行樂，逃到那裏，氣焰和奢華就跟到那裏，頹廢和貪婪也跟到那裏。『若要官，殺人放火受招安；若要富

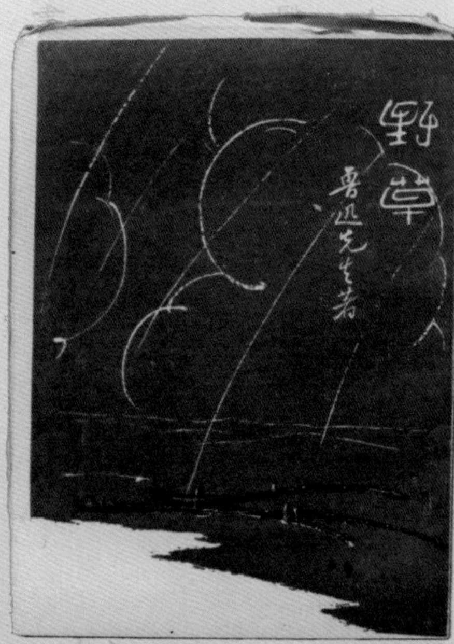

⊙《野草》是鲁迅先生的散文集。西式毛边装订，还没能完全裁开。封面纸张是较硬的洋纸。

——萧军

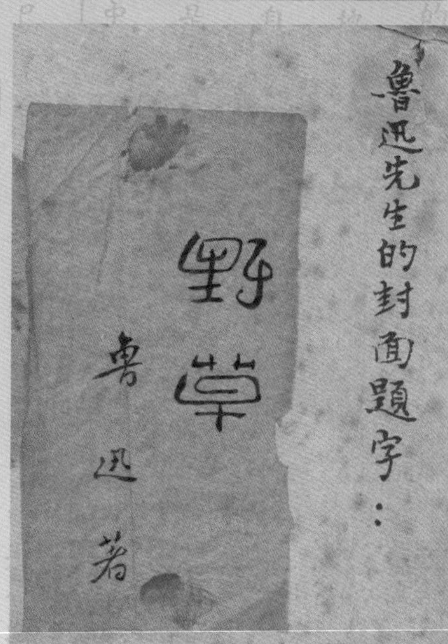

⊙许广平手摹，鲁迅为《野草》的封面题字。

⊙一九三六年·上海，萧军照。

【十月九日】

萧军先生：

给我的信是收到的。徐玉诺的名字我很熟，但好像没有见过他，因为他是做诗的，我却不留心诗，所以未必会见面。现在久不见他的作品，不知道那里去了？

来信的两个问题的答复——

一、不必问现在要什么，只要问自己能做什么。现在需要的是斗争的文学，如果作者是一个斗争者，那么，无论他写什么，写出来的东西一定是斗争的。就是写咖啡馆跳舞场罢，少爷们和革命者的作品，也决不会一样。

二、我可以看一看的，但恐怕没工夫和本领来批评。稿可寄“上海、北四川路底、内山书店转、周豫才收”，最好是挂号，以免遗失。

我的那一本《野草》，技术并不算坏，但心情太颓唐了，因为那是我碰了许多钉子之后写出来的。我希望你脱离这种颓唐心情的影响。

专此布复，即颂

时绥。

迅 上　十月九夜

法租界浦柏路 大益公寓

三郎 悄吟

1934·11·3

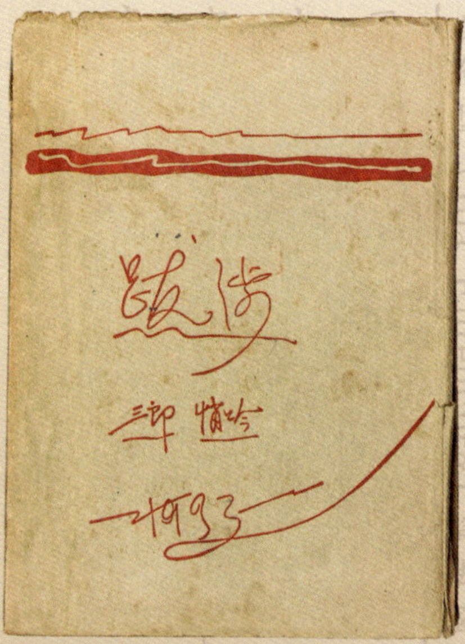

⊙《跋涉》，一九三三年印制。鲁迅藏书。两萧一九三四年随信寄给鲁迅，被他很好地保存下来。

⊙《跋涉》扉页。

⊙一九三三年初夏，鲁迅在内山完造上海寓所外与其合影。

【十一月三日】

刘先生：

来信当天收到。先前的信，书本，稿子，也都收到的，并无遗失，我看没有人截去。

见面的事，我以为可以从缓，因为布置约会的种种事，颇为麻烦，待到有必要时再说罢。

专此布复，即颂

时绥。

迅 上　十一月三日

令夫人均此致候。

拉都路二七三號

1934·11·5

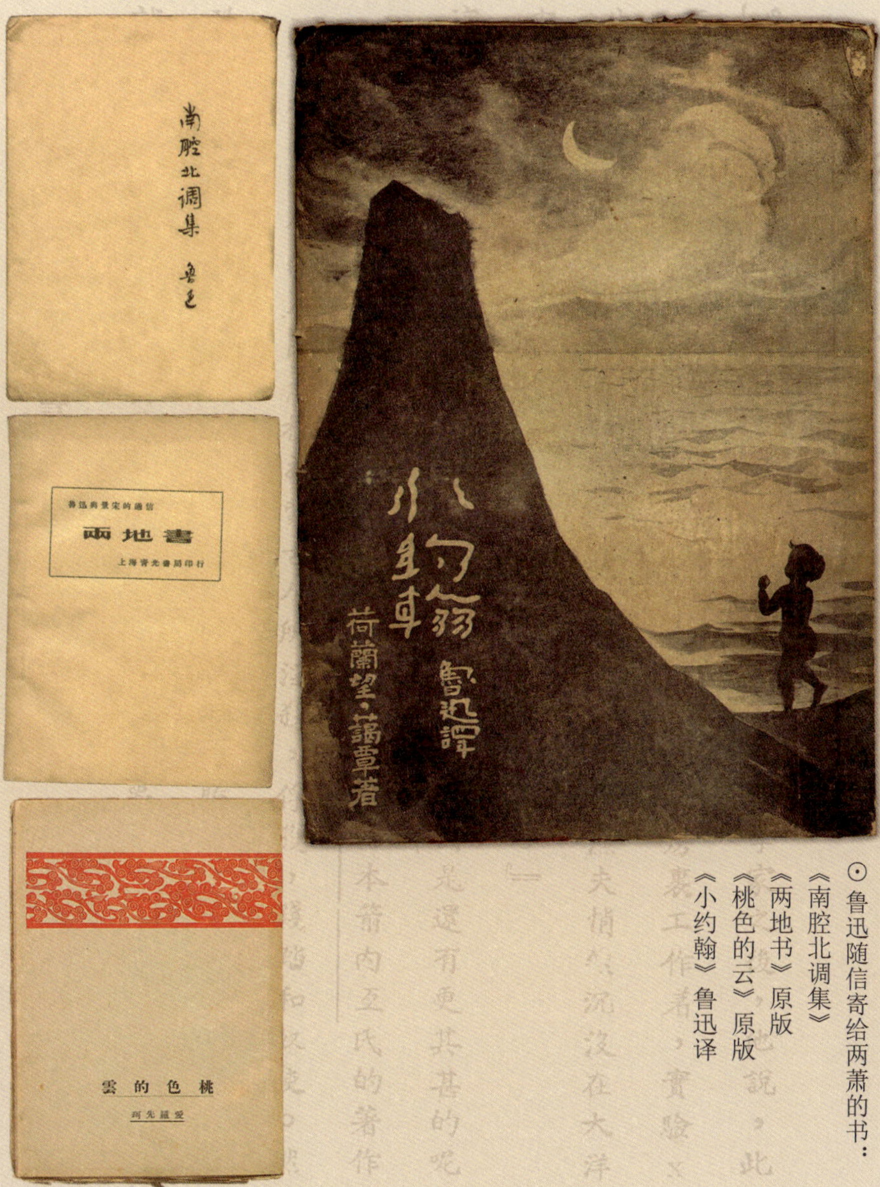

⊙鲁迅随信寄给两萧的书：《南腔北调集》《两地书》原版《桃色的云》原版《小约翰》鲁迅译

【十一月五日】

刘先生：

四日信收到。我也听说东三省的报上，说我生了脑膜炎，医生叫我十年不要写作。其实如果生了脑膜炎，十中九死，即不死，也大抵成为白痴，虽生犹死了。这信息是从上海去的，完全是上海的所谓“文学家”造出来的谣言。它给我的损失，是远处的朋友忧愁不算外，使我写了几十封更正信。

上海有一批“文学家”，阴险得很，非小心不可。

你们如在上海日子多，我想我们是有看见的机会的。

专复 即颂

时绥。

迅 上　十一月五夜

吟女士均此不另。

十一月十二日

刘
悄两位先生：

七日信收到。首先是称呼问题。中国的许多话，要推敲起来，不能用的多得很，不过因为用滥了，意义变成含糊，所以也就这么敷衍过去。不错，先生二字，照字面讲，是生在较先的人，但如这么认真，则即使同年的人，叫起来也得先问生日，非常不便了。对于女性的称呼更没有适当的，悄女士在提出抗议，但叫我怎么写呢？悄婶子，悄姊姊，悄妹妹，悄侄女……都并不好，所以我想，还是夫人太太，或女士先生罢。现在也有不用称呼的，因为这是无政府主义者式，所以我不用。

稚气的话，说说并不要紧，稚气能找到真朋友，但也能上人家的当、受害。上海实在不是好地方，固然不必把人们都看成虎狼，但也切不可一下子就推心置腹。

以下是答问——

一、我是赞成大众语的，《太白》二期所录华圉作的《门外文谈》，就是我做的。

二、中国作家的作品，我不大看，因为我不弄批评；我常看的是外国人的小说或论文，但我看书的工夫也很有限。

三、没有，大约此后一时也不会有，因为不许出版。

四、出过一本《南腔北调集》，早被禁止。

五、蓬子转向；丁玲还活着，政府在养她。

六、压迫的，因为他们自己并不统一，所以办法各处不同，上海较宽，有些地方，有谁寄给我信一被查出，发信人就会危险。书是常常被邮局扣去的，外国寄来的杂志，也常常收不到。

七、难说。我想，最好是抄完后暂且不看，搁起来，搁一两月再看。

八、也难说。青年两字，是不能包括一类人的，好的有，坏的也有。但我觉得虽是青年，稚气和不安定的并不多，我所遇见的倒十之七八是少年老成的，城府也深，我大抵不和这种人来往。

九、没有这种感觉。

我的确当过多年先生和教授，但我并没有忘记我是学生出身，所以并不管什么规矩不规矩。至于字，我不断的写了四十多年了，还不该写得好一些么？但其实，和时间比起来，我是要算写得坏的。

此复，即请

俪安。

迅上　十一月十二日

这两个字抗议不抗议？

【十一月十七日】

刘
吟先生：

十三日的信，早收到了，到今天才答复。其实是我已经病了十来天，一天中能做事的力气很有限，所以许多事情都拖下来，不过现在大约要好起来了，全体都已请医生查过，他说我要死的样子一点也没有，所以也请你们放心，我还没有到自己死掉的时候。

中野重治的作品，除那一本外，中国没有。他也转向了，日本一切左翼作家，现在没有转向的，只剩了两个（藏原与宫本）。我看你们一定会吃惊，以为他们真不如中国左翼的坚硬。不过事情是要比较而论的，他们那边的压迫法，真也有组织，无微不至，他们是德国式的，精密，周到，中国倘一仿用，那就又是一个情形了。

蓬子的变化，我看是只因为他不愿意坐牢，其实他本来是一个浪漫性的人物。凡有智识分子，性质不好的多，尤其是所谓“文学家”，左翼兴盛的时候，以为这是时髦，立刻左倾，待到压迫来了，他受不住，又即刻变化，甚而至于卖朋友（但蓬子未做这事），作为倒过去的见面礼。这大约是各国都有的事。但我看中国较甚，真不是好现象。

以下，答复来问——

一、不必改的。上海邮件多，他们还没有一一留心的工夫。

二、放在那书店里就好，但时候还有十来天，我想还可以临时再接洽别种办法。

三、工作难找，因为我没有和别人交际。

四、我可以预备着的，不成问题。

生长北方的人，住上海真难惯，不但房子像鸽子笼，而且笼子的租价也真贵，真是连吸空气也要钱，古人说，水和空气，大家都有份，这话是不对的。

我的女人在这里，还有一个孩子。我有一本《两地书》，是我们两个人的通信，不知道见过没有？要是没有，我当送给一本。

我的母亲在北京。大蝎虎也在北京，不过喜欢蝎虎的只有我，现在恐怕早给他们赶走了。

专此布复，并请

俪安。

迅上　十一月十七日

【十一月二十日】

刘吟先生：

十九日信收到。许多事情，一言难尽，我想我们还是在月底谈一谈好，那时我的病该可以好了，说话总能比写信讲得清楚些。但自然，这之间如有工夫，我还要用笔答复的。

现在我要赶紧通知你的，是霞飞路的那些俄国男女，几乎全是白俄，你万不可以跟他们说俄国话，否则怕他们会疑心你是留学生，招出麻烦来。他们之中，以告密为生的人们很不少。

我的孩子足五岁，男的，淘气得可怕。

此致，即请

俪安。

迅上　二十日

十一月二十七日

刘
吟先生：

本月三十日（星期五）午后两点钟，你们两位可以到书店里来一趟吗？小说如已抄好，也就带来，我当在那里等候。

那书店，坐第一路电车可到。就是坐到终点（靶子场）下车，往回走，三四十步就到了。

此布，即请

俪安。

迅上　十一月二十七日

【十二月六日】

刘
吟先生：

两信均收到。我知道我们见面之后，是会使你们悲哀的，我想，你们单看我的文章，不会料到我已这么衰老。但这是自然的法则，无可如何。其实，我的体子并不算坏，十六七岁就单身在外面混，混了三十年，这费力可就不小；但没有生过大病或卧床数十天，不过精力总觉得不及先前了，一个人过了五十岁，总不免如此。

中国是古国，历史长了，花样也多，情形复杂，做人也特别难，我觉得别的国度里，处世法总还要简单，所以每个人可以有工夫做些事，在中国，则单是为生活，就要化去生命的几乎全部。尤其是那些诬陷的方法，真是出人意外，譬如对于我的许多谣言，其实大部分是所谓“文学家”造的，有什么仇呢，至多不过是文章上的冲突，有些是一向毫无关系，他不过造着好玩，去年他们还称我为“汉奸”，说我替日本政府做侦探。我骂他时，他们又说我器量小。

单是一些无聊事，就会化去许多力气。但，敌人是不足惧的，最可怕的是自己营垒里的蛀虫，许多事都败在他们手里。因此，就有时会使我感到寂寞。但我是还要照先前那样做事的，虽然现在精力不及先前了，也因学问所限，不能慰青年们的渴望，然而我毫无退缩之意。

《两地书》其实并不像所谓“情书”，一者因为我们通信之初，实在并未有什么关于后来的豫料的；二则年龄，境遇，都已倾向了沉静方面，所以决不会显出什么热烈。冷静，在两人之间，是有缺点的，但打闹，也有弊病，不过，倘能立刻互相谅解，那也不妨。至于孩子，偶然看看是有趣的，但养起来，整天在一起，却真是麻烦得很。

你们目下不能工作，就是静不下，一个人离开故土，到一处生地方，还不发生关系，就是还没有在这土里下根，很容易有这一种情境。一个作者，离开本国后，即永不会写文章了，是常有的事。我到上海后，即做不出小说来，而上海这地方，真也不能叫人和他亲热。我看你们的现在的这种焦躁的心情，不可使它发展起来，最好是常到外面去走走，看看社会上的情形，以及各种人们的脸。

以下答问——

1. 我的孩子叫海婴，但他大起来，自己要改的，他的爸爸，就连姓都改掉了。阿菩是我的第三个兄弟的女儿。

2. 会是开成的，费了许多力；各种消息，报上都不肯登，所以在中国很少人知道。结果并不算坏，各代表回国后都有报告，使世界上更明瞭了中国的实情。我加入的。

3. 《君山》我这里没有。

4. 《母亲》也没有。这书是被禁止的，但我可以托人去找一找。《没落》我未见过。

5.《两地书》我想东北是有的，北新书局在寄去。

6．我其实是不喝酒的；只在疲劳或愤慨的时候，有时喝一点，现在是绝对不喝了，不过会客的时候，是例外。说我怎样爱喝酒，也是“文学家”造的谣。

7．关于脑膜炎的事，日子已经经过许久了，我看不必去更正了罢。

我们有了孩子以后，景宋几乎和笔绝交了，要她改稿子，她是不敢当的。但倘能出版，则错字和不妥处，我当负责改正。

你说文化团体，都在停滞——无政府状态中……，一点不错。议论是有的，但大抵是唱高调，其实唱高调就是官僚主义。我的确常常感到焦烦，但力所能做的，就做，而又常常有“独战”的悲哀。不料有些朋友们，却斥责我懒，不做事；他们昂头天外，评论之后，不知哪里去了。

来信上说到用我这里拿去的钱时，觉得刺痛，这是不必要的。我固然不收一个俄国的卢布，日本的金圆，但因出版界上的资格关系，稿费总比青年作家来得容易，里面并没有青年作家的稿费那样的汗水的——用用毫不要紧。而且这些小事，万不可放在心上，否则，人就容易神经衰弱，陷入忧郁了。

来信又愤怒于他们之迫害我。这是不足为奇的，他们还能做什么别的？我究竟还要说话。你看老百姓一声不响，将汗血贡献出来，自己弄到无衣无食，他们不是还要老百姓的性命吗？

此复，即请

俪安。

迅上　十二月六日

再：有《桃色的云》及《小约翰》，是我十年前所译，现在再版印出来了，你们两位要看吗？望告诉我。又及。

【十二月十日】

刘吟先生：

八夜信收到。我的病倒是好起来了，胃口已略开，大约可以渐渐恢复。童话两本，已托书店寄上，内附译文两本，大约你们两位也没有看过，顺便带上。《竖琴》上的序文，后来被检查官删掉了，这是初版，所以还有着。你看，他们连这几句话也不准我们说。

如果那边还有官力以外的报，那么，关于“脑膜炎”的话，用“文艺通信”的形式去说明，也是好的。为了这谣言，我记得我曾写过几十封正误信，花掉邮费两块多。

中华书局译世界文学的事，早已过去了，没有实行。其实，他们是本不想实行的，即使开首会译几部，也早已暗中定着某人包办，没有陌生人的份儿。现在蒋死了，说本想托蒋译，假如活着，也不会托他译的，因为一托他，真的译出来，岂不大糟？那时他们到我这里来打听靖华的通信地址，说要托他，我知道他们不过玩把戏，拒绝了。现在呢，所谓“世界文学名著”，简直不提了。

名人，阔人，商人……常常玩这一种把戏，开出一个大题目来，热闹热闹，以见他们之热心。未经世故的青年，不知底细，就常常上他们的当；碰钉子还是小事，有时简直连性命也会送掉，我就知道不少这种卖血的名人的姓名。我自己现在虽然说得好像深通世故，但近年就上了神州国光社的当，他们与我订立合同，托我找十二个人，各译苏联名作一种，出了几本，不要了，有合同也无用，我只好又磕头礼拜，各去回断，靖华住得远，不及回复，已经译成，只好我自己付版税，又设法付印，这就是《铁流》，但这书的印本一大半和纸版，后来又被别一书局骗去了。

那时的会，是在陆上开的，不是船里，出席的大约二三十人，会开完，人是不缺一个的都走出的，但似乎也有人后来给他们弄去了，因为近来的捕，杀，秘密的居多，别人无从知道。爱罗先珂却没有死，听说是在做翻译，但有人寄信去，却又没有回信来。

义军的记载看过了，这样的才可以称为战士，真叫我似的弄笔的人惭愧。我觉得文人的性质，是颇不好的，因为他智识思想，都较为复杂，而且处在可以东倒西歪的地位，所以坚定的人是不多的。现在文坛的无政府情形，当然很不好，而且坏于此的恐怕也还有，但我看这情形是不至于长久的。分裂，高谈，故作激烈等等，四五年前也曾有过这现象，左联起来，将这压下去了，但病根未除，又添了新分子，于是现在老病就复发。但空谈之类，是谈不久，也谈不出什么来的，它终必被事实的镜子照出原形，拖出尾巴而去。倘用文章来斗争，当然更好，但这种刊物不能出版，所以只好慢慢的用事实来克服。

其实，左联开始的基础就不大好，因为那时没有现在似的压迫，所以有些人以为一经加入，就可以称为前进，而又并无大危险的，不料压迫来了，就逃走了一批。这还不算坏，有的竟至于反而卖消息去了。人少倒不要紧，只要质地好，而现在连这也做不到。好的也常有，但不是经验少，就是身体不强健（因为生活大抵是苦的），这于战斗是有妨碍的。但是，被压迫的时候，大抵有这现象，我看是不足悲观的。

卖性的事，我无所闻，但想起来是能有的；对付女性，南方官大约也比北方残酷，血债多得很。

此复，即请

俪安。

迅上　十二月十夜

【十二月十七日】

刘吟先生：

本月十九日（星期三）下午六时，我们请你们两到梁园豫菜馆吃饭，另外还有几个朋友，都可以随便谈天的。梁园地址，是广西路三三二号。广西路是二马路与三马路之间的一条横街，若从二马路弯进去，比较的近。

专此布达，并请

俪安。

豫广同具　十二月十七日

【十二月二十日】

刘吟先生：

代表海婴，谢谢你们送的小木棒，这我也是第一次看见。但他对于我，确是一个小棒喝团员。他去年还问："爸爸可以吃么？"我的答复是："吃也可以吃，不过还是不吃罢。"今年就不再问，大约决定不吃了。

田的直接通信处，我不知道。但如外面的信封上，写"本埠河南路三〇三号、中华日报馆、《戏》周刊编辑部收"，里面再用一个信封，写"陈瑜先生启"，他该可以收到的。不过我想，他即使收到，也未必有回信，剧本稿子是否还在，也是一个问题。试写一信，去问问他也可以，但恐怕百分之九十九是没有结果的。此公是有名的模模糊糊。

小说稿我当看一看，看后再答复。吟太太的稿子，生活书店愿意出版，送给官僚检查去了，倘通过，就可发排。

专此布达，并颂

俪安。

迅 上　十二月二十日

【十二月二十六日】

刘
吟先生：

廿四日信收到，二十日信也收到的。我没有生病，只因为这几天忙一点，所以没有就写回信。

周女士她们所弄的戏剧组，我并不知道底细，但我看是没什么的，不打紧。不过此后所遇的人们多起来，彼此都难以明白真相，说话不如小心些，最好是多听人们说，自己少说话，要说，就多说些闲谈。

《准风月谈》尚未公开发卖，也不再公开，但它必要成为禁书。所谓上海的文学家们，也很有些可怕的，他们会因一点小利，要别人的性命。但自然是无聊的，并不可怕的居多，但却讨厌得很，恰如虱子跳蚤一样，常常会暗中咬你几个疙瘩，虽然不算大事，你总得搔一下了。这种人物，还是不和他们认识好。我最讨厌江南才子，扭扭捏捏，没有人气，不像人样，现在虽然大抵改穿洋服了，内容也并不两样。其实上海本地人倒并不坏的，只是各处坏种，多跑到上海来作恶，所以上海便成为下流之地了。

《母亲》久被禁止，这一部是托书坊里的伙计寻来的，不知道他是怎么一个线索。日前做了一篇随笔到文学社去卖钱，七千字，检查官给我删掉了四分之三，只剩一个脑袋，不值钱了。吟太太的小说，我想不至于此，如果删掉几段，那么，就任它删掉几段，第一步是只要印出来。

这几天真有点闷气。检查官吏们公开的说，他们只看内容，不问作者是谁，即不和个人为难的意思。有些出版家知道了这话，以为“公平”真是出现了，就要我用旧名子［字］做文章，推也推不掉。其实他们是阴谋，遇见我的文章，就删削一通，使你不成样子，印出去时，读者不知底细，以为我发了昏了。如果只是些无关痛痒的话，那是通得过的，不过，这有什么意思呢？

今年不再写信了，等着搬后的新地址。

专此布复，即颂

俪安。

豫上　十二月二十六夜

序言

愛倫堡（Ilia Ehrenburg）論法國的上流社會文學家之後，他說，此外也還有一些不同的人們：『教授們無聲無息地在他們的書房裏工作着，實驗X光線療法的醫生死在他們的職務上，奮身去救自己的伙伴的漁夫悄然沉沒在大洋裏面。……一方面是莊嚴的工作，另一方面卻是荒淫與無恥。』

這[illegible]現在的[illegible]國[illegible]而[illegible]是還有更其甚的呢。手頭沒有書，說不清見于那裏的了，也許是已經漢譯了的日本箭內亙氏的著作罷，他曾經一一記述了宋代的人民怎樣爲蒙古人所淫殺，俘獲，踐踏和奴使。然而南宋的小朝廷卻仍舊向殘山賸水間的黎民施威，在殘山賸水間行樂；逃到那裏，氣焰和奢華就跟到那裏，頹廢和貪婪也跟到那裏。『若要官，殺人放火受招安；若要富

八月的鄉村　序　言　　一

拉都路福顯坊四一內

1935·1·4

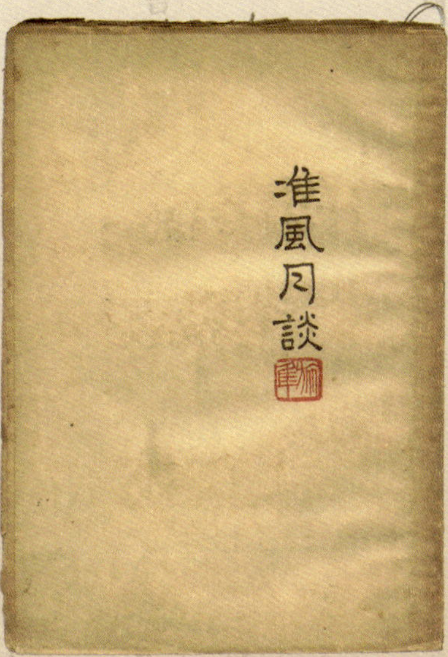

⊙ 鲁迅著《准风月谈》。

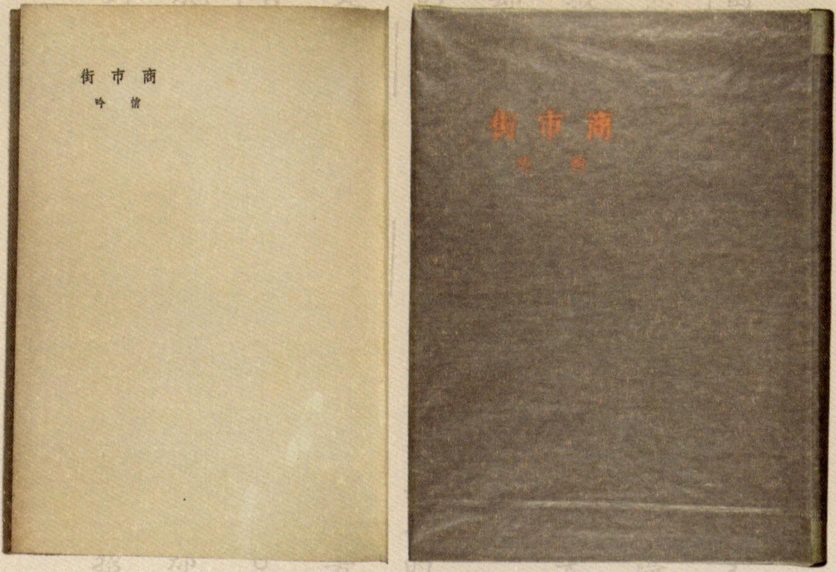

⊙ 鲁迅藏书。《商市街》封面和扉页。

一月四日

刘
吟先生：

二日的信，四日收到了，知道已经搬了房子，好极好极，但搬来搬去，不出拉都路，正如我总在北四川路兜圈子一样。有大草地可看，在上海要算新年幸福，我生在乡下，住了北京，看惯广大的土地了，初到上海，真如被装进鸽子笼一样，两三年才习惯。新年三天，译了六千字童话，想不用难字，话也比较的容易懂，不料竟比做古文还难，每天弄到半夜，睡了还做乱梦，那里还会记得妈妈，跑到北平去呢？

删改文章的事，是必须给它发表开去的，但也犯不上制成锌板。他们的丑史多得很，他们哪里有一点羞。怕羞，也不去干这样的勾当了，他们自己也并不当人看。

吟太太究竟是太太，观察没有咱们爷们的精确仔细。少说话或多说闲谈，怎么会是耗子躲猫的方法呢？我就没有见过猫整天的在咪咪的叫的，除了春天的或一时期之外。猫比老鼠还要沈默。春天又作别论，因为它们另有目的。平日，它总是静静的听着声音，伺机搏击，这是猛兽的方法。自然，它决不和耗子讲闲话的，但耗子也不和猫讲闲话。

你所遇见的人，是不会说我怎样坏的，敌对或侮蔑的意思，我相信也没有。不过“太不留情面”的批评是绝对的不足为训的。如果已经开始笔战了，为什么要留情面？

留情面是中国文人最大的毛病。他以为自己笔下留情，将来失败了，敌人也会留情面。殊不知那时他是决不留情面的。做几句不痛不痒的文章，还是不做好。

而且现在的批评家，对于“骂”字也用得非常之模胡。由我说起来，倘说良家女子是婊子，这是“骂”，说婊子是婊子，就不是骂。我指明了有些人的本相，或是婊子，或是叭儿，它们却真的是婊子或叭儿，所以也决不是“骂”。但论者却一概谓之“骂”，岂不哀哉。

至于检查官现在这副本领，是毫不足怪的，他们也只有这种本领。但想到所谓文学家者，原是应该自己会做文章的，他们却只会禁别人的文章，真不免好笑。但现在正是这样的时候，不是救国的非英雄，而卖国的倒是英雄吗？

考察上海一下，是很好的事，但我举不出相宜的同伴，恐怕还是自己看看好罢，大约通过一两回，是没有什么的。不过工人区域里却不宜去，那里狗多，有点情形不同的人走过，恐怕它就会注意。

近来文字的压迫更严，短文也几乎无处发表了。看看去年所作的东西，又有了短评和杂论各一本，想在今年内印它出来，而新的文章，就不再做，这几年真也够吃力了。近几时我想看看古书，再来做点什么书，把那些坏种的祖坟刨一下。

过了一年，孩子大了一岁，但我也大了一岁，这么下去，恐怕我就要打不过他，革命也就要临头了。这真是叫作怎么好。

专此布达，并请

俪安。

迅上　广附笔问候　一月四日

【一月二十一日】

刘吟先生：

自己吃东西不小心，又生了几天病，现在又好了。两篇稿子早收到，写得很好，白字错字也很少，我今天开始出外走走，想绍介到《文学》去，还有一篇，就拿到良友公司去试试罢。

前几天的病，也许是赶译童话的缘故，十天里译了四万多字，以现在的体力，好像不能支持了。但童话却已译成，这是流浪儿出身的 Panterejev 做的，很有趣，假如能够通过，就用在《译文》第二卷第壹号（三月出版）上，否则，我自己印行。

现在搬了房子，又认识了几个人（叶这人是很好的），生活比较的可以不无聊了罢。

专此布达，即颂

时绥。

迅上　广也说问问您们俩的好。

“小伙计”比先前胖一点了，但也闹得真可以。

【一月二十九日】

萧吟两兄：

二十及二十四日信都收到了。运动原是很好的，但这是我在少年时候的事，现在怕难了。我是南边人，但我不会弄船，却能骑马，先前是每天总要跑它一两点钟的。然而自从升为“先生”以来，就再没有工夫干这些事，二十年前曾经试了一试，不过架式还在，不至于掉下去，或拔住马鬃而已。现在如果试起来，大约会跌死也难说了。

而且自从弄笔以来，有一种坏习气，就是一样事情开手，不做完就不舒服，也不能同时做两件事，所以每作一文，不写完就不放手，倘若一天弄不完，则必须做到没有力气了，才可以放下，但躺着也还要想到。生活就因此没有规则，而一有规则，即于译作有害，这是很难两全的。还有二层，一是琐事太多，忽而管家务，忽而陪同乡，忽而印书，忽而讨版税；二是著作太杂，忽而做序文，忽而作评论，忽而译外国文。脑子就永是乱七八糟，我恐怕不放笔，就无药可救。

所谓“还有一篇”，是指萧兄的一篇，但后来方法变换了，先都交给《文学》，看他们要那一篇，然后再将退回的向别处设法。但至今尚无回信。吟太太的小说送检查处后，亦尚无回信，我看这是和原稿的不容易看相关的，因为用复写纸写，看起来较为费力，他们便搁下了。

您们所要的书，我都没有。《零露集》如果可以寄来，我是想看一看的。

《滑稽故事》容易办，大约会有书店肯印。至于《前夜》，那是没法想的，《熔铁炉》中国并无译本，好像别国也无译本，我曾见良士果短篇的日译本，此人的文章似乎不大容易译。您的朋友要译，我想不如鼓励他译，一面却要老实告诉他能出版否很难豫定，不可用“空城计”。因为一个人遇了几回空城计后，就会灰心，或者从此怀疑朋友的。

我不想用鞭子去打吟太太，文章是打不出来的，从前的塾师，学生背不出书就打手心，但愈打愈背不出，我以为还是不要催促好。如果胖得像蝈蝈了，那就会有蝈蝈样的文章。

此复，即请

俪安。

豫上　一月廿九夜

【二月九日】

刘军
悄吟先生：

来信早收到；小说稿已看过了，都做得好的——不是客气话——充满着热情，和只玩些技巧的所谓“作家”的作品大两样。今天已将悄吟太太的那一篇寄给《太白》。余两篇让我想一想，择一个相宜的地方，文学社暂不能寄了，因为先前的两篇，我就寄给他们的，现在还没有回信。

至于你要给《火炬》的那篇，我看不必寄去，一定登不出来的，不如暂留在我处，看有无什么机会发表；不过即使发表，我恐怕中国人也很难看见的。虽然隔一道关，但情形也未必会两样。前几天大家过年，报纸停刊，从袁世凯那时起，卖国就在这时候，这方法留传至今，我看是关内也在爆竹声中葬送了。你记得去年各报上登过一篇《敌乎，友乎？》的文章吗？做的是徐树铮的儿子，现代阔人的代言人，他竟连日本是友是敌都怀疑起来了，怀疑的结果，才决定是“友”。将来恐怕还会有一篇“友乎，主乎？”要登出来。今年就要将“一二八”“九一八”的纪念取消，报上登载的减少学校假期，就是这件事，不过他们说话改头换面，使大家不觉得。“友”之敌，就是自己之敌，要代“友”讨伐的，所以我看此后的中国报，将不准对日本说一句什么话。

中国向来的历史上，凡一朝要完的时候，总是自己动手，先前本国的较好的人，物，都打扫干净，给新主子可以不费力量的进来。现在也毫不两样，本国的狗，比洋狗更清楚中国的情形，手段更加巧妙。

来信说近来觉得落寞，这心情是能有的，原因就在在上海还是一个陌生人，没有生下根去。但这样的社会里，怎么生根呢，除非和他们一同腐败；如果和较好的朋友在一起，那么，他们也正是落寞的人，被缚住了手脚的。文界的腐败，和武界也并不两样，你如果较清楚上海以至北京的情形，就知道有一群蛆虫，在怎样挂着好看的招牌，在帮助权力者暗杀青年的心，使中国完结得无声无息。

我也时时感到寂寞，常常想改掉文学买卖，不做了，并且离开上海。不过这是暂时的愤慨，结果大约还是这样的干下去，到真的干不来了的时候。

海婴是好的，但捣乱得可以，现在是专门在打仗，可见世界是一时不会平和的。请客大约尚无把握，因为要请，就要吃得好，否则，不如不请，这是我和悄吟太太主张不同的地方。但是，什么时候来请罢。此请

俪安。

豫上　二月九日

再：那两篇小说的署名，要改一下，因为在俄有一个萧三，在文学上很活动，现在即使多一个“郎”字，狗们也即刻以为就是他的。改什么呢？等来信照办。又及。

【二月十二日】

刘先生：

十，十一两信俱收到。印书的事，我现在不能答复，因为还没有探听，计划过。

地图在内山书店没有寄卖，因为这是海关禁止入口，一看见就没收的。

此复，即颂

时绥。

豫上　二月十二日

三月一日

刘军
悄吟兄：

一日信收到。我的选小说，昨夜交卷了，还欠一篇序，期限还宽，已约叶定一个日期，我们可以谈谈。他定出后，会来通知你们的。

悄吟太太的一个短篇，我寄给《太白》去了，回信说就可以登出来。那篇《搭客》，其实比《职业》做得好（活泼而不单调），上月送到《东方杂志》，还是托熟人拿去的，不久却就给我一封官式的信，今附上，可以看看大书店的派势。现在是连金人的译文，都寄到良友公司的小说报去了，尚无回信。

到各种杂志社去跑跑，我看是很好的，惯了就不怕了。一者可以认识些人；二者可以知道点上海之所谓文坛的情形，总比寂寞好。

那篇在检查的稿子，催怕不行。官们对于文学社的感情坏，这是故意留难的。在那里面的都是坏种或低能儿，他们除任意催[摧]残外，一无所能，其实文章也看不懂。

说起“某翁”的称呼来，这是很奇怪的。这称呼开始于《十日谈》及《人言》，这是时时攻击我的刊物，他们特地这样叫，以表示轻蔑之意，犹言“老了，不中用了”的意思，但不知怎的却影响到我的熟人的笔上去了。现在是很有些人，信上都这么写的。

《文学新闻》我想也用不着看它，不必寄来了。

专此布复，即请

俪安。

豫上　三月一日

孩子很淘气，昨天给他种了痘，是生后第二回。

【三月十三日】

刘军悄吟兄：

十日信十三才收到，不知道怎的这么慢。你所发见的两点，我看是对的；至于说我的话可对呢，我决不定。使我自己说起来，我大约是“姑息”的一方面，但我知道若在战斗的时候，非常有害，所以应该改正。不过这和“判断力”大有关系，力强，所做便不错，力一弱，即容易陷于怀疑，什么也不能做了。“父爱”也一样的，倘不加判断，一味从严，也可以冤死了好子弟。

所谓“野气”，大约即是指和上海一般人的言动不同之点，黄大约看惯了上海的“作家”，所以觉得你有些特别。其实，中国的人们，不但南北，每省也有些不同的；你大约还看不出江苏和浙江人的不同来，但江浙人自己能看出，我还能看出浙西人和浙东人的不同。普通大抵以和自己不同的人为古怪，这成见，必须跑过许多路，见过许多人，才能够消除。由我看来，大约北人爽直，而失之粗，南人文雅，而失之伪。粗自然比伪好。但习惯成自然，南边人总以像自己家乡那样的曲曲折折为合乎道理。你还没有见过所谓大家子弟，那真是要讨厌死人的。

这“野气”要不要故意改它呢？我看不要故意改。但如上海住得久了，受环境的影响，是略略会有些变化的，除非不和社会接触。但是，装假固然不好，处处坦白，也不成，这要看是什么时候。和朋友谈心，不必留心，但和敌人对面，却必须刻刻防备。我们和朋友在一起，可以脱掉衣服，但上阵要穿甲。您记得《三国志演义》上的许褚赤膊上阵么？中了好几箭。金圣叹批道：谁叫你赤膊？

所谓文坛，其实也如此（因为文人也是中国人，不见得就和商人之类两样），鬼魅多得很，不过这些人，你还没有遇见。如果遇见，是要提防，不能赤膊的。好在现在已经认识几个人了，以后关于不知道其底细的人，可以问问叶他们，比较的便当。

《八月》我还没有看，要到二十边，一定有工夫来看了。近来还是为了许多琐事，加以小说选好，又弄翻译。《死魂灵》很难译，我轻率的答应了下来，每天译不多，又非如期交卷不可，真好像做苦工，日子不好过，幸而明天可完了，只有二万字，却足足花了十二天。

虽是江南，雪水也应该融流的，但不知怎的，去年竟没有下雪，这也并不是常有的事。许是去年阴历年底就想来的，因寓中走不开而止。现在孩子更捣乱了，本月内母亲又要到上海，一个担子，挑的是一老一小，怎么办呢？

金人的译文看过了，文笔很不差，一篇寄给了良友，一篇想交给《译文》。

专此布复，并请

俪安。

豫上　三月十三夜

【三月十七日】

悄吟太太：

来信并稿两篇，已收到。

前天，孩子的脚给沸水烫伤了，因为虽有人，而不去照管他。伤了半只脚，看来要有半个月才会好。等他能走路，我们再来看您罢。

专此布复，并请

双安。

豫上　三月十七日

【三月十九日】

萧军兄：

十八日信收到。那一篇译稿，是很流畅的，不过这故事先就是流畅的故事，不及上一回的那篇沈闷。那一篇我已经寄给《译文》了。

这回孩子给沸水烫伤，其实倒是太阔气了的缘故，并非没有人管，是有人而不管他。寓里原有一个管领他的老妈子，她这几天因为要去求神拜佛，访友探亲，便找了一个替工。那天是她们俩都在的，不过她以为有替工在，替工以为有她在，就俩个都不管，任凭孩子奔进厨房去捣乱，弄伤了脚。孩子也太淘气，一不留意，他就乱钻，跑得很快，人家有时也实在追不上。痛一下子也好，我实在看得麻烦极了，痛的经验是应该有一点的，但我立刻给敷了药，恐怕也不怎么痛，现在肿已退，再有十天总可以走得路，只要好后没有疤痕，我的责任算是尽了。

这孩子也不受委屈，虽然还没有发明“屁股温冰法”（上海也无冰可温），但不肯吃饭之类的消极抵抗法，却已经有了的。这时我也往往只好对他说几句好话，以息事宁人。我对别人就从来没有这样屈服过。如果我对父母能够这样，那就是一个孝子，可上“二十五孝”的了。

《准风月谈》已经卖完了，再版三四天内可以印好；《集外集》我还没有见过，大约还未出版罢，等我都有了，当通知你，并《南腔北调集》一并交付。先前还有一本《伪自由书》，您可有吗？

这几天在给《译文》译东西，不久，我的母亲大约要来了，会令我连静静的写字的地方也没有。中国的家族制度，真是麻烦，就是一个人关系太多，许多时间都不是自己的。

因为静不下，就更不能写东西，至多，只好译一点什么，我的今年，大约也要成为“翻译年”的了。

专此布复，即请

俪安。

豫上　三月十九夜

拉都路三五一號

1935・4・23

⊙《呐喊》鲁迅著，原版。

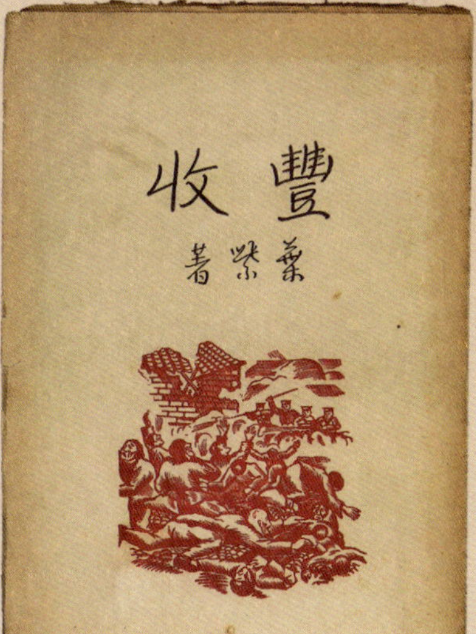

⊙《丰收》叶紫著，一九三六年三月再版。

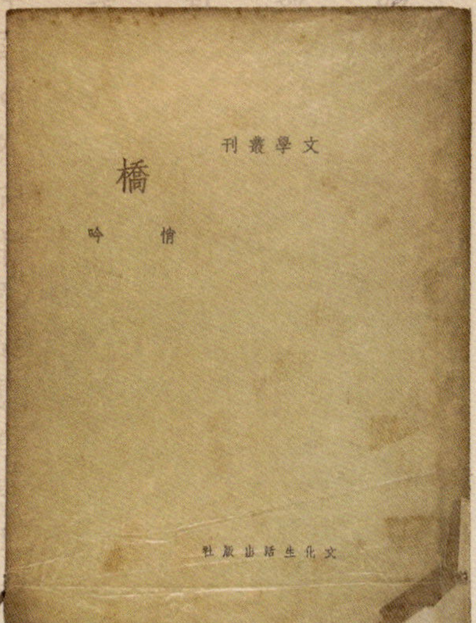

⊙《桥》小说、散文集。悄吟(萧红)著，一九三六年文化生活出版社初版。鲁迅藏书。现存北京鲁迅博物馆。

【三月二十五日】

刘军兄：

二十三日信收到。漫画上面，我看是可以不必再添什么，因为单看计划，就已经够复杂，够吃力了，如果再加别的，也许会担不动。

孩子的烫伤已好，可以走了，不过痂皮还没有脱，所以不许他多走。我的母亲本说下月初要来，但近得来信又说生病，医生云倘如旅行，因为年纪大了，他不保险。这其〔实〕是医生的官话，即使年纪青，谁能保险呢？但因此不立刻来也难说。我只能束手等待着。

平林タイ子作品的译本，我不知道有别的。《二心集》很少了，自己还有一两本，当于将来和别的书一同交上，但也许又会寄失的罢？

《八月》在下月五日以前，准可看完，只能随手改几个误字，大段的删改，却不能了，因为要下手，必须看两遍，而我实在没有了这工夫。序文当于看完后写一点。

专复，即问

俪祉。

豫上　三月二十五日

吟太太怎么样，仍然要困早觉么？

这一张信刚要寄出，就收到搬房子的通知，只好搁下。现在《八月》已看完，序也做好，且放在这里，待得来信后再说。今晚又看了一看《涓涓》，虽然不知道结末怎样，但我以为是可以做完它的，不过仍不能公开发卖。那第三章《父亲》，有些地方写得太露骨，头绪也太纷繁，要修改一下才好。

此后的笔名，须用两个，一个用于《八月》之类的，一个用于卖稿换钱的，否则，《八月》印出后，倘为叭儿狗所知，则别的稿子即使并没有什么，也会被他们抽去，不能发表。

还有，现用的“三郎”的笔名，我以为也得换一个才好，虽然您是那么的爱用他。因为上海原有一个李三郎，别人会以为是他所做，而且他也来打麻烦，要文学社登他的信，说明那一篇小说非他所作。声明不要紧，令人以为是他所作却不上算，所以必得将这姓李的撇清，要撇清，除了改一个笔名之外无好办法。

良友收了一篇《搭客》，编辑说要改一个题目，我想这无大关系，代为答应了。《樱花》寄给了文学社（良友退回后），结果未知。

三月三十一夜

金人的稿子已看过，译笔是好的，至于有无误译，我不知道，但看来不至于。这种滑稽短篇，只可以偶然投稿一两回，倘接续的投，却不大相宜。我看不如索性选译他四五十篇，十万字左右，出一本单行本。这种作品，大约审查时不会有问题，书店也乐于出版的，译文社恐怕就肯接受。

至于他说我的小说有些近于左，那是不确的，我的作品比较的严肃，不及他的快活。

《退伍》的作者 Novikov-Priboi 是现在极有名的作家，他原是水兵，参加日俄之战，曾做了俘虏，关在日本多时——这时我正在东京留学。新近做了两大本小说，叫作《对马》（Tsusima，岛名），就是以那时战争为材料的，也因此得名。日本早译出了，名《日本海海战》，但因为删节之处太多（大约是说日本吃败仗之处罢），所以我没有买来看。他的作品，绍介到中国来的还很少，《退伍》也并不坏，我想送到《译文》去。

这一包里，除稿，序，信（吟太太的朋友的）之外，还有你所要的书，但《集外集》还没有，好像仍未出版。

四月四日

这几天很懒，不想作文，也不想译，不知是怎么的？又及。

【四月二日】

刘军兄：

二日信收到。内云“同一条路，只是门牌改了号数”，这回是没有什么“里”的么？那么，莫非屋子是临街的？

还有较详的信，怕寄失，所以先问一问，望即回信。

豫上　四月二夜

《八月》已看过，序已作好。

【四月四日】

刘兄：

三日信收到。稿、序、并另有信，都作一包，放在书店里，附上一笺，乞拿以去取，但星期日上午，他们是休息的。

豫上　四月四夜

【四月十二日】

刘军兄：

七日信早到；我们常想来看你们，孩子的脚也好了，但结果总是我打发了许多琐事之后，就没有力气，一天一天的拖，到后来，又不过是写信。

《二心集》中的那一篇，是针对那时的弊病而发的，但这些老病，现在并没有好，而且我有时还觉得加重了。现在是连说这些话的意思，我也没有了，真是倒退得可以。

我的原稿的境遇，许知道了似乎有点悲哀；我是满足的，居然还可以包油条，可见还有一些用处。我自己是在擦桌子的，因为我用的是中国纸，比洋纸能吸水。

金人译的左士陈阔的小短篇，打听了几处，似乎不大欢迎，那么，我前一信说的可以出一本书，怕是不成的了，望通知他。这回我想把那一篇 Novikov−Priboi 的短篇寄到《译文》去。

《搭客》及《樱花》上，都有署名的。《搭客》不知如何；《樱花》已送检查，且经通过，不便改了，以后的投稿再用新名罢。听说《樱花》后面，也许附几句对于李的答复。

一个作者，“自卑”固然不好，“自负”也不好的，容易停滞。我想，顶好是不要自馁，总是干；但也不可自满，仍旧总是用功。要不然，输出多而输入少，后来要空虚的。

《八月》上我主张删去的，是说明而非描写的地方，作者的说明，以少为是，尤其是狗的心思之类。怎么能知道呢。

前信说张君要和您谈谈，我想是很好的，他是研究文学批评的人，我和他很熟识。

此复，即请

俪安。

豫上　四月十二夜

【四月二十三日】

刘军
悄吟兄：

十六日信早收到。今年北四川路是流行感冒特别的多，从上星期以来，寓中不病的只有许一个人了，但她今天说没有气力；我最先病，但也最先好，今天是同平常一样了。

帮朋友的忙，帮到后来，只忙了自己，这是常常要遇到的。您的朋友既入大学，必是智识分子，那他一定有道理，如“情面说”之类。我的经验，是人来要我帮忙时，他用“互助论”，一到不用，或要攻击我了，就用“进化论的生存竞争说”；取去我的衣服，倘向他索还，他就说我是“个人主义”，自私自利，吝啬得很。前后一对照，真令人要笑起来，但他却一本正经，说得一点也不自愧。

我看中国有许多智识分子，嘴里用各种学说和道理，来粉饰自己的行为，其实却只顾自己一个的便利和舒服，凡有被他遇见的，都用作生活的材料，一路吃过去，像白蚁一样，而遗留下来的，却只是一条排泄的粪。社会上这样的东西一多，社会是要糟的。

我的文章，也许是《二心集》中比较锋利，因为后来又有了新经验，不高兴做了。敌人不足惧，最令人寒心而且灰心的，是友军中的从背后来的暗箭；受伤之后，同一营垒中的快意的笑脸。因此，倘受了伤，就得躲入深林，自己舐干，扎好，给谁也不知道。我以为这境遇，是可怕的。我倒没有什么灰心，大抵休息一会，就仍然站起来，然而好像终竟也有影响，不但显于文章上，连自己也觉得近来还是“冷”的时候多了。

《樱花》闻已蒙检查老爷通过，署名不能改了。前天看见《太白》广告，有两篇一同发表，不知道去拿了稿费没有？

《集外集》好像还没有出。

匆复，并颂

俪祉。

豫上　四月二十三日

近来北四川路邮局有了一个认识我的笔迹的人，凡有寄出书籍，倘是我写封面的，他就特别拆开来看，弄得一塌胡涂，但对于信札，好像还不这还【样】。呜呼，人面的狗，何其多乎？！又及。

【四月二十五日】

刘军兄：

太白社寄来稿费单一张，印已代盖，请填上空白之处并签名，前去一取为要。

取款之处，是会计科，那么，是要到福州路复兴里生活书店去的了。

还有一篇署萧军的，已登出，而没有单子寄来，大约是您直接寄去的罢？

此布，即颂

春绥。

豫上　四月廿五日

【四月二十八日】

刘军兄：

廿六日信收到。许总算没有生病。孩子还有点咳，脚是全好了，不过皮色有点不同，但这没有关系。我已可以说是全好。正在为日本杂志做一篇文章，骂孔子的，因为他们正在尊孔，但不知能登出否？月内此外还欠两篇文债，我看是来不及还清的了，有范围，有定期的文章，做起来真令人叫苦，兴味也没有，做也做不好。

文学社寄来稿费单一张，今仍代印寄上，印书的钱，大约可以不必另外张罗了罢。

那个杂志的文章，难做得很，我先前也曾从公意做过文章，但同道中人，却用假名夹杂着真名，印出公开信来骂我，他们还造一个郭冰若的名，令人疑是郭沫若的排错者。我提出质问，但结果是模模胡胡，不得要领，我真好像见鬼，怕了。后来又遇到相像的事两回，我的心至今还没有热。现在也有人在必要时，说我“好起来了”，但这是谣言，我倒坏了些了。

再谈。此请

双安。

豫上　四月廿八夜

一时不见得搬家罢？

【五月九日】

刘军兄：

七日信收到。我这一月以来，手头很窘，因为只有一点零星收入，数目较多的稿费，不是不付，就是支票，所以要到二十五日，才有到期可取的稿费。不知您能等到这时候否？但这之前，会有意外的付我的稿费，也料不定。那时当再通知。

专此布复，并请

俪安。

豫上　五月九日

【五月二十日】

刘军兄：

今天有点收入，你所要之款，已放在书店里，希持附上之条，前去一取。

因为赶译小说忙，不能多写了，只通知两件事：

一、那一本《八月的乡村》印出后，内山书店是不能寄售的，因为否则他要吃苦。

二、金人译稿，已在本月《译文》上登出了，那稿费，当与下月的《文学》上所登的悄吟太太的稿费同交。那稿是我寄去的，想不至于被抽去，倘登出后，乞自去一取为荷。

匆布，即颂

俪祉。

豫上　五月二十夜

⊙一九三五年，许广平和萧红在窗台边合影。

薩坡賽路一九零號

1935・10・20

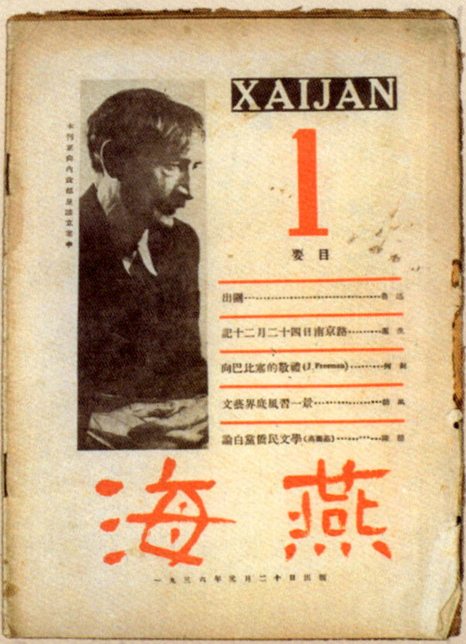

⊙一九三六年元月《海燕》杂志发表鲁迅作品《出关》。

⊙鲁迅藏书：萧军著《羊》。

【六月二日】

刘军兄：

前信早收到。文学社陆续寄来了两篇稿费的单子，今寄上。

金人的稿子，由我寄出了两篇，都不见登出；在手头的还有三篇。《搭客》已登，大约稿费单也快送来了，那时当和金人的译稿一同放在书店里。但那寄出了的两篇，要收回不？望便中通知我。

此布，即请

俪安。

豫上　六月二夜

【六月七日】

刘军兄：

二、五两日的信，都收到了。但大约只能草草作复。不知怎的，总是忙，因为有几种刊物，是不能不给以支持的，但有检查，所以要做得含蓄，又要不十分无聊，这正如带了镣铐的进军，你想，怎能弄得好，又怎能不出一身大汗，又怎能不仍然出力不讨好。

《文学》上所登的广告，关于我的几点，是未经我的同意的，这不过是一种“商略”，但我不赞成这样的办法。启事也已看过，这好像“官样”，乃由于含胡。例如以《文学》的投稿之多，是应该有多人阅看，退还的，但店中不肯多用人，这一层编辑者不好明说，而实则管不过来；近来又有新命令，是不妥之稿，一律没收，但出版者又不肯多化钱，都排印了送检，所以此后的稿子，必有一部份被扣留，不能退还，但这是又不准明说的。以上两种，就足使编辑者只得吞吞吐吐，打一下官话了。但在不知内情的读者和投稿者，是要发生反感的，可又不能说明内情，这是编辑者的失败，也足见新近压迫法之日见巧妙。我看这种事情，还要层出不穷。

金人的译稿给天马去印，我当然赞成的，也许前信已经说过，《罪与罚》大约未必能登出来；至于翻译界的情形，我不能写了，实在没有工夫。

万古蟾这人，我不认识，你应否和他会会，我无意见。

叶的稿子，交出去了，因为我无暇，由编者去改。他前信说不必大改，因为官们未必记得，是不对的，这是“轻敌”，最容易失败。《丰收》才去算过不久，现在卖得很少。

那边的文学团体复活，是极好的，不过我恐怕不能出什么力，因为在这里的事情，已经足够了。而且体力也一天一天的不济。

《新小说》的稿费单，尚未送来。

这几天刚把《译文》的稿子弄完，在做《文学》上的“论坛”了，从明天起，就译《死魂灵》，虽每期不过三万字左右，却非化两礼拜时光不可。现在很有些读者，在公开的攻击刊物多登“已成作家”的东西，而我却要这样拚命，连玩一下的功夫也没有，来支持几种刊物。想到这里，真有些灰心。倘有别事可做，真想改行了，不受骂，又能玩，岂不好吗？

寓中都好。孩子也好了，但他大了起来，越加捣乱，出去，就惹祸，我已经受了三家邻居的警告，——但自然，这邻居也是擅长警告的邻居。但在家里，却又闹得我静不下，我希望他快过二十岁，同爱人一起跑掉，那就好了。

此布，即请

俪安。

豫上　六月七日

【六月十五日】

刘军兄：

良友公司的稿费单，写信去催了才寄来，今寄上，但有期限，在本月廿一，不能立刻取。

又寄《新小说》（四）一本来，现亦另封挂号寄上，还有一本是他们给我的，我已看过，不要了，顺便一同寄去，你可以送朋友的。

我们都还好，我在译《死魂灵》，要二十以外才完。

这封信收到之后，望给我一个回信。

此布，即请

双安。

豫上　六月十五日

【六月二十七日】

刘军兄：

廿三信收到。昨天看见《新小说》的编辑者，他说，金人的译稿，已送去审查了。我想，这是不见得有问题的。悄太太的稿子，当于日内寄去。但那第三期，因为第一篇是我译的，不许登广告。

译文社的事，久不过问了。金人译稿的事，当于便中提及。

《死魂灵》第三次稿，前天才交的，近来没有气力多译。身体还是不行，日见衰弱，医生要我不看书写字，并停止抽烟；有几个朋友劝我到乡下去，但为了种种缘故，一时也做不到。

近来警告倒没有了，这是因为我们自己戒了严，但真也吃力。

黑面包可以不必买给我们了。近地就要开一个白俄点心铺，倘要吃，容易买到了。

此复，即请

俪安。

豫上　六月二十七日

刚要发信，就收到廿五来信了。出刊物而终于不出的事情，我是看惯的了，并不为奇。所以我的决心是如果有力，自己来做一点，虽然一点，究竟是一点。这是很坏的现象，但在目前，我以为总比说空话而一点不做好。

中国人先在自己把好人杀完，秋即其一。萧参是他用过的笔名，此外还很多。他有一本《高尔基短篇小说集》，在生活书店出版，后来被禁止了。另外还有，不过笔名不同。他又译过革拉特珂夫的小说《新土地》，稿子后来在商务印书馆被烧掉，真可惜。

中文俄文都好，像他那样的，我看中国现在少有。

你说做小说的方法，那是可以的。刚才看《大连丸》，做得好的，但怕登不出去，《新生》因为“有碍邦交”被禁止了。我看你可以留起各种稿子，将来按时代——在家——入伍——出走——编一本集子，是很有意义的。

我并未为自己所写人物感动过。各种事情刺戟我，早经麻木了，时时像一块木头，虽然有时会发火，但我自己也并不觉痛。

豫又及　六，二七，下午

【七月十六日】

刘军兄：

十二日信并以前的一信，书，都收到的。关于出纪念册的事，先前已有几个人提议过了，我不同意，也不愿意说明理由；不过如有一团体要出，那自然是另一回事，只是我【个】人不加入。

对于书，并无什么意见。

月初因为见了几回一个老朋友，又出席于他女儿的结婚，把译作搁起了，后来须赶译，所以弄得没有工夫。今年也热，我们也都生痱子。我的房里不能装电扇，即能装也无用，因为会把纸张吹动，弄得不能写字，所以我译书的时候，如果有风，还得关起窗户来，这怎能不生痱子。对于痱子的药水，有 Watson's Lotion for Prickly Heat，颇灵，大马路屈臣氏大药〔房〕出售，我们近地是二元四角钱一瓶，我们三人大约一年用两瓶就够，你身体大，我怕搽一次就要 1/4 瓶，那可不得了了。

那书的装饰还不算坏，不过几条黑条乱一点。團写作团，难识，但再版时也无须改，看下去会知道的。

近来真太没闲空了，《死魂灵》还只翻译了一章，今天放下，在做《文学》上的“论坛”，刚做完。其实《文学》和我并无关系，不过因为有些人要它灭亡，所以偏去支持一下，其实这也是自讨苦吃。《文坛三户》也是我做的，似乎很有些作家看了不高兴，但我觉得我说的是真话。这回做的是比较的无聊了，不会种下祸根。

贺贺你们的同居三年纪念。我们是相识十多年，同居七八年了，但何年何月何日是开始同居的呢，我可已经忘记了，只记得确是已经同居了而已。

许谢谢你送给她的小说，她正在看，说是好的。切光的都送了人，省得他们裁，我们自己是在裁着看。我喜欢毛边书，宁可裁，光边书像没有头发的人——和尚或尼姑。

此布，即请

俪安。

豫上　七月十六日

附笺乞便中交芷，不急。　又及。

【七月二十七日】

萧兄：

十九日信早收到，又迟复了。我此刻才译完了本月应该交稿的《死魂灵》，弄得满身痱子，但第一部已经去了三分之二了。有些事情，逼逼也好，否则，我也许未必去翻译它的。每天上午，勒令孩子裸体晒太阳半点钟，现在他痱子最少，你想这怪不怪。

胡有信来，对于那本小说，非常满意。我的一批，除掉自己的一本外，都分完了，所以想你再给我五六本，可以包好，便中仍放在书店，现在还不要紧。至于叶的政策，什么分送给傅之流，我看是不必的，他们做编辑，教授的，要看，应该自己买，否则，就是送他，他也不看。

你的朋友南来了，非常之好，不过我们等几天再见罢，因为现在天气热，而且我也真的忙一点。现在真不像在做人，好像是机器。

近来关于我的谣言很多。日本报载我因为要离开中国，张罗旅费，拚命翻译，已生大病；《社会新闻》说我已往日本，做“顺民”去了。

匆此，即请

俪安。

豫上　七月廿七日

【七月二十九日】

刘兄：

信和书六本，当天收到了。错字二十几个，还不算多，现在的出版物，普通每一页至少有一个。俄国已寄去一本，还想托人再寄几本去，不便当的是这回不能托书店，因为万一发现，会累得店主人打屁股，所以只好小心些。

《死魂灵》共两部，每部约二十万字，第二部本系残稿，所以译不译还未定，倘只译第一部，那么，九月底就完毕了。不过添油的人，我觉得实在少，连孩子来捣乱，也很少有人来领去，给我安静一下，所以我近来的译作，是几乎没有一篇不在焦躁中写成的，这情形大约一时也不能改善。

对于谣言，我是不会懊恼的，如果懊恼，每月就得懊恼几回，也未必活到现在了。大约这种境遇，是可以练习惯的，后来就毫不要紧。倘有谣言，自己就懊恼，那就中了造谣者的计了。

痱子药水的确不大灵，但如不用药，也许痱子还要利害些。

我们近地开了一个白俄饭店，黑面包，列巴圈，全有了。但东西卖的贵，冰淇淋一杯要大洋三毛，我看它是开不长久的。

这封信是专门报告书已收到的。

此布，即祝

俪祉。

豫上　七月廿九夜

【八月十六日】

张兄：

十一日信并稿收到后，晚上刚遇到文学社中人，便把那一篇交了他，并来不及看。另一篇于次日交胡；又金人译稿一包，托其由芷转交，想不日可以转到。顷查纸堆，又发见了一篇，今特寄上；又《译文》上登过的一篇，我想也该抄出，编入一本之内的。

小说再给我十本也好，但不急。前回的一批，已有五本分到外国去了，我猜他们也许要翻译的。

我痱子已略退。孩子已不肯晒太阳，因为麻烦，而且捣乱之至，月底决把他送进幼稚园去，关他半天。《死灵魂》译了一半，这几天又放下，在做别的事情了。打杂为业，实在不大好。

此布，即请

俪安。

豫上　八月十六夜

【八月二十四日】

刘先生：

廿二信并书一包，均收到。又曾寄《新小说》一本，内有金人译文一篇，不知收到否？寄给《文学》的稿子，来信说要登，但九月来不及，须待十月，只得听之。良友也有信来，今附上。悄吟太太的稿子退回来了，他说“稍弱”，也评的并不算错，便中拟交胡，拿到《妇女生活》去看看，倘登不出，就只好搁起来了。

《死魂灵》作者的本领，确不差，不过究竟是旧作者，他常常要发一大套议论，而这些议论，可真是难译，把我窘的汗流浃背。这回所据的是德译本，而我的德文程度又差，错误一定不免，不过比起英译本的删节，日译本的错误更多来，也许好一点。至于《奥罗夫妇》的译者，还是一位名人，但他大约太用力于交际了，翻译就不大高明。

我看用我去比外国的谁，是很难的，因为彼此的环境先不相同。契诃夫的想发财，是那时俄国的资本主义已发展了，而这时候，我正在封建社会里做少爷。看不起钱，也是那时的所谓“读书人家子弟”的通性。我的祖父是做官的，到父亲才穷下来，所以我其实是“落破户子弟”，不过我很感谢我父亲的穷下来（他不会赚钱），使我因此明白了许多事情。因为我自己是这样的出身，明白底细，所以别的破落户子弟的装腔作势，和暴发户子弟之自鸣风雅，给我一解剖，他们便弄得一败涂地，我好像一个“战士”了。使我自己说，我大约也还是一个破落户，不过思想较新，也时常想到别人和将来，因此也比较的不十分自私自利而已。至于高尔基，那是伟大的，我看无人可比。

前一辈看后一辈，大抵要失望的，自然只好用“笑”对付。我的母亲是很爱我的，但同在一处，有些地方她也看不惯。意见不一样，没有好法子想。

又热起来，痱子也新生了，但没有先前厉害。孩子的幼稚园中，一共只有十多个人，所以还不十分混杂，其实也不过每天去关他四个钟头，好给我清净一下。不过我在担心，怕将来会知道他是谁的孩子。他现在还不知我的名字，一知道，是也许说出去的。

此复，即请

俪安。

豫上　八月廿四日

【九月一日】

张兄：

八月卅日信收到。同日收到金人稿费单一纸，今代印附上。又收到良友公司通知信，说《新小说》停刊了，刚刚“革新”，而且前几天编辑给我信，也毫无此种消息，而忽然“停刊”，真有点奇怪。郑君平也辞歇了，你的那篇《军中》，便无着落。不知留有原稿否？但我尚当写信去问一问别人。

胡怀琛的文章，都是些可说可不说的话，此人是专做此类文章的。《死灵魂》的原作，一定比译文好，就是德文译，也比中译好，有些形容辞之类，我还安排不好，只好略去，不过比两种日本译本却较好，错误也较少。瞿若不死，译这种书是极相宜的，即此一端，即足判杀人者为罪大恶极。

孟的性情，我看有点儿神经过敏，但我决计将金人的信寄给他，这是于他有益的。大家都没有恶意，我想，他该能看得出来。

卢森堡的东西，我一点也没有。

“土匪气”很好，何必克服它，但乱撞是不行的。跑跑也好，不过上海恐怕未必宜于练跑；满洲人住江南二百年，便连马也不会骑了，整天坐茶馆。我不爱江南。秀气是秀气的，但小气。听到苏州话，就令人肉麻。此种言语，将来必须下令禁止。

孩子有时是可爱的，但我怕他们，因为不能和他们为敌，一被缠，即无法可想，例如郭林卡即是也。我对付自己的孩子，也十分吃力，总算已经送进幼稚园去了，每天清静半天。今年晒太阳不十分认真，并不很黑，身子长了些，却比春天瘦了，我看这是必然的，从早晨起来闹到晚上睡觉，中间不肯睡中觉，当然不会胖。

痱子又好了。

天马书店我曾经和他们有过交涉；开首还好，后来利害起来，而且不可靠了，书籍由他出版，他总不会放松的。

因为打杂，总不得清闲。《死魂灵》于前天才交卷，再一月，第一卷完了。第二卷是残稿，无甚趣味。

我们如略有暇，当于或一星期日去看你们。

此布，即颂

俪祉。

豫上　九月一夜

【九月十日】

刘兄：

有一个书店，名文化生活社，是几个写文章的人经营的，他们要出创作集一串，计十二本。愿意其中有你的一本，约五万字，可否编好给他们出版，自然是已经发表过的短篇。倘可，希于十五日以前，先将书名定好，通知我。他们可以去登广告。

这十二本中，闻系何谷天，沈从文，巴金等之作，编辑大约就是巴金。我是译文社的黄先生来托我的。我以为这出版并不坏。此布，并请

俪安。

豫上　九月十夜

【九月十六日】

刘兄：

十一日信收到。小说集事已通知那边，算是定了局。

这集子的内容，我想可以有五篇，除你所举的三篇外，《羊》在五月初登出，发表后，即可收入；又《军中》稿已取回，交了文学社，现在嘱他们不必发表了，编在里面，算是有未经发表者一篇，较为好看。

其实你只要将那三篇给我就可以了，如能有一点自序，更好。

本月琐事太多，翻译要今天才动手，一时怕不能来看你们了。

此布，即请

俪安。

豫上　九月十六日

【九月十九日】

刘兄：

十八晨信并小说稿均收到。我这里还有一篇《初秋的风》，我看是你做的似的。倘是，当编入，等回信。

我还好，又在译《死魂灵》，但到月底，上卷完了。

《译文》因和出版所的纠纷而延期，真令人生气！

久未得悄吟太太消息，她久不写什么了吧？

匆此，即请

双安。

豫顿首　九月十九日

【十月二日】

刘兄：

《羊》已登出，稿费单今日寄到，现转上。

《译文》出了岔子；但我仍忙；前天起，伏案太久，颈子痛了。

匆匆，再谈。

即请

俪安。

豫上　十月二夜

【十月四日】

刘兄：

一日的信收到两天了。对于《译文》停刊事，你好像很被激动，我倒不大如此，平生这样的事情遇见的多，麻木了，何况这还是小事情。但是，要战斗下去吗？当然，要战斗下去！无论它对面是什么。

黄先生当然以不出国为是，不过我不好劝阻他。一者，我不明白他一生的详细情形，二者，他也许自有更远大的志向，三者，我看他有点神经质，接连的紧张，是会生病的——他近来较瘦了——休息几天，和太太会会也好。

丛书和月刊，也当然，要出下去。丛书的出版处，已经接洽好了，月刊我主张找别处出版，所以还没有头绪。倘二者一处出版，则资本少的书店，会因此不能活动，两败俱伤。德国腓立大帝的"密集突击"，那时是会打胜仗的，不过用于现在，却不相宜，所以我所采取的战术，是：散兵战，堑壕战，持久战——不过我是步兵，和你炮兵的法子也许不见得一致。

《死魂灵》已于上月底交去第十一章译稿，第一部完了，此书我不想在《世界文库》上中止，这是对于读者的道德，但自然，一面也受人愚弄。不过世事要看总账，到得总结的时候，究竟还是他愚弄我呢，还是愚弄了自己呢，却不一定得很。至于第二部（原稿就是不完的）是否仍给他们登下去，我此时还没有决定。

现在正在赶译这书的附录和序文，连脖子也硬的不大能动了，大约二十前后可完，一面已在排印本文，到下月初，即可以出版。这恐怕就是丛书的第一本。

至于我的先前受人愚弄呢，那自然；但也不是第一次了，不过在他们还未露出原形，他们做事好像还于中国有益的时候，我是出力的。这是我历来做事的主意，根柢即在总账问题。即使第一次受骗了，第二次也有被骗的可能，我还是做，因为被人偷过一次，也不能疑心世界上全是偷儿，只好仍旧打杂。但自然，得了真赃实据之后，又是一回事了。

那天晚上，他们开了一个会，也来找我，是对付黄先生的，这时我才看出了资本家及其帮闲们的原形，那专横，卑劣和小气，竟大出于我的意料之外，我自己想，虽然许多人都说我多疑，冷酷，然而我的推测人，实在太倾于好的方面了，他们自己表现出来时，还要坏得远。

以下答家常话：

孩子到幼稚园去，还愿意，但我怕他说江苏话，江苏话少用 N 音结末，譬如“三”，他们说 See，“南”，他们说 Nee，我实在不爱听。他一去开，就接连的要去；礼拜天休息一天，第二天就想逃学——我看他也不像肯用功的人。

我们都好的，我比较的太少闲工夫，因此就有时发牢骚，至于生活书店事件，那倒没有什么，他们是不足道的，我们只要干自己的就好。

昨天到巴黎大戏院去看了《黄金湖》，很好，你们看了没有？下回是罗曼谛克的《暴帝情鸳》，恐怕也不坏，我与其看美国式的发财结婚影片，宁可看《天方夜谈》一流的怪片子。

专此布复，并颂

俪安。

豫上　十月四日

【十月二十日】

刘军兄
悄吟太太 尊前（这两个字很少用，但因为有太太在内，所以特别客气。）

十九日晨信收到。“麦”字是没有草头的。

《译文》还想继续出，但不能急。《死魂灵》的序文昨天刚译完，有一万五千字，第一部全完了。下月起，译第二部。

现在在开始还信债，信写完，须两三天，此后也还有别的事，天下之事，是做不完的。但我们确也太久不见了，在最近期内，最好是本月内，我们当设法谈谈。

《生死场》的名目很好。那篇稿子，我并没有看完，因为复写纸写的，看起来不容易。但如要我做序，只要排印的末校寄给我看就好，我也许还可以顺便改正几个错字。

此复，即请

俪安。

豫上　十月二十日

【十月二十九日】

刘兄：

廿八日信收到。那一天，是我的豫料失败了，我以为一两点钟，你们大约总不会到公园那些地方去的，却想不到有世界语会。于是我们只好走了一通，回到北四川路，请少爷看电影。他现仍在幼稚园，认识了几个字，说“婴”字下面有“女”字，要换过了。

我们一定要再见一见。我昨夜起，重伤风，等好一点，就发信约一个时间和地点，这时候总在下月初。

《译文》终刊号的前记是我和茅合撰的。第一张木刻是李卜克内希遇害的纪念，本要用在正月号的，没有敢用，这次才登出来。封面的木刻，是郝氏作，中国人，题目是《病》，一个女人在哭男人，是书店擅自加上去的，不知什么意思，可恶得很。

中国作家的新作，实在稀薄得很，多看并没有好处，其病根：一是对事物太不注意，二是还因为没有好遗产。对于后一层，可见翻译之不可缓。

《小彼得》恐怕找不到了。

耿济之的那篇后记写的很糟，您被他所误了。G 决非革命家，那是的确的，不过一想到那时代，就知道并不足奇，而且那时的检查制度又多么严厉，不能说什么（他略略涉及君权，便被禁止，这一篇，我译附在《死魂灵》后面，现在看起来，是毫没有什么的）。至于耿说他谄媚政府，却纯据中国思想立论，外国的批评家都不这样说，中国的论客，论事论人，向来是极苛酷的。但 G 确不讥刺大官，这是一者那时禁令严，二则人们都有一种迷信，以为高位者一定道德学问也好。我记得我幼小时候，社会上还大抵相信进士翰林状元宰相一定是好人，其实也并不是因为去谄媚。

G 是老实的，所以他会发狂。你看我们这里的聪明人罢，都吃得笑迷迷，白胖胖，今天买标金，明天讲孔子……

第二部《死魂灵》并不多，慢慢的译，想在明年二三月出版；后附孟十还译的《G 怎样写作》一篇，是很好的一部研究。现正在校对第一部，下月十日以前当可印成，自然要给你留下一部。

专此布复，即请

俪安。

豫上　十月二十九日

【十一月四日】

刘　　兄
悄吟太太：

我想在礼拜三（十一月六日）下午五点钟，在书店等候，您们俩先去逛公园之后，然后到店里来，同到我的寓里吃夜饭。

专此，即祝

俪祉。

豫上　十一月四日

【十一月十五日】

刘兄：

校稿昨天看完，胡刚刚来，便交与他了。

校稿除改正了几个错字之外，又改正了一点格式，例如每行的第一格，就是一个圈或一个点，很不好看，现在都已改正。

夜里写了一点序文，今寄上。

这几天四近谣言很多，虽然未必真，可也令人不十分静得下。居民搬的很多。

专此布达，即请

俪安。

豫上　十一月十五日上午

《死灵魂》纸面的已出，布面的还得等几天。　又及。

【十一月十六日】

刘军兄及其悄吟太太：

十六日信当天收到，真快。没有了家，暂且漂流一下罢，将来不要忘记。二十四年前，太大度了，受了所谓“文明”这两个字的骗。到将来，也会有人道主义者来反对报复的罢，我憎恶他们。

校出了几个错字，为什么这么吃惊？我曾经做过杂志的校对，经验也比较的多，能校是当然的，但因为看得太快，也许还有错字。

印刷所也太会恼怒，其实，圈点不该在顶上，是他们应该知道，自动的改正的。他们必须遇见厉害的商人，这才和和气气。我自己印书，没有一回不吃他们的亏。

那序文上，有一句“叙事写景，胜于描写人物”，也并不是好话，也可以解作描写人物并不怎么好。因为做序文，也要顾及销路，所以只得说的弯曲一点。至于老王婆，我却不觉得怎么鬼气，这样的人物，南方的乡下也常有的。安特列夫的小说，还要写得怕人，我那《药》的末一段，就有些他的影响，比王婆鬼气。

我不大希罕亲笔签名制版之类，觉得这有些孩子气，不过悄吟太太既然热心于此，就写了附上，写得太大，制版时可以缩小的。这位太太，到上海以后，好像体格高了一点，两条辫子也长了一点了，然而孩子气不改，真是无可奈何。

这几天四近逃得一榻胡涂。铺子没有生意，也大有关门之势。孩子的幼稚园里，原有十五人，现在连先生的小妹子一共只剩了三个了，要关门大吉也说不定。他喜欢朋友，现在很感得寂寞。你们俩他是欢迎的，他欢迎客人，也喜欢留吃饭。有空望随便来玩，不过速成的小菜，会比那一天的粗拙一点。

专此布达，即请

俪安。

豫上　十一月十六夜

【一月十四日】

刘军兄：

曹有信来，今转上。

你的旧诗比新诗好，但有些地方有名士气。

我在编集去年的杂感，想出版。

我们想在旧历年内，邀些人吃一回饭。一俟计画布置妥帖，当通知也。

专此布达，并贺

年禧。

豫上　一月十四日

太太均此请安。

【二月十五日】

刘军兄：

那三十本小说，两种都卖完了，希再给他们各数十本。

又，各给我五本，此事已托张兄面告，今再提一提而已。

迅上　二月十五日

【二月二十三日】

刘兄：

义军的事情，急于应用，等通信恐怕来不及，所以请你把过去二三年中的经过（用回忆记的形式就好），撮要述给他们，愈快愈好，可先写给一二千字，余续写。

见胡风时，望转告：那一篇文章，是写给外国人看的，只记事，不发议论，二三千字就够，但要快。

迅上　二月二十三日

⊙《死魂灵》的作者果戈里肖像，鲁迅藏。

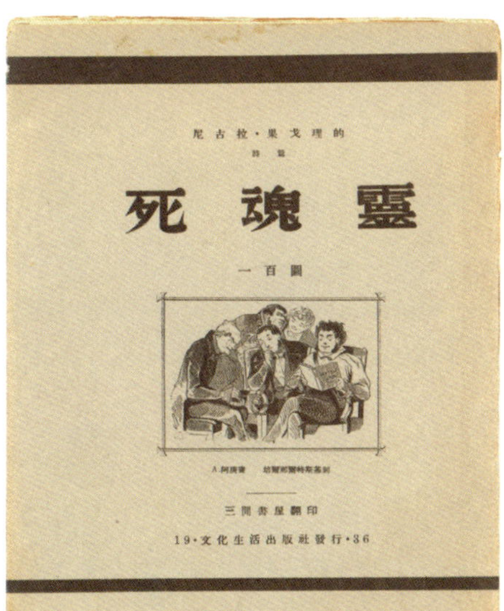

⊙《死魂灵》一百图——平装本。

附录

本部分是除书信外两个家庭间的“共同的记忆”。两萧最重要的代表作《生死场》《八月的乡村》是经鲁迅先生的隆重绍介得以出版。序言手稿的涂划处，正是鲁迅先生的用心处；两萧对鲁迅的感情，是眼含热泪的书写；而许广平回忆的细节，无疑使我们又亲近了两萧。

此附录部分分为三部分。

第一部分，鲁迅先生为两萧序文的手迹。

第二部分，萧红《拜墓诗》手迹。

第三部分，两萧对鲁迅的回忆，以及许广平对两萧的回忆文章。

附录

2

⊙田军作·《八月的乡村》序 / 鲁迅

⊙萧红作·《生死场》序 / 鲁迅

3

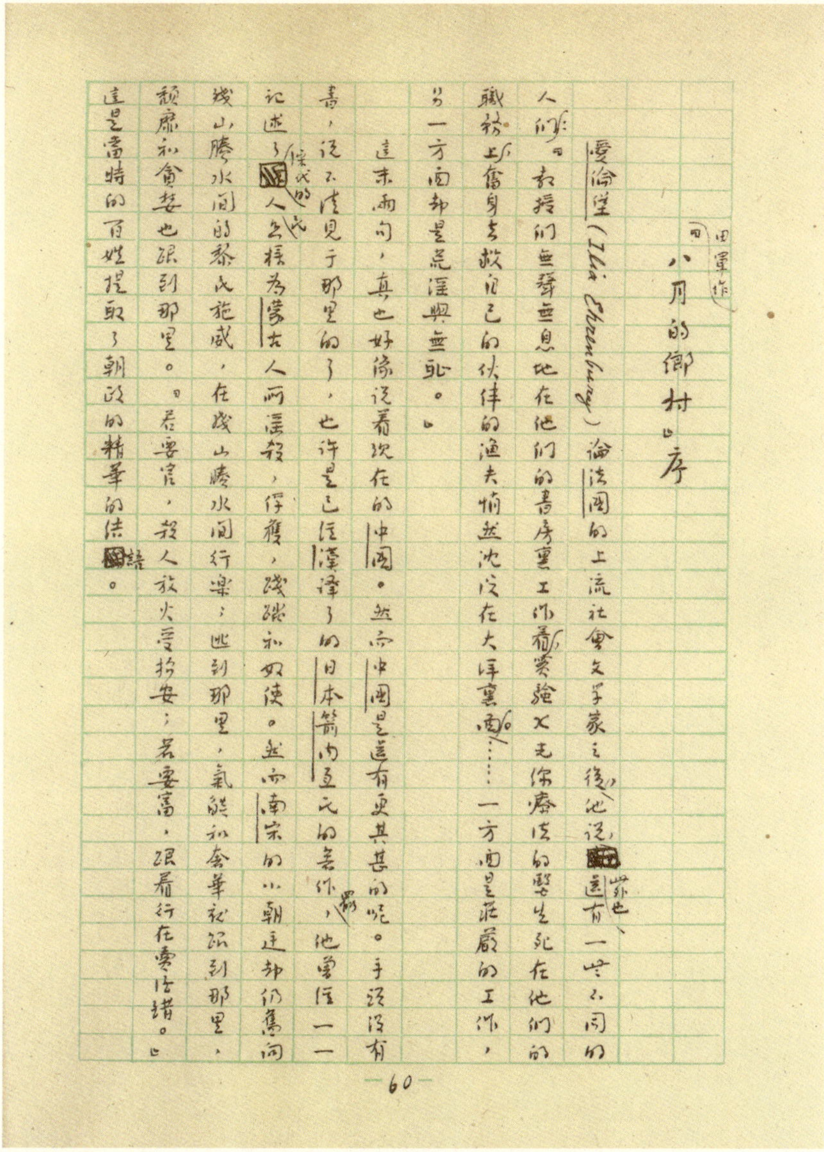

《八月的鄉村》序　田軍作

愛倫堡（Ilia Ehrenburg）論法國的上流社會文學家之後，他說，也還有一些不同的人們：『教授們無聲無息地在他們的書房裏工作着，實驗X光線療法的醫生死在他們的職務上，奮身去救自己的伙伴的漁夫悄然沉沒在大洋裏面。……一方面是莊嚴的工作，另一方面卻是荒淫與無恥。』

這末兩句，真也好像說着現在的中國。然而中國是還有更其甚的呢。手頭沒有書，說不清見於那裏的了，也許是已經漢譯了的日本箭內亙氏的著作，他曾經一一記述了宋代的人民怎樣為蒙古人所淫殺，俘獲，踐踏和奴使。然而南宋的小朝廷卻仍舊向殘山剩水間的黎民施威，在殘山剩水間行樂；逃到那裏，氣焰和奢華就跟到那裏，頹廢和貪婪也跟到那裏。『若要官，殺人放火受招安；若要富，跟着行在賣酒醋。』這是當時的百姓提取了朝政的精華的結語。

—60—

鲁迅：《八月的乡村》序(一)

4

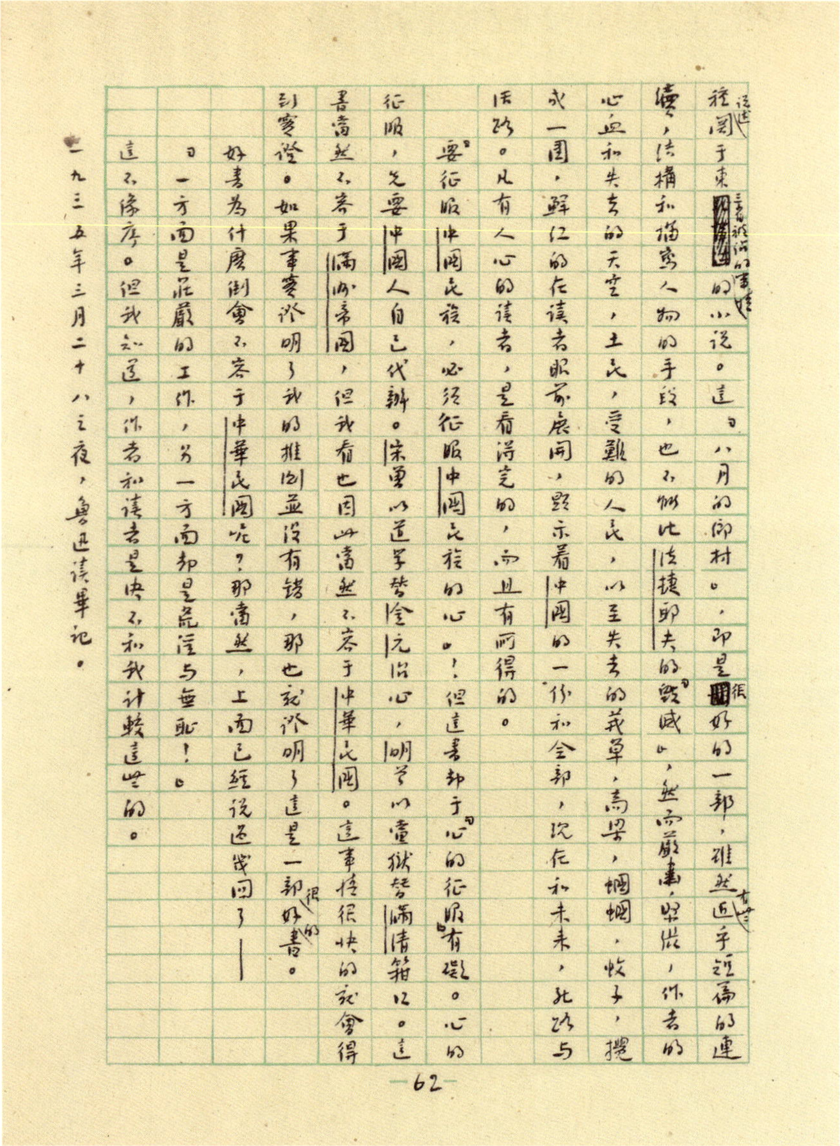

述關于東三省被占的事情的小說。這《八月的鄉村》，即是很好的一部，雖然有些近乎短篇的連續，結構和描寫人物的手段，也不能比法捷耶夫的《毀滅》，然而嚴肅，緊張，作者的心血和失去的天空，土地，受難的人民，以至失去的茂草，高粱，蟈蟈，蚊子，攪成一團，鮮紅的在讀者眼前展開，顯示着中國的一份和全部，現在和未來，死路與活路。凡有人心的讀者，是看得完的，而且有所得的。

"要征服中國民族，必須征服中國民族的心！"但這書却于"心的征服"有礙。心的征服，先要中國人自己代辦。宋曾以道學替金元治心，明曾以黨獄替滿清箝口。這書當然不容于滿洲帝國，但我看也因此當然不容于中華民國。這事情很快的就會得到實證。如果事實證明了我的推測並沒有錯，那也就證明了這是一部很好的書。

好書為什麼倒會不容于中華民國呢？那當然，上面已經說過幾回了——

一方面是莊嚴的工作，另一方面却是荒淫與無恥！

這不像序。但我知道，作者和讀者是決不和我計較這些的。

一九三五年三月二十八之夜，魯迅讀畢記。

—62—

鲁迅：《八月的乡村》序(三)

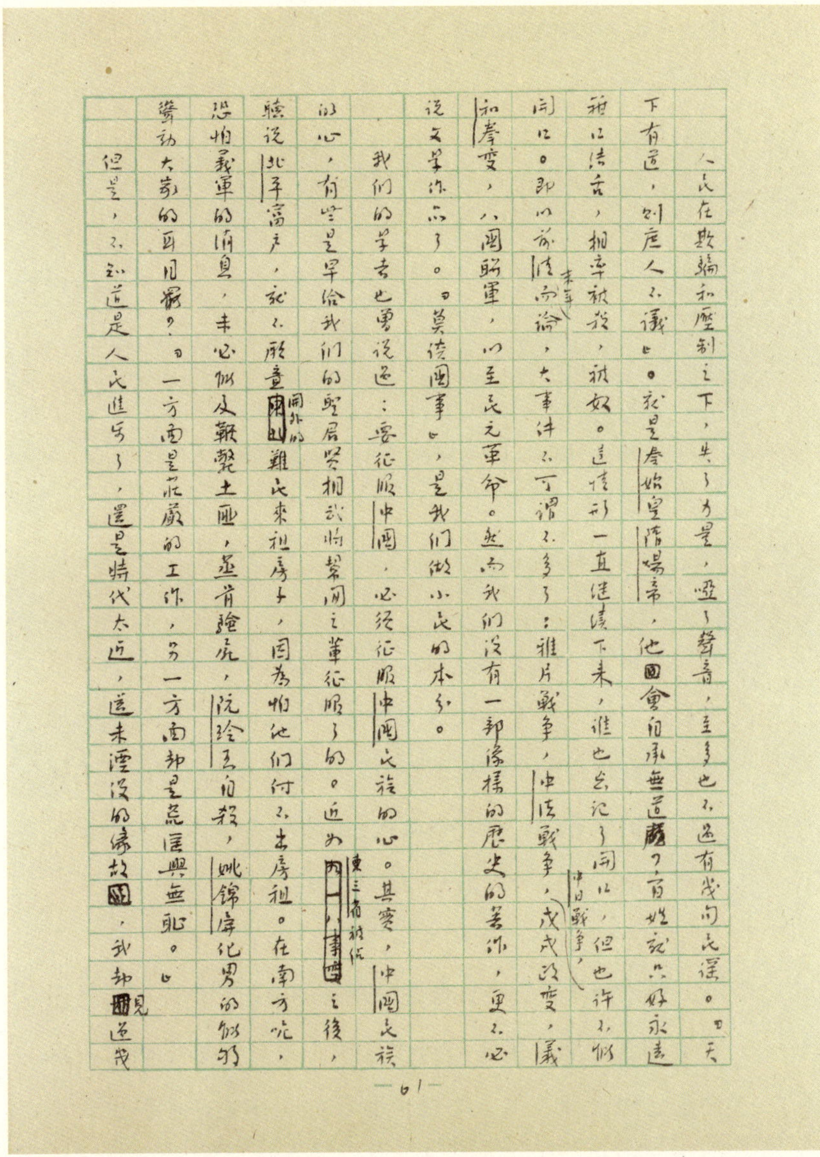

人民在欺骗和压制之下，失了力量，哑了声音，至多也不过有几句民谣。“天下有道，则庶人不议”。就是秦始皇隋炀帝，他会自承无道么？百姓就只好永远钳口结舌，相率被杀，被奴。这情形一直继续下来，谁也忘记了开口，但也许不能开口。即以前清末年而论，大事件不可谓不多了：鸦片战争，中法战争，中日战争，戊戌政变，义和拳变，八国联军，以至民元革命。然而我们没有一部像样的历史的著作，更不必说文学作品了。“莫谈国事”，是我们做小民的本分。

我们的学者也曾说过：要征服中国，必须征服中国民族的心。其实，中国民族的心，有些是早给我们的圣君贤相武将帮闲之辈征服了的。近如东三省被占之后，听说北平富户，就不愿意关外的难民来租房子，因为怕他们付不出房租。在南方呢，恐怕义军的消息，未必能及鞍型土匪，逃兵溃兵，阮玲玉的自杀，姚锦屏化男的新闻的耸动大家的耳目罢？“一方面是庄严的工作，另一方面却是荒淫与无耻。”

但是，不知道是人民进步了，还是时代太近，还未湮没的缘故，我却见过几

—61—

鲁迅：《八月的乡村》序(二)

6

田军作·《八月的乡村》序

/鲁迅

爱伦堡（I lia Ehrenburg）论法国的上流社会文学家之后，他说，此外也还有一些不同的人们："教授们无声无息地在他们的书房里工作着，实验X光线疗法的医生死在他们的职务上，奋身去救自己的伙伴的渔夫悄然沉没在大洋里面。……一方面是庄严的工作，另一方面却是荒淫与无耻。"

这末两句，真也好像说着现在的中国。然而中国是还有更其甚的呢。手头没有书，说不清见于那里的了，也许是已经汉译了的日本箭内亘氏的著作罢，他曾经一一记述了宋代的人民怎样为蒙古人所淫杀，俘获，践踏和奴使。然而南宋的小朝廷却仍旧向残山剩水间的黎民施威，在残山剩水间行乐；逃到那里，气焰和奢华就跟到那里，颓靡和贪婪也跟到那里。“若要官，杀人放火受招安；若要富，跟着行庄卖酒醋。”这是当时的百姓提取了朝政的精华的结语。

人民在欺骗和压制之下，失了力量，哑了声音，至多也不过有几句民谣。“天下有道，则庶人不议。”就是秦始皇隋炀帝，他会自承无道么？百姓就只好永远箝口结舌，相率被杀，被奴。这情形一直继续下来，谁也忘记了开口，但也许不能开口。即以前清末年而论，大事件不可谓不多了：鸦片战争，中法战争，中日战争，戊戌政变，义和拳变，八国联军，以至民元革命。然而我们没有一部像样的历史的著作，更不必说文学作品了。“莫谈国事”，是我们做小民的本分。

我们的学者也曾说过：要征服中国，必须征服中国民族的心。其实，中国民族的心，有些是早给我们的圣君贤相武将帮闲之辈征服了的。近如东三省被占之后，听说北平富户，就不愿意关外的难民来租房子，因为怕他们付不出房租。在南方呢，恐怕义军的消息，未必能及鞭毙土匪，蒸骨验尸，阮玲玉自杀，姚锦屏化男的能够耸动大家的耳目罢？“一方面是庄严的工作，另一方面却是荒淫与无耻。”

但是，不知道是人民进步了，还是时代太近，还未湮没的缘故，我却见过几种说述关于东三省被占的事情的小说。这《八月的乡村》，即是很好的一部，虽然有些近乎短篇的连续，结构和描写人物的手段，也不能比法捷耶夫的《毁灭》，然而严肃，紧张，作者的心血和失去的天空，土地，受难的人民，以至失去的茂草，高粱，蝈蝈，蚊子，搅成一团，鲜红的在读者眼前展开，显示着中国的一份和全部，现在和未来，死路与活路。凡有人心的读者，是看得完的，而且有所得的。

“要征服中国民族，必须征服中国民族的心！”但这书却于“心的征服”有碍。心的征服，先要中国人自己代办。宋曾以道学替金元治心，明曾以党狱替满清箝口。这书当然不容于满洲帝国，但我看也因此当然不容于中华民国。这事情很快的就会得到实证。如果事实证明了我的推测并没有错，那也就证明了这是一部很好的书。

好书为什么倒会不容于中华民国呢？那当然，上面已经说过几回了“一方面是庄严的工作，另一方面却是荒淫与无耻！”

这不像序。但我知道，作者和读者是决不和我计较这些的。

一九三五年三月二十八日之夜，鲁迅读毕记。

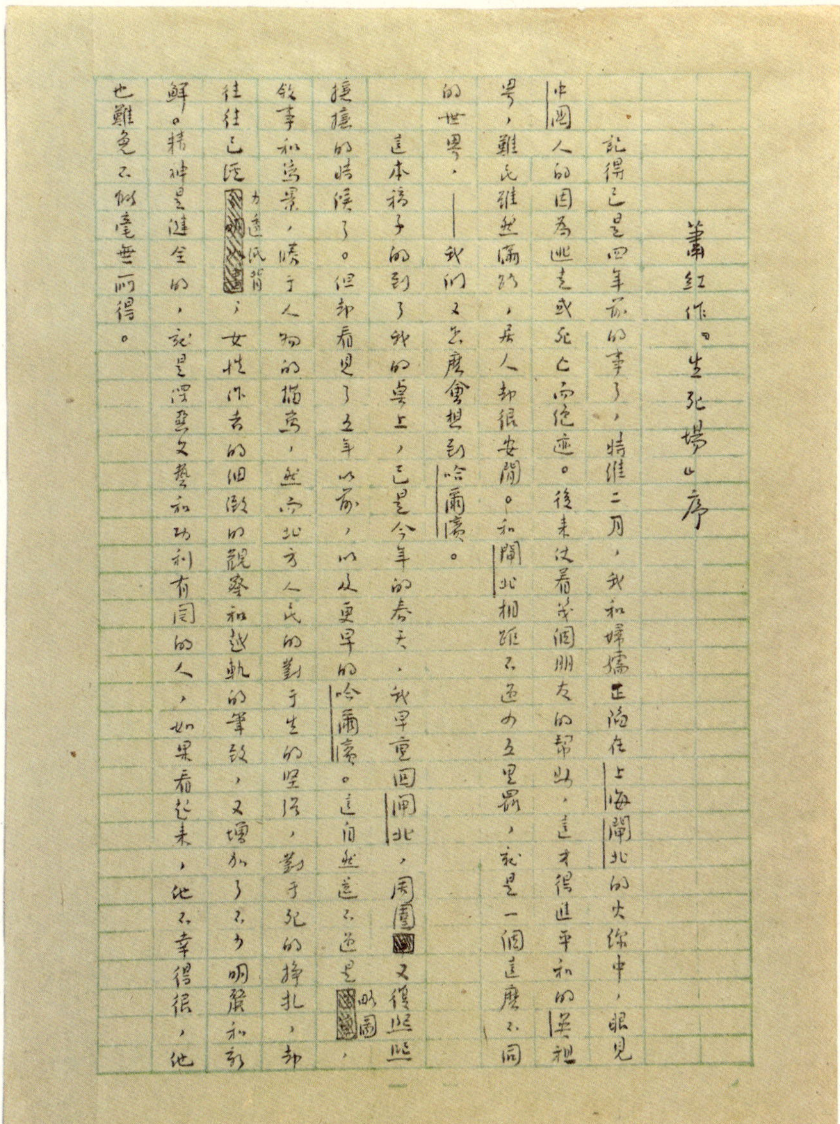

萧紅作《生死場》序

記得已是四年前的事了，時維二月，我和婦孺正陷在上海閘北的火線中，眼見中國人的因為逃走或死亡而絕迹。後來仗着幾個朋友的幫助，這才得進平和的英租界，難民雖然滿路，居人卻很安閒。和閘北相距不過四五里罷，就是一個這麼不同的世界，——我們又怎麼會想到哈爾濱。

這本稿子的到了我的桌上，已是今年的春天，我早重回閘北，周圍又復熙熙攘攘的時候了。但卻看見了五年以前，以及更早的哈爾濱。這自然還不過是略圖，敘事和寫景，勝於人物的描寫，然而北方人民的對於生的堅強，對於死的掙扎，卻往往已經力透紙背；女性作者的細致的觀察和越軌的筆致，又增加了不少明麗和新鮮。精神是健全的，就是深惡文藝和功利有關的人，如果看起來，他不幸得很，他也難免不能毫無所得。

鲁迅：《生死场》序(一)

10

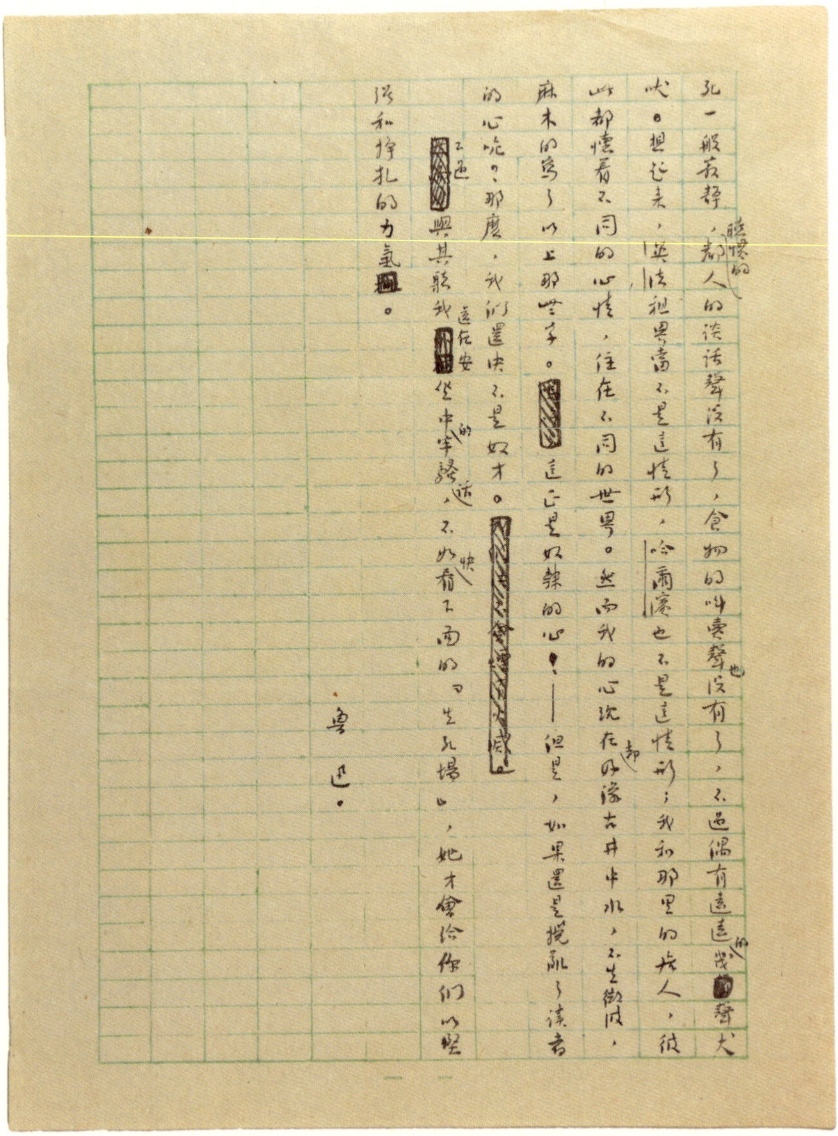

死一般寂靜，聽慣的鄰人的談話聲沒有了，食物的叫賣聲也沒有了，不過偶有遠遠的幾聲犬吠。想起來，英法租界當不是這情形，哈爾濱也不是這情形；我和那里的居人，彼此都懷着不同的心情，住在不同的世界。然而我的心現在卻好像古井中水，不生微波，麻木的寫了以上那些字。這正是奴隸的心！——但是，如果還是攪亂了讀者的心呢？那麼，我們還決不是奴才。

不過與其聽我還在安坐中的牢騷話，不如快看下面的《生死場》，她才會給你們以堅強和掙扎的力氣。

魯迅。

鲁迅：《生死场》序(三)

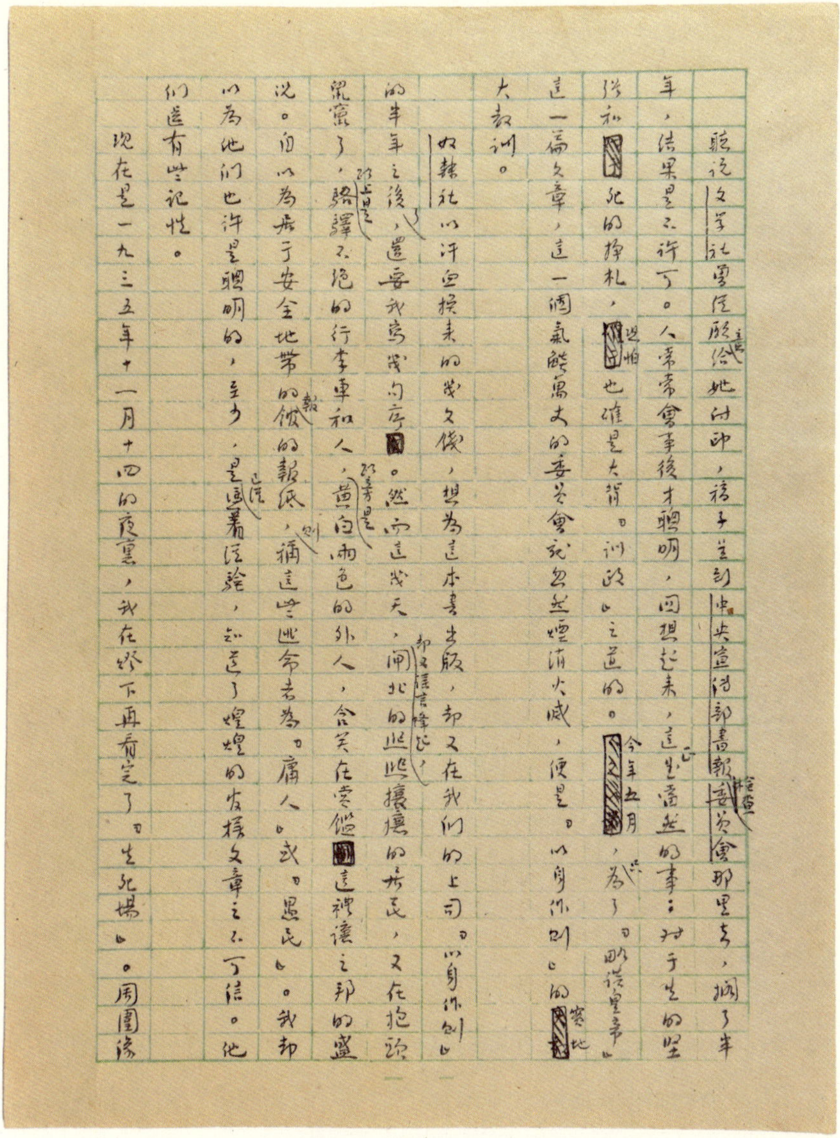

聽說文學社曾經願意給她付印，稿子呈到中央宣傳部書報檢查委員會那裏去，擱了半年，結果是不許可。人常常會事後才聰明，回想起來，這正是當然的事：對於生的堅強和死的掙扎，恐怕也確是大背「訓政」之道的。今年五月，只為了《略談皇帝》這一篇文章，這一個氣燄萬丈的委員會就忽然煙消火滅，便是「以身作則」的實地大教訓。

奴隸社以汗血換來的幾文錢，想為這本書出版，卻又在我們的上司「以身作則」的半年之後，還要我寫幾句序。然而這幾天，卻又謠言蜂起，閘北的熟識的居民，又在抱頭鼠竄了，路上是絡繹不絕的行李車和人，路旁是黃白兩色的外人，含笑在賞鑑這禮讓之邦的盛況。自以為居於安全地帶的報館的報紙，則稱這些逃命者為「庸人」或「愚民」。我卻以為他們也許是聰明的，至少，是已經經歷了許多經驗，知道了煌煌的官樣文章之不可信。他們還有些記性。

現在是一九三五年十一月十四的夜裏，我在燈下再看完了《生死場》。周圍像

鲁迅：《生死场》序(二)

12

萧红作《生死场》序

/鲁迅

记得已是四年前的事了，时维二月，我和妇孺正陷在上海闸北的火线中，眼见中国人的因为逃走或死亡而绝迹。后来仗着几个朋友的帮助，这才得进平和的英租界，难民虽然满路，居人却很安闲。和闸北相距不过四五里罢，就是一个这么不同的世界，——我们又怎么会想到哈尔滨。

这本稿子的到了我的桌上，已是今年的春天，我早重回闸北，周围又复熙熙攘攘的时候了。但却看见了五年以前，以及更早的哈尔滨。这自然还不过是略图，叙事和写景，胜于人物的描写，然而北方人民的对于生的坚强，对于死的挣扎，却往往已经力透纸背；女性作者的细致的观察和越轨的笔致，又增加了不少明丽和新鲜。精神是健全的，就是深恶文艺和功利有关的人，如果看起来，他不幸得很，他也难免不能毫无所得。

听说文学社曾经愿意给她付印，稿子呈到中央宣传部书报检查委员会那里去，搁了半年，结果是不许可。人常常会事后才聪明，回想起来，这正是当然的事：对于生的坚强和死的挣扎，恐怕也确是大背“训政”之道的。今年五月，只为了《略谈皇帝》这一篇文章，这一个气焰万丈的委员会就忽然烟消火灭，便是“以身作则”的实地大教训。

奴隶社以汗血换来的几文钱，想为这本书出版，却又在我们的上司“以身作则”的半年之后了，还要我写几句序。然而这几天，却又谣言蜂起，闸北的熙熙攘攘的居民，又在抱头鼠窜了，路上是络绎不绝的行李车和人，路旁是黄白两色的外人，含笑在赏鉴这礼让之邦的盛况。自以为居于安全地带的报馆的报纸，则称这些逃命者为“庸人”或“愚民”。我却以为他们也许是聪明的，至少，是已经凭着经验，知道了煌煌的官样文章之不可信。他们还有些记性。现在是一九三五年十一月十四的夜里，我在灯下再看完了《生死场》。周围像死一般寂静，听惯的邻人的谈话声没有了，食物的叫卖声也没有了，不过偶有远远的几声犬吠。想起来，英法租界当不是这情形，哈尔滨也不是这情形；我和那里的居人，彼此都怀着不同的心情，住在不同的世界。然而我的心现在却好像古井中水，不生微波，麻木的写了以上那些字。这正是奴隶的心！——但是，如果还是搅乱了读者的心呢？那么，我们还决不是奴才。

不过与其听我还在安坐中的牢骚话，不如快看下面的《生死场》，她才会给你们以坚强和挣扎的力气。

鲁迅

我不敢去向那石匠，
将来他为着你将刻成怎样的碑文？

《拜墓诗》手迹（四）

萧红手书诗集的封面。《拜墓诗》是其中的一首。

⊙笔架上刻着：鲁迅先生，这是我为你带来的，可是，却殉了你的葬。

田军

1936年10月19夜

十月十五日，我同河清去看你，那是我回到上海的第三天，在归来的途上我向他说：

“他好得多了！比我离开上海的时候，好像还好了呢！”

朋友也同意了我的观察，但却说：

“你说话的声音还是太大啊。你的声音一大他的声音也要跟着大……现在他恐怕还吃不消呢。”

“是的……因为我一看到他好好的坐在椅子上，也不再那样痰喘咳嗽……一兴奋，竟忘了他的病。”

我向河清解释着。同时自己在心里也下了这样的决定：下次再不要这样了。

可是下一次，下一次……

我那天去，对你说：“我还给你带来一个一角钱的‘泰山石’笔架，今天忘了……没带来。”

“那不忙……不忙……”

不忙！不忙！当我把这笔架拿给你，你已经……

萧军

18

拜墓诗

——为鲁迅先生

/ 萧红

跟着别人的脚跡，
我走进了墓地，
又跟着别人的脚跡，
来到了你的墓边。

那天是个半阴的天气，
你死后我第一次来拜访你。

我就在你的墓边竖了一株小小的花草，
但，并不是用以招吊你的亡魂，
只是说一声：久违。

19

我们踏着墓畔的小草，

听着附近的石匠钻着墓石的声音，

那一刻，

胸中的肺叶跳跃了起来，

我哭着你，

不是哭你，

而是哭着正义。

你的死，

总觉得是带走了正义，

虽然正义并不能被带走。

我们走出墓门，

那送着我们的仍是铁钻击打着石头的声音，

我不敢去问那石匠，

将来他为着你将刻成怎样的碑文？

20

⊙我们第一次应邀参加了鲁迅先生的宴会 / 萧军

⊙回忆鲁迅先生 / 萧红

21

⊙忆萧红 / 许广平

⊙追忆萧红 / 许广平

22

“过来！试试看。”

我顺从地穿上我的新礼服，使我惊讶和佩服的不仅仅是她缝制的速度这般快，而且穿起来竟是完全合身和舒适。

一九三四年十二月十八日

23

我们第一次应邀参加了鲁迅先生的宴会

/萧军

一封书简

一九三四年十二月某日，收到了鲁迅先生寄给我们以下的一封书简：

刘
吟 先生：

本月十九日（星期三）下午六时，我们请你们俩到梁园豫菜馆吃饭，另外还有几个朋友，都可以随便谈天的。梁园地址，是广西路三三二号。广西路是二马路与三马路之间的一条横街，若从二马路弯进去，比较的近。

专此布达，并请

俪安。

豫
广 同具 十二月十七日

接到这封信的日期可能是在发信——十二月十七日的第二天——十二月十八日。

这不是梦！这是真实。

时间已经是四十余年过去了，当然，在今天我已经不可能再如实地写出当时的我们那种激动的、复杂的心境和情景！只记得把这封短短的书简由我的手转移到萧红的手，由她的手又转移到我的手，而后每人又用自己的一只手把这信捧在两个人的胸前看着、读着，两人的两只手全在不约而同地不能够克制地轻轻抖动着！眼泪首先是浮上了她的眼睑，落下来了！接着我的眼睛也感到了一阵湿润。但我的眼泪却没能够痛快地流落出来！——因为在生理上我有缺陷，从来没记忆过自己的眼泪曾经能够流落眼睛外边来！

我们这两颗漂泊的、已经近于僵硬了的灵魂，此刻竟被这意外而来的伟大的温情，浸润得近乎难于自制地柔软下来了，几乎竟成了婴儿一般的灵魂！(四十余年以后写到这里，我的眼泪竟又浮上了我的眼睛，但还不能够流下来！)

一件新礼服

当时，我们经过了一阵梦一般的迷惘以后，才渐渐恢复了清醒。我清醒后的第一件事，马上寻出了一份上海市的市街图来，首先从它的“索引”上寻找“二马路”和“三马路”的大体方向和位置；其次是寻找那条称为横街的“广西路”。如此，大方向大概的地位初步确定了，我也量取了它的路程距离远近，以及要乘坐某条路线的公共电车和汽车才能够到达。我俨然又如一个军人要进行战斗一般，精密地把一切：方向、地形、地物……全作了一番想象和仔细的研究，才松了一口气，静静地望向萧红，似乎要向她开始发表什么议论了。但她却笑着一双刚流过泪还有些湿漉漉的大眼睛，带有嘲笑意味地却抢先说话了：“你要出兵打仗吗？”

我一时迷惑不解地望着她，不知道她说这话的真意所在，反问着她：“你这话是什么意思？”

“我和你说话，竟装做没听见的样子，一个劲儿的在那张破地图上看来看去，又用手指量来量去！简直像一个要出兵打仗的将军了！”

“我总得把方向、地点……确定下来呀！心里得有个谱，怎么能够临时瞎摸乱闯呢？——你要和我说什么呀？”

“我要和你说呀，”她伸过一只手扯了扯我的罩衫袖管，接着说，“你脱了外套，就穿这件灰不灰、蓝不蓝的破罩衫去赴鲁迅先生的宴会吗？”

“那穿什么呀？——我没有第二件。”

“要新做一件。”

我摇了一下脑袋，说了一声“没必要”，断然地拒绝了她的主意，而且补充着说：“上一次会见鲁迅先生时，不也就是穿的这件罩衫吗？”

“这一回……有客人！”

“鲁迅先生信上不是说，只有几个朋友，而且都是可以随便谈天的么？鲁迅先生认为可以随便谈天的人，我想总不会有什么‘高人贵客’罢？左不过是一些左翼作家们，我以为他们不会笑话我的罩衫吧。”

“你这个人！……真没办法！”

她似乎又有些发怒了，两只大眼睛闪亮起来，把床上的大衣一手抓过去，随便地披到肩上，一扭身竟冲出了屋门，接着是一串急促的“笃笃笃”下楼梯的脚步声，她半跑似地走了出去……

我莫名其妙地静静地看着她这一系列的动作，既没来得及问她为什么发怒？也没问她干什么去？当然也没拦阻她，更没追赶她。因为我是充分知道她这人的体性的，遇到类似情况时，她不会回答你的问题，也不会听从你的劝阻。如果她走了你去追。她就跑得更快些！因此我就只好“随她去罢”！待过了一定的时间，她就会像什么事情也没发生过一样，又像一个孩子一般地跳跳叫叫地回来了。

大约过了两个小时以后，我听到楼梯上有她的急促的脚步声——这是我所熟悉的——上来了。这时候我似乎正在写着一些什么或读着一些什么，我假装没听到她的脚步声，以至她推门走进来……忽然一卷什么软绵绵东西敲到我的头上来，同时听到她带着笑味的声音责备着我说：

“你没听到我回来了吗？”

“没听到——”我慢慢地转了一下头，嘴角歪动了一下说，“我什么也没听见！”

“坏东西！——看，我给你买了一件衣料！”

她把一片黑白纵横的方格绒布料，两手提拎着举向我的身边来——我估计，原来打在我头上的那软绵绵的东西大概就是这布卷卷。这时候，我本能地周身的神经感到森凉了一下，心想：“糟糕！大概她把仅有的一点钱全买布料了，也许连明天赴宴会的乘车费也花光了。”我担惊，心情有些沉重地问着她：

“买它干什么？”

“我一定要给你做一件‘礼服’，好去赴鲁迅先生的宴会呀！”

她把这布料抖动了一下，又反转地看了又看问着我：“好不好？你喜欢不喜欢？”

“好！喜欢！”我怕她再发脾气，只好顺水推舟，将计就计，对于已成的事实作了让步。

“你猜猜，得多少钱？”

“猜不着。”

“七角五分钱，我是从一家大拍卖的铺子里买到的这块绒布头。让我比量比量，看够不够……”

我机械地站了起来，一任她用这块布头儿在我的身前、身后量来量去……这时我的心情也轻快一些了，自己想：“谢谢上帝！她并没有把所余的几元钱全部花光，还足够几天生活费和车钱！”

她让我把身上的罩衫脱下来，又从皮箱里把我在哈尔滨夏天穿的一件俄国高加索式立领绣花的大衬衫找了出来，铺在床铺上，用那块方格的绒布比量了一番，而后竟自己拍起手来，还跳起了脚，高声地嚷叫着：

“足够啦！足够啦！”

“你知道，明天下午六点钟以前，我们必须到达那家豫菜馆！你让我像一个印度人似的披着这块布头儿去当‘礼服’穿吗？”我一本正经地宣说着。

“傻家伙！我怎么能够让你当印度人哪！你等着瞧罢，在明天下午五点钟以前，我必定让你穿上一件新礼服去赴鲁迅先生的宴会！——要显显我的‘神针’手艺！”

原来就没有阳光的亭子间里，此刻早就昏暗下来了，在一盏高悬的二十五度的昏黄的电灯下，她开始了剪裁的工作。

第二天一清早，天还没有完全明亮，她就起了床，开始缝纫起来。

我虽然是很知道她缝纫的本领和速度，但在不足一天的时间内，要一针一针地缝制起一件样式又较复杂的衬衫来，我对她是没有充分信心也不抱希望的。

她几乎是不吃、不喝、不停、不休地在缝制着，只见她那美丽的、纤细的手指不停地上下穿动着，她再也不和我讲话了。

果然、不到下午五点钟，她竟把一件新礼服全部缝制完工。这是仿造我那件高加索式立领、套头、掩襟的大衬衣制成的，只是袖口是束缩起来的，再就是没有绣上花边儿。她命令着我：

“过来！试试看。”

我顺从地穿上了我的新礼服，使我惊讶和佩服的不仅仅是她缝制的速度这般快，而且穿起来竟是完全合身和舒适。

“把小皮带扎起来！围上这块绸围巾！”

我一切照办了。

“走开，远一些，让我看一看！”

我像一个听从口令的兵似的，走到屋角方向去，又像一个兵似的机械地车转过身子来，也像一个兵似的用了严格的立正姿式，完全按照《步兵操典》规定：“两脚跟并拢，两脚尖向外离开约六十度。两手下垂。头宜正、颈宜直，两眼张开，向前平视……”地望向了她。她先是从正面，而后从侧面，从后面把我观摩了一转，而后又回到她原来站过的地方，向我注视、观望着……忽然我们的视线相遇了，她竟像一只麻雀似地跳跃着扑向我的身前来，我们紧紧地全企图要把对方消灭了似的……相互地拥抱得几乎是要溶解成为一体了！

我们那时的物质生活虽然是穷困的，但在爱情生活方面，却是充实而饱满的啊！

一桌新师友

于指定的日子——十二月十九日，下午约六点钟以前我们终于寻到了鲁迅先生信中所说的那家梁园豫菜馆。

由于我们没有表，究竟于六点钟以前还是以后到的，就没法知道了。

这家豫菜馆大约坐落在这南北横街的中段，是一座坐东面西旧式的二层灰破楼房。

我们上了楼，许广平先生正在那里张望，似乎正在等着我们。这是一间位于西南角临街的房间。我们到达的时候可能是最末的“客人”，不独鲁迅先生和许广平先生以及海婴全在了，另外还有几位我所不认识的人，也早已先在了。

许广平先生对于萧红犹如多年不见的故友一般，表现了女性特有的热情和亲切，竟一臂把她拦抱过去，海婴也掺在了中间，接着她们向另外一个房间走去了。

过了大约有十几分钟，许广平先生和萧红也全走进了我们所在的房间，接着菜馆的招待员走进来向许广平先生满面和气地询问着：

“侬们的客人全到齐啦吧？”这人明明是北方人，却用了不太纯正的上海话说着。

许广平先生看了一下自己腕子上的表，征询着鲁迅先生的意见，问着：

“现在快七点了，怎样？还要等他们吗？”

“不必了。大概他们没收到信，我们吃罢。”

鲁迅先生爽利地做了决定。

“给我们开罢。”

招待人员脸色愉快地一弯身退出去了。

31

“他们这里的生意好，是希望饭客们快吃、快走的，好腾空房间。”许先生微笑着似乎代菜馆抱歉似地解释着。

由鲁迅先生指定了座位，沿着这张特大的圆面桌，鲁迅先生和许广平先生并排地面向里面坐在临门的座位上，鲁迅先生在左面、许广平先生在右面。她下首是海婴，其次是萧红和我。在我的下首两个座位被空留着的。再向这空座位右转过去，是一位穿淡紫色西装的青年人，他显得有些拘谨而端正地坐在那里。再过去，是一位约近三十岁方圆脸盘，脸色近于黑的女士，她穿了一件细花深绛色、类似软绸料子的窄袖半旧旗袍。她的右边是一位脸型瘦削、面色苍白，有一双总在讥讽什么似的在笑的小眼睛，短发蓬蓬，穿了一件深蓝色旧旗袍，个子虽近乎细长，但却显得有些驼背的人。鲁迅先生左首第一位客人是一位身材不高的人。他，脸型瘦削，下巴略尖，略高的鼻梁有些突起，架了一副角边眼镜，鼻尖显得特殊敏感的样子。后披式的发型梳理得无可指摘的光亮和整齐，穿了一件湛蓝色半新的罩袍，袖口卷起着，可以露出一圈白色的衬衣袖头，由我看来，这是上海当时近乎典型的中式服装。

我数了一下，连我们在内，一共是九个人。

吃酒的冷菜摆上来了，鲁迅先生提来了一只较大的黑色的玻璃瓶放在了桌子上，由许广平先生从这瓶中在每人面前的玻璃杯里倒进了半杯近乎黑紫色的汁液，她解释着说：

“这是一位朋友由外国带来的葡萄汁，送给周先生的。太浓了，需要掺上一些冷开水。”接着她又把一只暖水瓶由另外一张桌子上提过来，每个杯子里注上了冷开水，说：“这冷开水，也是从家里自己带来的，怕他们这里没有。有能喝白酒老酒的，自己斟罢，不会喝酒的可以用这葡萄汁来代替。”

那位穿深蓝色长袍瘦长个子有些驼背的人，先伸出一条长胳膊把一只盛白酒的酒壶抓过去，在自己面前另一只杯子里注满了一杯白酒，接着就旁若无人地深深呷了一口。

这时许先生出去了一下，回来向鲁迅先生耳边轻轻说了一个“没”字，鲁迅先生才以主人的身份开始介绍客人了。首先他指一指他自己身边左侧那位说上海话戴眼镜的人说：

“这是我们一道开店的老板，”鲁迅先生并没说出这位老板的姓名。那老板微微欠了欠身子，轻轻嗯了一声，微笑了一下、就坐下来，呷了一口自己面前杯子里的葡萄汁，点了点头赞美地咂了咂嘴唇；另外几位客人和这老板似乎很熟识，全会心地笑了笑。

接着就介绍了那位喝白酒的长个子：

“这位是聂先生！”这位聂先生连身子也没欠，只是哼了一声，因为他的嘴里已经在咀嚼着什么东西了。接着是介绍那位女士，鲁迅先生说她姓周，是聂夫人。那位穿西装的青年姓叶。最后介绍到我们的头上来了，鲁迅先生指一指我和萧红说：

“这两位是刘先生，张女士，他们是新从东北来的。”

我们身边的那两个座位始终是空留着，直到这时也还没人走进来，鲁迅先生似乎在解释着：

“今天本来是为H先生的儿子做满月的，大概他们没接到信，上海这地方，真麻烦……”他指了指那空座位。

我考量了一下，这些客人之间他们似乎全是认识的，只有我们俩是外来的“闯入者”。对于这些客人我全是茫然无知的，既不方便询问鲁迅先生，也无从猜测，只有对那位穿西装姓叶的青年人，我以为他可能是《小小十年》的作者——叶永蓁。

这菜馆虽然主要是吃烤鸭，但其他的菜肴也很好，对我来说这顿饭吃得可以说是既饱又多而且味美！

在席间，他们之间的谈话我是有些莫名其妙的，在我听起来似乎用的是些“隐语”或“术语”之类，因此我只能是吃了又喝，喝了又吃。同时我也注意到了那位长身驼背的人总在不停地向他的那位夫人碗里挟这样、那样的菜，而那位夫人也并不客气，这倒使我感到怪有趣的，我也就学他的样，也开始向萧红的碗里挟取她不容易挟到的，或者不好意思把手臂伸得太长才能挟到的菜。这却使萧红有些不好意思了，暗暗用手在桌下制止着我。

海婴咭哩哇喇……，满口讲的上海话，这位“小上海”的话我几乎什么也听不懂！他和萧红倒似乎一见如故混得很熟了。

为了礼貌或为了不甘寂寞，我也讲了一些东北的各种风俗习惯以及各样事情，人们——特别是鲁迅先生——似乎全在专心注意地听取着。最后我提出要买几本俄文书，那位“老板”很诚恳地也很仔细地为我指点，介绍应该到哪里去买，如何坐车等等。我心里暗暗佩服着 ：“这位老板的文化知识还很丰富咧！”

大约快近九点钟，我们的宴会结束了，那位穿西装的青年人走过来，把他的住址开给了我，我也开给了他，其余的人就没这样做。因为我知道在上海的白色恐怖政治情况下，是不应该随便问别人姓名或住址的。

在归家的路上，我和萧红彼此挽着胳膊行走在大街和小巷，脚步轻快，飘飘然，此刻感到我们是这世界上最幸福的人了！

路上萧红轻轻地告知我，许广平和她说了：那位老板就是 C 先生，驼背高个子是聂绀弩，女士是周颖，穿西装的青年人是左翼作家叶紫，空位子是为 H 君和他的夫人 T 女士留的，这天也确是他们的第一个男孩子满月的日子。

经过她的说明，才使我恍然明白了。同时她说在开始吃饭时许广平出去看了一转，是看一看有没有可疑的人或特务之类在盯我们的梢。

这些全是许广平在饭前、饭后悄悄地在外面向萧红说的。

我们这次作为和海婴第二次见面礼，还送了他一对枣木旋成的“小棒槌”。这是一九三四年我们路经大连，一位名叫王福临的朋友送给我们的。

回想起来，鲁迅先生当时这次请客的真实目的和意义是很分明的，在名义上是为了庆祝 H 夫妻儿子的满月，实质上却是为了我们这对青年人，从遥远的东北故乡来到上海，人地生疏，会有孤独寂寞之感，特为我们介绍了几位在上海的左翼作家朋友，使我们有所来往，对我们在各方面有所帮助；同时大概也耽心我这个体性鲁莽的人，不明白当时上海的政治、社会环境的危险和恶劣，直冲蛮闯可能会招致出祸事来，所以特地指派了叶紫做我们的向导和“监护人”。仅从这一次宴会的措施，可以充分显示了这位伟大的人，具有伟大灵魂的人，具有伟大胸怀的人，对于后一代的青年人，对于两个青年文艺工作者是表现了多么深刻的关心，付出了多么大的热情和挚爱啊！

由于这次宴会上鲁迅先生的介绍，我们不但与叶紫渐渐地熟悉了起来，而且成了很要好的朋友，他有时竟开玩笑地叫我为“阿木林”（即上海人所谓傻瓜之意）。他，热情、善良、正直、坦率，我所著的《八月的乡村》得以出版，叶紫是起了决定性作用的。

后来，我们这三个“小奴隶”——萧红、叶紫和我——经过了鲁迅先生的“批准”，还一起创建了“奴隶社”，出版了“奴隶丛书”。

叶紫，是湖南人，我们相识的时候——一九三四年——他已是中共地下党员了（当时我们是不知道的）。他的父亲、姐组（据说也全是中共党员）在一九二六、一九二七年的大革命年间全被蒋介石杀害了！叶紫很小就开始了流浪的生活。

关于聂绀弩，当时给我的形象和印象就是那个样子了。今天，在本文中，我也没把他速写得更“漂亮”一些，很遗憾，我对于当时由鲁迅先生介绍的这位聂先生，任何情况全是一无所知，也无从猜测，但后来我们却建立起几十年近于终生的友谊。我今年七十二岁了，他也已经七十六岁了，我们之间的这种友谊，是经过各种风风雨雨考验的。证明是没有任何变化。尽管我们之间对于某种问题、某种思想、某一见解时有争论。甚至到了面红耳赤的地步，但这些对于我们的基本的友情来说，并无任何妨碍、损害、以及影响的。因为我们全是喜欢一切习于“真”的人。

绀弩在文化领域是具有各方面才能和知识的。他能文、能诗，从事新文化运动，研究中国古典文学，全有他独到的见解和成绩。

一九七六年他由山西狱中获释以后，我曾写下如下两首诗：

一

又是相逢一破颜，十年囚羁两霜天。

烟蓑雨笠寒江月，孤岭苍松雪地莲。

鹤唳晴空哀九皋，猿啼三峡过前川。

濯缨濯足浑闲事，流水高山韵未残。

二

萧萧白发两堪骄，犹爱弯弓射大雕。

狐鼠跳梁闲岁月，扬花逐水去迢遥。

恢恢天网终无漏，滚滚沧江未尽潮。

万仞临风一俯仰，闲将石火救儿曹。

一九七七年他出狱后，十月二十七日我到绀弩兄寓中去看他，他人虽变得瘦弱可怜，而精神尚佳，不减当年，他以手抄诗稿示我，其中有赠萧红与我诸诗，当时录而存之。兹捡出“文化大革命”前他由北大荒流放地归来赠我者一首：

剥啄惊回午梦魂，开门猛讶尔萧军！
老朋友喜今朝见；“大跃进”来何处存？
《八月乡村》《五月矿》，十年风雨百年人。
千言万语从何说？先到街头饮一巡。

由于鲁迅先生介绍了绀弩和叶紫与我们相识，不独对我们本人有过很大帮助，同时对于后来开展左翼革命文艺运动，例如共编《海燕》刊物，形成“奴隶社”，和发扬鲁迅先生战斗精神方面也血肉一体、不可分开的。因此在这篇纪念鲁迅先生的短文中，附带表示对他们一点感念之情。

一张照片

为了纪念这次宴会，为了纪念这件新礼服，我和萧红特意到法租界万氏照相馆照了一张照片。这是在一九三五年春季间。

在这张照片中我当然是穿了那件黑白方格的新礼服，萧红却穿了一件深蓝色的“画服”。不知为什么，临拍照以前，她竟从照相馆的小道具箱里拣出了只烟斗叼在嘴巴上，装作吸烟的样子，其实平时她是并不吸烟的，这是在“装蒜”。

除开那件新礼服外，我在脖子上还装饰地系了一块米黄色的围巾，上面用暗绿色丝线绣了 Индила 几个俄文字母。这是我们一九三四年由哈尔滨出走时，一位教我们俄文的俄国姑娘给绣作纪念的。这里还有一段可笑的小故事，在《萧红书简》里会谈到它，这里就不写了。

这张照片，我曾看到在骆宾基同志所写的《萧红小传》里用过它；一九七八年一月间在香港一家书店翻印的《八月的多村》后封面上印过它；一九七九年在北京人民文学出版社所编辑出版的《新文学史料》第二辑我所撰写的《萧红书简辑存注释录》中也被印出了。

一九三八年春季间在西安我和萧红“诀别”时，这张照片她可能也保有一张。《萧红小传》上面的那一幅也可能就是从她的死后遗物中寻找出来的。至于《八月的乡村》后封面那幅可能是从什么书上翻制下来的。我给《新文学史料》的一幅、也已经不是原片了，自然也是经过了几次翻制而后仅存的一张。

经过几十年东飘西泊，经过了几多次水火刀兵，经过了若干度生死关头，在“文化大革命”中又经过了多次抄家没产，这张照片如今尚能够故物归主——殊不容易！亦不幸中之一幸也。

一逝流光四十年！

今天来回忆四十余年前的这段历史性的故事，我的心情是很复杂而怆然的！

曾经参与这次鲁迅先生所设的宴会的人，首先是鲁迅先生离去我们已经四十余年。叶紫在一九三九年由于贫病死于湖南故乡，萧红于一九四二年也由于贫病和战争死于香港，许广平先生也在“文化大革命”期间逝世了。所幸C先生、聂绀弩、周颖、海婴及我本人等还健在。偶成旧体诗三律以做本文束尾。

一

悠悠往事逝漫漫，又是春归二月寒！
四十年前思故垒，三千里外梦家山。
匹夫怀璧羸双刖，老骥嘶风怅远天。
桃李无言垂柳碧，一番追忆一怆然！

二

血碧霜飞乌夜啼，珠残璧碎燕巢泥！
春风紫陌思芳草，细浪松江忆藿藜。
化雨师恩酬几许？他山故谊怅何及！
余将倦眼量沧海，浩森烟波入望迷。

三

一逝流光四十年，生离死别两云天。
兼葭秋水屋梁月，桃李春风“薤露”篇。

雪岭苍松千载翠，巴山夜雨五更寒！
惊涛拍岸猿啼峡，“千里江陵一日还”。

一九七九年三月三日夜于京都
银锭桥西海北楼“蜗蜗居”寓所
（原载《人民文学》1979 年第 5 期）

一九三三年五月一日摄于上海，毛衣毛背心为许广平在广州工作时为鲁迅编织的，鲁迅非常珍爱。萧军也尤为喜欢这张照片。

42

回忆鲁迅先生

/ 萧红

鲁迅先生的笑声是明朗的，是从心里的欢喜。若有人说了什么可笑的话，鲁迅先生笑的连烟卷都拿不住了，常常是笑的咳嗽起来。

鲁迅先生走路很轻捷，尤其他人记得清楚的，是他刚抓起帽子来往头上一扣，同时左腿就伸出去了，仿佛不顾一切地走去。

鲁迅先生不大注意人的衣裳，他说："谁穿什么衣裳我看不见的……"

鲁迅先生生的病，刚好了一点，窗子开着，他坐在躺椅上，抽着烟，那天我穿着新奇的火红的上衣，很宽的袖子。

鲁迅先生说："这天气闷热起来，这就是梅雨天。"他把他装在象牙烟嘴上的香烟，又用手装得紧一点，往下又说了别的。

许先生忙着家务跑来跑去，也没有对我的衣裳加以鉴赏。

于是我说："周先生，我的衣裳漂亮不漂亮？"

鲁迅先生从上往下看了一眼："不大漂亮。"

过了一会又接着说："你的裙子配的颜色不对，并不是红上衣不好看，各种颜色都是好看的，红上衣要配红裙子，不然就是黑裙子，咖啡色的就不行了；这两种颜色放在一起很浑浊……你没看到外国人在街上走的吗？绝没有下边穿一件绿裙子，上边穿一件紫上衣，也没有穿一件红裙子而后穿一件白上衣的……"

鲁迅先生就在躺椅上看着我："你这裙子是咖啡色的，还带格子，颜色浑浊得很，所以把红色衣裳也弄得不漂亮了。"

"……人瘦不要穿黑衣裳，人胖不要穿白衣裳；脚长的女人一定要穿黑鞋子，脚短就一定要穿白鞋子；方格子的衣裳胖人不能穿，但比横格子的还好；横格子的，胖人穿上，就把胖子更往两边裂着，更横宽了，胖子要穿竖条子的，竖的把人显得长，横的把人显的宽……"

那天鲁迅先生很有兴致，把我一双短统靴子也略略批评一下，说我的短靴是军人穿的，因为靴子的前后都有一条线织的拉手，这拉手据鲁迅先生说是放在裤子下边的……

我说："周先生，为什么那靴子我穿了多久了而不告诉我，怎么现在才想起来呢？现在我不是不穿了吗？我穿的这不是另外的鞋吗？"

"你不穿我才说的，你穿的时候，我一说你该不穿了。"

那天下午要赴一个筵会去，我要许先生给我找一点布条或绸条束一束头发。许先生拿了来米色的绿色的还有桃红色的。经我和许先生共同选定的是米色的。为着取美，把那桃红色的，许先生举起来放在我的头发上，并且许先生很开心地说着：

“好看吧！多漂亮！”

我也非常得意，很规矩又顽皮地在等着鲁迅先生往这边看我们。

鲁迅先生这一看，脸是严肃的，他的眼皮往下一放向着我们这边看着：

“不要那样装饰她……”

许先生有点窘了。

我也安静下来。

鲁迅先生在北平教书时，从不发脾气，但常常好用这种眼光看人，许先生常跟我讲。她在女师大读书时，周先生在课堂上，一生气就用眼睛往下一掠，看着他们，这种眼光鲁迅先生在记范爱农先生的文字曾自己述说过，而谁曾接触过这种眼光的人就会感到一个时代的全智者的催逼。

我开始问：“周先生怎么也晓得女人穿衣裳的这些事情呢？”

“看过书的，关于美学的。”

“什么时候看的……”

“大概是在日本读书的时候……”

“买的书吗？”

“不一定是买的，也许是从什么地方抓到就看的……”

“看了有趣味吗？！”

“随便看看……”

“周先生看这书做什么？”

“……”没有回答，好像很难以答。

许先生在旁说：“周先生什么书都看的。”

在鲁迅先生家里作客，刚开始是从法租界来到虹口，搭电车也要差不多一个钟头的工夫，所以那时候来的次数比较少。还记得有一次谈到半夜了，一过十二点电车就没有的，但那天不知讲了些什么，讲到一个段落就看看旁边小长桌上的圆钟，十一点半了，十一点四十五分了，电车没有了。

“反正已十二点，电车也没有，那么再坐一会。”许先生如此劝着。

鲁迅先生好像听了所讲的什么引起了幻想，安顿地举着象牙烟嘴在沉思着。

一点钟以后，送我（还有别的朋友）出来的是许先生，外边下着的蒙蒙的小雨，弄堂里灯光全然灭掉了，鲁迅先生嘱咐许先生一定让坐小汽车回去，并且一定嘱咐许先生付钱。

以后也住到北四川路来，就每夜饭后必到大陆新村来了，刮风的天，下雨的天，几乎没有间断的时候。

鲁迅先生很喜欢北方饭，还喜欢吃油炸的东西，喜欢吃硬的东西，就是后来生病的时候，也不大吃牛奶。鸡汤端到旁边用调羹舀了一二下就算了事。

有一天约好我去包饺子吃，那还是住在法租界，所以带了外国酸菜和用绞肉机绞成的牛肉，就和许先生站在客厅后边的方桌边包起来。海婴公子围着闹的起劲，一会把按成圆饼的面拿去了，他说做了一只船来，送在我们的眼前，我们不看它，转身他又做了一只小鸡。许先生和我都不去看它，对他竭力避免加以赞美，若一赞美起来，怕他更做的起劲。

客厅后没到黄昏就先黑了，背上感到些微微的寒凉，知道衣裳不够了，但为着忙，没有加衣裳去。等把饺子包完了看看那数目并不多，这才知道许先生和我们谈话谈得太多，误了工作。许先生怎样离开家的，怎样到天津读书的，在女师大读书时怎样做了家庭教师。她去考家庭教师的那一段描写，非常有趣，只取一名，可是考了好几十名，她之能够当选算是难的了。指望对于学费有点补足，冬天来了，北平又冷，那家离学校又远，每月除了车子钱之外，若伤风感冒还得自己拿出买阿司匹林的钱来，每月薪金十元要从西城跑到东城……

饺子煮好，一上楼梯，就听到楼上明朗的鲁迅先生的笑声冲下楼梯来，原来有几个朋友在楼上也正谈得热闹。那一天吃得是很好的。

以后我们又做过韭菜合子，又做过荷叶饼，我一提议鲁迅先生必然赞成，而我做的又不好，可是鲁迅还是在桌上举着筷子问许先生："我再吃几个吗？"

因为鲁迅先生胃不大好，每饭后必吃脾自美药丸一二粒。

47

有一天下午鲁迅先生正在校对着瞿秋白的《海上述林》，我一走进卧室去，从那圆转椅上鲁迅先生转过来了，向着我，还微微站起了一点。

“好久不见，好久不见。”一边说着一边向我点头。

刚刚我不是来过了吗？怎么会好久不见？就是上午我来的那次周先生忘记了，可是我也每天来呀……怎么都忘记了吗？

周先生转身坐在躺椅上才自己笑起来，他是在开着玩笑。

梅雨季，很少有晴天，一天的上午刚一放晴，我高兴极了，就到鲁迅先生家去了，跑得上楼还喘着。鲁迅先生说：“来啦！”我说：“来啦！”

我喘着连茶也喝不下。

鲁迅先生就问我：

“有什么事吗？”

我说：“天晴啦，太阳出来啦。”

许先生和鲁迅先生都笑着，一种对于冲破忧郁心境的会心的笑。

海婴一看到我非拉我到院子里和他一道玩不可，拉我的头发或拉我的衣裳。

为什么他不拉别人呢？据周先生说：“他看你梳着辫子，和他差不多，别人在他眼里都是大人，就看你小。”

许先生问着海婴：“你为什么喜欢她呢？不喜欢别人？”

“她有小辫子。”说着就来拉我的头发。

48

鲁迅先生家生客人很少，几乎没有，尤其是住在他家里的人更没有。一个礼拜六的晚上，在二楼上鲁迅先生的卧室里摆好了晚饭，围着桌子坐满了人。每逢礼拜六晚上都是这样的，周建人先生带着全家来拜访的。在桌子边坐着一个很瘦的很高的穿着中国式小背心的人，鲁迅先生介绍说："这是位同乡，是商人。"

初看似乎对的，穿着中国裤子，头发剃的很短。当吃饭时，他还让别人酒，也给我倒一盅，态度很活泼，不大像个商人；等吃完了饭，又谈到《伪自由书》及《二心集》。这个商人，开明得很，在中国不常见。没有见过的，就总不大放心。

下一次是在楼下客厅后的方桌上吃晚饭，那天很晴，一阵阵的刮着热风，虽然黄昏了，客厅后还不昏黑。鲁迅先生是新剪的头发，还能记得桌上有一碗黄花鱼，大概是顺着鲁迅先生的口味，是用油煎的。鲁迅先生前面摆着一碗酒，酒碗是扁扁的，好像用做吃饭的饭碗。那位商人先生也能喝酒，酒瓶手就站在他的旁边。他说蒙古人什么样，苗人什么样，从西藏经过时，那西藏女人见了男人追她，她就如何如何。

这商人可真怪，怎么专门走地方，而不做买卖？并且鲁迅先生的书他也全读过，一开口这个，一开口那个。并且海婴叫他 × 先生，我一听那 × 字就明白他是谁了。× 先生常常回来得很迟，从鲁迅先生家里出来，在弄堂里遇到了几次。

有一天晚上 × 先生从三楼下来，手里提着小箱子，身上穿着长袍子，站在鲁迅先生的面前，他说他要搬了。他告了辞，许先生送他下楼去了。这时候周先生在地板上绕了两个圈子，问我说：

“你看他到底是商人吗？”

“是的。”我说。

鲁迅先生很有意思的在地板上走几步，而后向我说：“他是贩卖私货的商人，是贩卖精神上的……”

× 先生走过二万五千里回来的。

青年人写信，写得太草率，鲁迅先生是深恶痛绝之的。

“字不一定要写得好，但必须得使人一看了就认识，青年人现在都太忙了……他自己赶快胡乱写完了事，别人看了三遍五遍看不明白，这费了多少工夫，他不管。反正这费了功夫不是他的。这存心是不太好的。”

但他还是展读着每封由不同角落里投来的青年的信，眼睛不济时，便戴起眼镜来看，常常看到夜里很深的时光。

鲁迅先生坐在 ×× 电影院楼上的第一排，那片名忘记了，新闻片是苏联纪念五一节的红场。

“这个我怕看不到的……你们将来可以看得到。”鲁迅先生向我们周围的人说。

珂勒惠支的画，鲁迅先生最佩服，同时也很佩服她的做人。珂勒惠支受希特拉的压迫，不准她做教授，不准她画画，鲁迅先生常讲到她。

史沫特烈，鲁迅先生也讲到，她是美国女子，帮助印度独立运动，现在又在援助中国。

鲁迅先生介绍人去看的电影：《夏伯阳》《复仇艳遇》……其余的如《人猿泰山》……或者非洲的怪兽这一类的影片，也常介绍给人的。鲁迅先生说："电影没有什么好看的，看看鸟兽之类倒可以增加些对于动物的知识。"

鲁迅先生不游公园，住在上海十年，兆丰公园没有进过。虹口公园这么近也没有进过。春天一到了，我常告诉周先生，我说公园里的土松软了，公园里的风多么柔和。周先生答应选个晴好的天气，选个礼拜日，海婴休假日，好一道去，坐一乘小汽车一直开到兆丰公园，也算是短途旅行。但这只是想着而未有做到，并且把公园给下了定义。鲁迅先生说："公园的样子我知道的……一进门分做两条路，一条通左边，一条通右边，沿着路种着点柳树什么树的，树下摆着几张长椅子，再远一点有个水池子。"

我是去过兆丰公园的，也去过虹口公园或是法国公园的，仿佛这个定义适用在任何国度的公园设计者。

鲁迅先生不戴手套，不围围巾，冬天穿着黑石蓝的棉布袍子，头上戴着灰色毡帽，脚穿黑帆布胶皮底鞋。

胶皮底鞋夏天特别热，冬天又凉又湿，鲁迅先生的身体不算好，大家都提议把这鞋子换掉。鲁迅先生不肯，他说胶皮底鞋子走路方便。

"周先生一天走多少路呢？也不就一转弯到 ××× 书店走一趟

吗？”

鲁迅先生笑而不答。

“周先生不是很好伤风吗？不围巾子，风一吹不就伤风了吗？”

鲁迅先生这些个都不习惯，他说：

“从小就没戴过手套围巾，戴不惯。”

鲁迅先生一推开门从家里出来时，两只手露在外边，很宽的袖口冲着风就向前走，腋下夹着个黑绸子印花的包袱，里边包着书或者是信，到老靶子路书店去了。

那包袱每天出去必带出去，回来必带回来。出去时带着给青年们的信，回来又从书店带来新的信和青年请鲁迅先生看的稿子。

鲁迅先生抱着印花包袱从外边回来，还提着一把伞，一进门客厅早坐着客人，把伞挂在衣架上就陪客人谈起话来。谈了很久了，伞上的水滴顺着伞杆在地板上已经聚了一堆水。

鲁迅先生上楼去拿香烟，抱着印花包袱，而那把伞也没有忘记，顺手也带到楼上去。

鲁迅先生的记忆力非常之强，他的东西从不随便散置在任何地方。

鲁迅先生很喜欢北方口味。许先生想请一个北方厨子，鲁迅先生以为开销太大，请不得的，男用人，至少要十五元钱的工钱。

所以买米买炭都是许先生下手。我问许先生为什么用两个女用人都是年老的，都是六七十岁的？许先生说她们做惯了，海婴的保姆，海婴几个月时就在这里。

52

正说着那矮胖胖的保姆走下楼梯来了，和我们打了个迎面。

“先生，没吃茶吗？”她赶快拿了杯子去倒茶，那刚刚下楼时气喘的声音还在喉管里咕噜咕噜的，她确实年老了。

来了客人，许先生没有不下厨房的，菜食很丰富，鱼，肉……都是用大碗装着，起码四五碗，多则七八碗。可是平常就只三碗菜：一碗素炒豌豆苗，一碗笋炒咸菜，再一碗黄花鱼。

这菜简单到极点。

鲁迅先生的原稿，在拉都路一家炸油条的那里用着包油条，我得到了一张，是译《死魂灵》的原稿，写信告诉了鲁迅先生。鲁迅先生不以为稀奇，许先生倒很生气。

鲁迅先生出书的校样，都用来揩桌，或做什么的。请客人在家里吃饭，吃到半道，鲁迅先生回身去拿来校样给大家分着。客人接到手里一看，这怎么可以？鲁迅先生说：

“擦一擦，拿着鸡吃，手是腻的。”

到洗澡间去，那边也摆着校样纸。

许先生从早晨忙到晚上，在楼下陪客人，一边还手里打着毛线。不然就是一边谈着话一边站起来用手摘掉花盆里花上已干枯了的叶子。许先生每送一个客人，都要送到楼下门口，替客人把门开开，客人走出去而后轻轻地关了门再上楼来。

来了客人还到街上去买鱼或买鸡，买回来还要到厨房里去工作。

鲁迅先生临时要寄一封信，就得许先生换起皮鞋子来到邮局或者大陆新村旁边信筒那里去。落着雨天，许先生就打起伞来。

许先生是忙的，许先生的笑是愉快的，但是头发有一些是白了的。

夜里去看电影，施高塔路的汽车房只有一辆车，鲁迅先生一定不坐，一定让我们坐。许先生周建人夫人……海婴，周建人先生的三位女公子。我们上车了。

鲁迅先生和周建人先生，还有别的一二位朋友在后边。

看完了电影出来，又只叫到一部汽车，鲁迅先生又一定不肯坐，让周建人先生的全家坐着先走了。

鲁迅先生旁边走着海婴，过了苏州河的大桥去等电车去了。等了二三十分钟电车还没有来，鲁迅先生依着沿苏州河的铁栏杆坐在桥边的石围上了，并且拿出香烟来，装上烟嘴，悠然地吸着烟。

海婴不安地来回地乱跑，鲁迅先生还招呼他和自己并排坐下。

鲁迅先生坐在那和一个乡下的安静老人一样。

鲁迅先生吃的是清茶，其余不吃别的饮料。咖啡、可可、牛奶、汽水之类，家里都不预备。

鲁迅先生陪客人到深夜，必同客人一道吃些点心。那饼干就是从铺子里买来的，装在饼干盒子里，到夜深许先生拿着碟子取出来，摆在鲁迅先生的书桌上。吃完了，许先生打开立柜再取一碟。还有向日葵子差不多每来客人必不可少。鲁迅先生一边抽着烟，一边剥着瓜子吃，吃完了一碟鲁迅先生必请许先生再拿一碟来。

鲁迅先生备有两种纸烟，一种价钱贵的，一种便宜的。便宜的是绿听子的，我不认识那是什么牌子，只记得烟头上带着黄纸的嘴，每五十支的价钱大概是四角到五角，是鲁迅先生自己平日用的。另一种是白听子的，是前门烟，用来招待客人的，白烟听放在鲁迅先生书桌的抽屉里。来客人鲁迅先生下楼，把它带到楼下去，客人走了，又带回楼上来照样放在抽屉里。而绿听子的永远放在书桌上，是鲁迅先生随时吸着的。

鲁迅先生的休息，不听留声机，不出去散步，也不倒在床上睡觉，鲁迅先生自己说：

“坐在椅子上翻一翻书就是休息了。”

鲁迅先生从下午两三点钟起就陪客人，陪到五点钟，陪到六点钟，客人若在家吃饭，吃完饭又必要在一起喝茶，或者刚刚吃完茶走了，或者还没走又来了客人，于是又陪下去，陪到八点钟，十点钟，常常陪到十二点钟。从下午三点钟起，陪到夜里十二点，这么长的时间，鲁迅先生都是坐在藤躺椅上，不断地吸着烟。

客人一走，已经是下半夜了，本来已经是睡觉的时候了，可是鲁迅先生正要开始工作。在工作之前，他稍微阖一阖眼睛，燃起一支烟来，躺在床边上，这一支烟还没有吸完，许先生差不多就在床里边睡着了。（许先生为什么睡得这样快？因为第二天早晨六七点钟就要来管理家务。）海婴这时在三楼和保姆一道睡着了。

55

全楼都寂静下去，窗外也一点声音没有了，鲁迅先生站起来，坐到书桌边，在那绿色的台灯下开始写文章了。

许先生说鸡鸣的时候，鲁迅先生还是坐着，街上的汽车嘟嘟地叫起来了，鲁迅先生还是坐着。

有时许先生醒了，看着玻璃窗白萨萨的了，灯光也不显得怎么亮了，鲁迅先生的背影不像夜里那样高大。

鲁迅先生的背影是灰黑色的，仍旧坐在那里。

人家都起来了，鲁迅先生才睡下。

海婴从三楼下来了，背着书包，保姆送他到学校去，经过鲁迅先生的门前，保姆总是吩咐他说：

“轻一点走，轻一点走。”

鲁迅先生刚一睡下，太阳就高起来了，太阳照着隔院子的人家，明亮亮的，照着鲁迅先生花园的夹竹桃，明亮亮的。

鲁迅先生的书桌整整齐齐的，写好的文章压在书下边，毛笔在烧瓷的小龟背上站着。

一双拖鞋停在床下，鲁迅先生在枕头上边睡着了。

鲁迅先生喜欢吃一点酒，但是不多吃，吃半小碗或一碗。鲁迅先生吃的是中国酒，多半是花雕。

老靶子路有一家小吃茶店，只有门面一间，在门面里边设座，座少，安静，光线不充足，有些冷落。鲁迅先生常到这里吃茶店来，有约会多半是在这里边，老板是犹太也许是白俄，胖胖的，中国话大概他听不懂。

鲁迅先生这一位老人，穿着布袍子，有时到这里来，泡一壶红茶，和青年人坐在一道谈了一两个钟头。

有一天鲁迅先生的背后那茶座里边坐着一位摩登女子，身穿紫裙子黄衣裳，头戴花帽子……那女子临走时，鲁迅先生一看她，就用眼瞪着她，很怪异的看了她半天。而后说：

“是做什么的呢？”

鲁迅先生对于穿着紫裙子黄衣裳，戴花帽子的人就是这样看法的。

鬼到底是有的没有的？传说上有人见过，还跟鬼说过话，还有人被鬼在后边追赶过，吊死鬼一见了人就贴在墙上。但没有一个人捉住一个鬼给大家看看。

鲁迅先生讲了他看见过鬼的故事给大家听：

“是在绍兴……”鲁迅先生说，“三十年前……”

那时鲁迅先生从日本读书回来，在一个师范学堂里也不知是什么学堂里教书，晚上没有事时，鲁迅先生总是到朋友家去谈天。这朋友住的离学堂几里路，几里路不算远，但必得经过一片坟地。谈天有的时候就谈得晚了，十一二点钟才回学堂的事也常有，有一天鲁迅先生就回去得很晚，天空有很大的月亮。

鲁迅先生向着归路走得很起劲时，往远处一看，远远有一个白影。

鲁迅先生不相信鬼的，在日本留学时是学的医，常常把死人抬来解剖的，鲁迅先生解剖过二十几个，不但不怕鬼，对死人也不怕，所以对坟地也就根本不怕。仍旧是向前走的。

走了不几步，那远处的白影没有了，再看突然又有了。并且时小时大，时高时低，正和鬼一样。鬼不就是变幻无常的吗？

鲁迅先生有点踌躇了，到底向前走呢？还是回过头来走？本来回学堂不止这一条路，这不过是最近的一条就是了。

鲁迅先生仍是向前走，到底要看一看鬼是什么样，虽然那时候也怕了。

鲁迅先生那时从日本回来不久，所以还穿着硬底皮鞋。鲁迅先生决心要给那鬼一个致命的打击，等走到那白影旁边时，那白影缩小了，蹲下了，一声不响地靠住了一个坟堆。

鲁迅先生就用了他的硬皮鞋踢了出去。

那白影噢的一声叫起来，随着就站起来，鲁迅先生定眼看去，他却是个人。

鲁迅先生说在他踢的时候，他是很害怕的，好像若一下不把那东西踢死，自己反而会遭殃的，所以用了全力踢出去。

原来是个盗墓子的人在坟场上半夜作着工作。

鲁迅先生说到这里就笑了起来：

“鬼也是怕踢的，踢他一脚就立刻变成人了。”

我想，倘若是鬼常常让鲁迅先生踢踢倒是好的，因为给了他一个做人的机会。

从福建菜馆叫的菜，有一碗鱼做的丸子。海婴一吃就说不新鲜，许先生不信，别的人也都不信。因为那丸子有的新鲜，有的不新鲜，别人吃到嘴里的恰好都是没有改味的。

许先生又给海婴一个，海婴一吃，又不是好的，他又嚷嚷着。别人都不注意，鲁迅先生把海婴碟里的拿来尝尝，果然不是新鲜的。鲁迅先生说：

“他说不新鲜，一定也有他的道理，不加以查看就抹杀是不对的。”

……

以后我想起这件事来，私下和许先生谈过，许先生说：“周先生的做人，真是我们学不了的。哪怕一点点小事。”

鲁迅先生包一个纸包也要包得整整齐齐，常常把要寄出的书，鲁迅先生从许先生手里拿过来自己包，许先生本来包得多么好，而鲁迅先生还要亲自动手。

鲁迅先生把书包好了，用细绳捆上，那包方方正正的，连一个角也不准歪一点或扁一点，而后拿着剪刀，把捆书的那绳头都剪得整整齐齐。

就是包这书的纸都不是新的，都是从街上买东西回来留下来的。许先生上街回来把买来的东西一打开随手就把包东西的牛皮纸折起来，随手把小细绳卷了一个卷。若小细绳上有一个疙瘩，也要随手把它解开的。准备着随时用随时方便。

鲁迅先生住的是大陆新村九号。

一进弄堂口，满地铺着大方块的水门汀，院子里不怎样嘈杂，从这院子出入的有时候是外国人，也能够看到外国小孩在院子里零星的玩着。

鲁迅先生隔壁挂着一块大的牌子，上面写着一个“茶”字。

鲁迅先生的客厅里摆着长桌，长桌是黑色的，油漆不十分新鲜，但也并不破旧，桌上没有铺什么桌布，只在长桌的当心摆着一个绿豆青色的花瓶，花瓶里长着几株大叶子的万年青。围着长桌有七八张木椅子。尤其是在夜里，全弄堂一点什么声音也听不到。

那夜，就和鲁迅先生和许先生一道坐在长桌旁边喝茶的。当夜谈了许多关于伪满洲国的事情，从饭后谈起，一直谈到九点钟十点钟而后到十一点钟。时时想退出来，让鲁迅先生好早点休息，因为我看出来鲁迅先生身体不大好，又加上听许先生说过，鲁迅先生伤风了一个多月，刚好了的。

但是鲁迅先生并没有疲倦的样子。虽然客厅里也摆着一张可以卧倒的藤椅，我们劝他几次想让他坐在藤椅上休息一下，但是他没有去，仍旧坐在椅子上。并且还上楼一次，去加穿了一件皮袍子。

那夜鲁迅先生到底讲了些什么，现在记不起来了。也许想起来的不是那夜讲的而是以后讲的也说不定。过了十一点，天就落雨了，雨点淅沥淅沥地打在玻璃窗上，窗子没有窗帘，所以偶一回头，就看到玻璃窗上有小水流往下流。夜已深了，并且落了雨，心里十分着急，几次站起来想要走，但是鲁迅先生和许先生一再说再坐一下：“十二点以前终归有车子可搭的。”所以一直坐到将近十二点，才穿起雨衣来，打开客厅外边的响着的铁门，鲁迅先生非要送到铁门外不可。我想为什么他一定要送呢？对于这样年轻的客人，这样的送是应该的吗？雨不会打湿了头发，受了寒伤风不又要继续下去吗？站在铁门外边，鲁迅先生说，并且指着隔壁那家写着“茶”字的大牌子：“下次来记住这个‘茶’字，就是这个‘茶’的隔壁。”而且伸出手去，几乎是触到了钉在锁门旁边的那个九号的‘九’字，“下次来记住茶的旁边九号。”

于是脚踏着方块的水门汀，走出弄堂来，回过身去往院子里边看了一看，鲁迅先生那一排房子统统是黑洞洞的，若不是告诉的那样清楚，下次来恐怕要记不住的。

鲁迅先生的卧室，一张铁架大床，床顶上遮着许先生亲手做的白布刺花的围子，顺着床的一边折着两床被子，都是很厚的，是花洋布的被面。挨着门口的床头的方面站着抽屉柜。一进门的左手摆着八仙桌，桌子的两旁藤椅各一，立柜站在和方桌一排的墙角，立柜本是挂衣裳的，衣裳却很少，都让糖盒子、饼干桶子、瓜子罐给塞满了。有一次 ×× 老板的太太来拿版权的图章花，鲁迅先生就从立柜下边大抽屉里取出的。沿着墙角往窗子那边走，有一张装饰台，桌子上有一个方形的满浮着绿草的玻璃养鱼池，里边游着的不是金鱼而是灰色的扁肚子的小鱼。除了鱼池之外另有一只圆的表，其余那上边满装着书。铁床架靠窗子的那头的书柜里书柜外都是书。最后是鲁迅先生的写字台，那上边也都是书。

鲁迅先生家里，从楼上到楼下，没有一个沙发。鲁迅先生工作时坐的椅子是硬的，休息时的藤椅是硬的，到楼下陪客人时坐的椅子又是硬的。

鲁迅先生的写字台面向着窗子，上海弄堂房子的窗子差不多满一面墙那么大，鲁迅先生把它关起来，因为鲁迅先生工作起来有一个习惯，怕吹风，风一吹，纸就动，时时防备着纸跑，文章就写不好。所以屋子里热得和蒸笼似的，请鲁迅先生到楼下去，他又不肯，鲁迅先生的习惯是不换地方。有时太阳照进来，许先生劝他把书桌移开一点都不肯。只有满身流汗。

鲁迅先生的写字桌，铺了张蓝格子的油漆布。四角都用图钉按着。桌子上有小砚台一方，墨一块，毛笔站在笔架上。笔架是烧瓷的，在我看来不很细致，是一个龟，龟背上带着好几个洞，笔就插在那洞里。鲁迅先生多半是用毛笔的，钢笔也不是没有，是放在抽屉里。桌上有一个方大的白瓷的烟灰盒，还有一个茶杯，杯子上戴着盖。

鲁迅先生的习惯与别人不同，写文章用的材料和来信都压在桌子上，把桌子都压得满满的，几乎只有写字的地方可以伸开手，其余桌子的一半被书或纸张占有着。

左手边的桌角上有一个带绿灯罩的台灯，那灯泡是横着装的，在上海那是极普通的台灯。

冬天在楼上吃饭，鲁迅先生自己拉着电线把台灯的机关从棚顶的灯头上拔下，而后装上灯泡子。等饭吃过，许先生再把电线装起来，鲁迅先生的台灯就是这样做成的，拖着一根长长的电线在棚顶上。

鲁迅先生的文章，多半是在这台灯下写。因为鲁迅先生的工作时间，多半是下半夜一两点起，天将明了休息。

卧室就是如此，墙上挂着海婴公子一个月婴孩的油画像。

挨着卧室的后楼里边，完全是书了，不十分整齐，报纸和杂志或洋装的书，都混在这间屋子里，一走进去多少还有些纸张气味。地板被书遮盖得太小了，几乎没有了，大网篮也堆在书中。墙上拉着一条绳子或者是铁丝，就在那上边系了小提盒、铁丝笼之类。风干荸荠就盛在铁丝笼，扯着的那铁丝几乎被压断了在弯弯着。一推开藏书室的窗子，窗子外边还挂着一筐风干荸荠。

“吃吧，多得很，风干的，格外甜。”许先生说。

楼下厨房传来了煎菜的锅铲的响声，并且两个年老的娘姨慢重重地在讲一些什么。

厨房是家庭最热闹的一部分。整个三层楼都是静静的，喊娘姨的声音没有，在楼梯上跑来跑去的声音没有。鲁迅先生家里五六间房子只住着五个人，三位是先生的全家，余下的二位是年老的女佣人。

来了客人都是许先生亲自倒茶，即或是麻烦到娘姨时，也是许先生下楼去吩咐，绝没有站到楼梯口就大声呼唤的时候。所以整个的房子都在静悄悄之中。

只有厨房比较热闹了一点，自来水哗哗地流着，洋瓷盆在水门汀的水池子上每拖一下磨着嚓嚓地响，洗米的声音也是嚓嚓的。鲁迅先生很喜欢吃竹笋的，在菜板上切着笋片笋丝时，刀刃每划下去都是很响的。其实比起别人家的厨房来却冷清极了，所以洗米声和切笋声都分开来听得样样清清晰晰。

客厅的一边摆着并排的两个书架，书架是带玻璃橱的，里边有朵斯托益夫斯基的全集和别的外国作家的全集，大半都是日文译本。地板上没有地毯，但擦得非常干净。

海婴公子的玩具橱也站在客厅里，里边是些毛猴子，橡皮人，火车汽车之类，里边装的满满的，别人是数不清的，只有海婴自己伸手到里边找些什么就有什么。过新年时在街上买的兔子灯，纸毛上已经落了灰尘了，仍摆在玩具橱顶上。

客厅只有一个灯头，大概五十烛光。客厅的后门对着上楼的楼梯，前门一打开有一个一方丈大小的花园，花园里没有什么花看，只有一棵很高的七八尺高的小树，大概那树是柳桃，一到了春天，喜欢生长蚜虫，忙得许先生拿着喷蚊虫的机器，一边陪着谈话，一边喷着杀虫药水。沿着墙根，种了一排玉米，许先生说：“这玉米长不大的，这土是没有养料的，海婴一定要种。”

春天，海婴在花园里掘着泥沙，培植着各种玩艺。

三楼则特别静了，向着太阳开着两扇玻璃门，门外有一个水门汀的突出的小廊子，春天很温暖的抚摸着门口长垂着的帘子，有时候帘子被风打得很高，飘扬的饱满的和大鱼泡似的。那时候隔院的绿树照进玻璃门扇里边来了。

海婴坐在地板上装着小工程师在修着一座楼房，他那楼房是用椅子横倒了架起来修的，而后遮起一张被单来算作屋瓦，全个房子在他自己拍着手的赞誉声中完成了。

这间屋感到些空旷和寂寞，既不像女工住的屋子，又不像儿童室。海婴的眠床靠着屋子的一边放着，那大圆顶帐子日里也不打起来，长拖拖的好像从棚顶一直拖到地板上，那床是非常讲究的，属于刻花的木器一类的。许先生讲过，租这房子时，从前一个房客转留下来的。海婴和他的保姆，就睡在五六尺宽的大床上。

冬天烧过的火炉，三月里还冷冰冰的在地板上站着。

海婴不大在三楼上玩的，除了到学校去，就是在院里踏脚踏车，他非常欢喜跑跳，所以厨房，客厅，二楼，他是无处不跑的。

三楼整天在高处空着，三楼的后楼住着另一个老女工，一天很少上楼来，所以楼梯擦过之后，一天到晚干净的溜明。

一九三六年三月里鲁迅先生病了，靠在二楼的躺椅上，心脏跳动得比平日厉害，脸色微灰了一点。

许先生正相反的，脸色是红的，眼睛显得大了，讲话的声音是平静的，态度并没有比平日慌张。在楼下，一走进客厅来许先生就告诉说：

“周先生病了，气喘……喘得厉害，在楼上靠在躺椅上。”

鲁迅先生呼喘的声音，不用走到他的旁边，一进了卧室就听得到的。鼻子和胡须在扇着，胸部一起一落。眼睛闭着，差不多永久不离开手的纸烟，也放弃了。躺藤椅后边靠着枕头，鲁迅先生的头有些向后，两只手空闲地垂着。眉头仍和平日一样没有聚皱，脸上是平静的，舒展的，似乎并没有任何痛苦加在身上。

“来了吧？”鲁迅先生睁一睁眼睛，“不小心，着了凉……呼吸困难……到藏书的房子去翻一翻书……那房子因为没有人住，特别凉……回来就……”

许先生看周先生说话吃力，赶紧接着说周先生是怎样气喘的。

医生看过了，吃了药，但喘并未停。下午医生又来过，刚刚走。

卧室在黄昏里边一点一点地暗下去，外边起了一点小风，隔院的树被风摇着发响。别人家的窗子有的被风打着发出自动关开的响声，家家的流水道都是哗啦哗啦的响着水声，一定是晚餐之后洗着杯盘的剩水。晚餐后该散步的散步去了，该会朋友的会友去了，弄堂里来去的稀疏不断地走着人，而娘姨们还没有解掉围裙呢，就依着后门彼此搭讪起来。小孩子们三五一伙前门后门地跑着，弄堂外汽车穿来穿去。

鲁迅先生坐在躺椅上，沉静地，不动地阖着眼睛，略微灰了的脸色被炉里的火染红了一点。纸烟听子蹲在书桌上，盖着盖子，茶杯也蹲在桌子上。

许先生轻轻地在楼梯上走着，许先生一到楼下去，二楼就只剩了鲁迅先生一个人坐在椅子上，呼喘把鲁迅先生的胸部有规律性的抬得高高的。

鲁迅先生必得休息的，须藤医生这样说的。可是鲁迅先生从此不但没有休息，并且脑子里所想的更多了，要做的事情都像非立刻就做不可，校《海上述林》的校样，印珂勒惠支的画，翻译《死魂灵》下部，刚好了，这些就都一起开始了，还计算着出三十年集（即《鲁迅全集》）。

鲁迅先生感到自己的身体不好，就更没有时间注意身体，所以要多做，赶快做。当时大家不解其中的意思，都以为鲁迅先生不加以休息不以为然，后来读了鲁迅先生《死》的那篇文章才了然了。

鲁迅先生知道自己的健康不成了，工作的时间没有几年了，死了是不要紧的，只要留给人类更多，鲁迅先生就是这样。

不久书桌上德文字典和日文字典都摆起来了，果戈里的《死魂灵》，又开始翻译了。

鲁迅先生的身体不大好，容易伤风，伤风之后，照常要陪客人，回信、校稿子。所以伤风之后总要拖下去一个月或半个月的。

瞿秋白的《海上述林》校样，一九三五年冬，一九三六年的春天，鲁迅先生不断地校着，几十万字的校样，要看三遍，而印刷所送校样来总是十页八页的，并不是统统一道地送来，所以鲁迅先生不断地被这校样催索着，鲁迅先生竟说：

“看吧，一边陪着你们谈话，一边看校样，眼睛可以看，耳朵可以听……”

有时客人来了，一边说着笑话，鲁迅先生一边放下了笔。有的时候也说：“就剩几个字了……请坐一坐……”

一九三五年冬天许先生说：

“周先生的身体是不如从前了。”

有一次鲁迅先生到饭馆里去请客，来的时候兴致很好，还记得那次吃了一只烤鸭子，整个的鸭子用大钢叉子叉上来时，大家看这鸭子烤的又油又亮的，鲁迅先生也笑了。

菜刚上满了，鲁迅先生就到竹躺椅上吸一支烟，并且阖一阖眼睛。一吃完了饭，有的喝多了酒的，大家都乱闹了起来，彼此抢着苹果，彼此讽刺着玩，说着一些刺人可笑的话。而鲁迅先生这时候，坐在躺椅上，阖着眼睛，很庄严地在沉默着，让拿在手上纸烟的烟丝，袅袅地上升着。

别人以为鲁迅先生也是喝多了酒吧！

许先生说，并不的。

“周先生的身体是不如从前了，吃过了饭总要阖一阖眼睛稍微休息一下，从前一向没有这习惯。”

周先生从椅子上站起来了，大概说他喝多了酒的话让他听到了。

“我不多喝酒的。小的时候，母亲常提到父亲喝了酒，脾气怎样坏，母亲说，长大了不要喝酒，不要像父亲那样子……所以我不多喝的……

从来没喝醉过……”

鲁迅先生休息好了，换了一支烟，站起来也去拿苹果吃，可是苹果没有了。鲁迅先生说：

“我争不过你们了，苹果让你们抢没了。”

有人抢到手的还在保存着的苹果，奉献出来，鲁迅先生没有吃，只在吸烟。

一九三六年春，鲁迅先生的身体不大好，但没有什么病，吃过了夜饭，坐在躺椅上，总要闭一闭眼睛沉静一会。

许先生对我说，周先生在北平时，有时开着玩笑，手按着桌子一跃就能够跃过去，而近年来没有这么做过。大概没有以前那么灵便了。

这话许先生和我是私下讲的；鲁迅先生没有听见，仍靠在躺椅上沉默着呢。

许先生开了火炉的门，装着煤炭哗哗地响，把鲁迅先生震醒了。一讲起话来鲁迅先生的精神又照常一样。

鲁迅先生睡在二楼的床上已经一个多月了，气喘虽然停止。但每天发热，尤其是在下午热度总在三十八度三十九度之间，有时也到三十九度多，那时鲁迅先生的脸是微红的，目力是疲弱的，不吃东西，不大多睡，没有一些呻吟，似乎全身都没有什么痛楚的地方。躺在床上有的时候张开眼睛看着，有的时候似睡非睡的安静地躺着，茶吃得很少。差不多一刻也不停地吸烟，而今几乎完全放弃了，纸烟听子不放在床边，而仍很远的蹲在书桌上，若想吸一支，是请许先生付给的。

许先生从鲁迅先生病起，更过度地忙了。按着时间给鲁迅先生吃药，按着时间给鲁迅先生试温度表，试过了之后还要把一张医生发给的表格填好，那表格是一张硬纸，上面画了无数根线，许先生就在这张纸上拿着米度尺画着度数，那表画得和尖尖的小山丘似的，又像尖尖的水晶石，高的低的一排连地站着。许先生虽每天画，但那像是一条接连不断的线，不过从低处到高处，从高处到低处，这高峰越高越不好，也就是鲁迅先生的热度越高了。

来看鲁迅先生的人，多半都不到楼上来了，为的请鲁迅先生好好地静养，所以把客人这些事也推到许先生身上来了。还有书、报、信，都要许先生看过，必要的就告诉鲁迅先生，不十分必要的，就先把它放在一处放一放，等鲁迅先生好些了再取出来交给他。然而这家庭里边还有许多琐事，比方年老的娘姨病了，要请两天假；海婴的牙齿脱掉一个要到牙医那里去看过，但是带他去的人没有，又得许先生。海婴在幼稚园里读书，又是买铅笔，买皮球，还有临时出些个花头，跑上楼来了，说要吃什么花生糖，什么牛奶糖，他上楼来是一边跑着一边喊着，许先生连忙拉住了他，拉他下了楼才跟他讲：

“爸爸病啦，”而后拿出钱来，嘱咐好了娘姨，只买几块糖而不准让他格外的多买。

收电灯费的来了，在楼下一打门，许先生就得赶快往楼下跑，怕的是再多打几下，就要惊醒了鲁迅先生。

海婴最喜欢听讲故事，这也是无限的麻烦，许先生除了陪海婴讲故事之外，还要在长桌上偷一点工夫来看鲁迅先生为有病耽搁下来尚未校完的校样。

在这期间，许先生比鲁迅先生更要担当一切了。

鲁迅先生吃饭，是在楼上单开一桌，那仅仅是一个方木桌，许先生每餐亲手端到楼上去，那黑油漆的方木盘中摆着四样小菜，每样都用小吃碟盛着，那小吃碟直径不过二寸，一碟豌豆苗或菠菜或苋菜，把黄花鱼或者鸡之类也放在小碟里端上楼去。若是鸡，那鸡也是全鸡身上最好的一块地方拣下来的肉；若是鱼，也是鱼身上最好一部分，许先生才把它拣下放在小碟里。

许先生用筷子来回地翻着楼下的饭桌上菜碗里的东西，菜拣嫩的，不要茎，只要叶，鱼肉之类，拣烧得软的，没有骨头没有刺的。

心里存着无限的期望，无限的要求，用了比祈祷更虔诚的目光，许先生看着她自己手里选得精精致致的菜盘子，而后脚板触了楼梯上了楼。

希望鲁迅先生多吃一口，多动一动筷，多喝一口鸡汤。鸡汤和牛奶是医生所嘱的，一定要多吃一些的。

把饭送上去，有时许先生陪在旁边，有时走下楼来又做些别的事，半个钟头之后，到楼上去取这盘子。这盘子装的满满的，有时竟照原样一动也没有动又端下来了，这时候许先生的眉头微微地皱了一点。旁边若有什么朋友，许先生就说："周先生的热度高，什么也吃不落，连茶也不愿意吃，人很苦，人很吃力。"

有一天许先生用波浪式的专门切面包的刀切着面包，是在客厅后边方桌上切的，许先生一边切着一边对我说：

“劝周先生多吃东西，周先生说，人好了再保养，现在勉强吃也是没有用的。”

许先生接着似乎问着我：

“这也是对的？”

而后把牛奶面包送上楼去了。一碗烧好的鸡汤，从方盘里许先生把它端出来了，就摆在客厅后的方桌上。许先生上楼去了，那碗热的鸡汤在方桌上自己悠然地冒着热气。

许先生由楼上回来还说呢：

“周先生平常就不喜欢吃汤之类，在病里，更勉强不下了。”

那已经送上去的一碗牛奶又带下来了。

许先生似乎安慰着自己似的：

“周先生人强，喜欢吃硬的，油炸的，就是吃饭也喜欢吃硬饭……”

许先生楼上楼下地跑，呼吸有些不平静，坐在她旁边，似乎可以听到她心脏的跳动。

鲁迅先生开始独桌吃饭以后，客人多半不上楼来了，经许先生婉言把鲁迅先生健康的经过报告了之后就走了。

鲁迅先生在楼上一天一天地睡下去，睡了许多日子，都寂寞了，有时大概热度低了点就问许先生：

“有什么人来过吗？”

看鲁迅先生好些，就一一地报告过。

有时也问到有什么刊物来吗?

鲁迅先生病了一个多月了。

证明了鲁迅先生是肺病，并且是肋膜炎，须藤老医生每天来了，为鲁迅先生把肋膜积水用打针的方法抽净，共抽过两三次。

这样的病，为什么鲁迅先生一点也不晓得呢?许先生说，周先生有时觉得肋痛了就自己忍着不说，所以连许先生也不知道，鲁迅先生怕别人晓得了又要不放心，又要看医生，医生一定又要说休息。鲁迅先生自己知道做不到的。

福民医院美国医生的检查，说鲁迅先生肺病已经二十年了。这次发了怕是很严重。

医生规定个日子，请鲁迅先生到福民医院去详细检查，要照X光的。

但鲁迅先生当时就下楼是下不得的，又过了许多天，鲁迅先生到福民医院去检查病去了。照X光后给鲁迅先生照了一个全部的肺部的照片。

这照片取来的那天许先生在楼下给大家看了，右肺的上尖是黑的，中部也黑了一块，左肺的下半部都不大好，而沿着左肺的边边黑了一大圈。

这之后，鲁迅先生的热度仍高，若再这样热度不退，就很难抵抗了。

那查病的美国医生，只查病，而不给药吃，他相信药是没有用的。

须藤老医生，鲁迅先生早就认识，所以每天来，他给鲁迅先生吃了些退热药，还吃停止肺病菌活动的药。他说若肺不再坏下去，就停止在这里，热自然就退了，人是不危险的。

在楼下的客厅里许先生哭了。许先生手里拿着一团毛线，那是海婴的毛线衣拆了洗过之后又团起来的。

鲁迅先生在无欲望状态中，什么也不吃，什么也不想，睡觉似睡非睡的。

天气热起来了，客厅的门窗都打开着，阳光跳跃在门外的花园里。麻雀来了停在夹竹桃上叫了三两声就飞去，院子里的小孩们唧唧喳喳地玩耍着，风吹进来好像带着热气，扑到人的身上，天气刚刚发芽的春天，变为夏天了。

楼上老医生和鲁迅先生谈话的声音隐约可以听到。

楼下又来客人，来的人总要问：

“周先生好一点吗？”

许先生照常说：“还是那样子。”

但今天说了眼泪又流了满脸。一边拿起杯子来给客人倒茶，一边用左手拿着手帕按着鼻子。

客人问：“周先生又不大好吗？”

许先生说：

“没有的，是我心窄。”

过了一会，鲁迅先生要找什么东西，喊许先生上楼去，许先生连忙擦着眼睛，想说她不上楼的，但左右看了一看，没有人能代替了她，于是带着她那团还没有缠完的毛线球上楼去了。

楼上坐着老医生，还有两位探望鲁迅先生的客人。许先生一看了他们就自己低了头不好意思地笑了，她不敢到鲁迅先生的面前去，背转着身问鲁迅先生要什么呢，而后又是慌忙地把线缕挂在手上缠了起来。

一直到送老医生下楼，许先生都是把背向着鲁迅先生而站着的。

每次老医生走，许先生都是替老医生提着皮提包送到前门外的。许先生愉快的、沉静的带着笑容打开铁门闩，很恭敬的把皮包交给老医生，眼看着老医生走了才进来关了门。

这医生出入在鲁迅先生的家里，连老娘姨对他都是尊敬的，医生从楼上下来时，娘姨若在楼梯的半道，赶快下来躲开，站到楼梯的旁边。有一天老娘姨端着一个杯子上楼，楼上医生和许先生一道下来了，那老娘姨躲闪不灵，急得把杯里的茶都颠出来了。等医生走过去，已经走出了前门，老娘姨还在那里呆呆地望着。

“周先生好了点吧？”

有一天许先生不在家，我问着老娘姨。她说：

“谁晓得，医生天天看过了不声不响地就走了。”

可见老娘姨对医生每天是怀着期望的眼光看着他的。

许先生很镇静，没有紊乱的神色，虽然说那天当着人哭过一次，但该做什么，仍是做什么，毛线该洗的已经洗了，晒的已经晒起，晒干了的随手就把它缠成团子。

“海婴的毛线衣，每年拆一次，洗过之后再重打起，人一年一年地长，衣裳一年穿过，一年就小了。”

在楼下陪着熟的客人，一边谈着，一边开始手里动着竹针。

这种事情许先生是偷空就做的，夏天就开始预备着冬天的，冬天就做夏天的。

许先生自己常常说：

“我是无事忙。”

这话很客气，但忙是真的，每一餐饭，都好像没有安静地吃过。海婴一会要这个，要那个；若一有客人，上街临时买菜，下厨房煎炒还不说，就是摆到桌子上来，还要从菜碗里为着客人选好的夹过去。饭后又是吃水果，若吃苹果还要把皮削掉，若吃荸荠看客人削得慢而不好也要削了送给客人吃，那时鲁迅先生还没有生病。

许先生除了打毛线衣之外，还用机器缝衣裳，剪裁了许多件海婴的内衫裤在窗下缝。

因此许先生对自己忽略了，每天上下楼跑着，所穿的衣裳都是旧的，次数洗得太多，纽扣都洗脱了，也磨破了，都是几年前的旧衣裳，春天时许先生穿了一个紫红宁绸袍子，那料子是海婴在婴孩时候别人送给海婴做被子的礼物。做被子，许先生说很可惜，就拣起来做一件袍子。正说着，海婴来了，许先生使眼神，且不要提到，若提到海婴又要麻烦起来了，一要说是他的，他就要要。

许先生冬天穿一双大棉鞋，是她自己做的。一直到二三月早晚冷时还穿着。

有一次我和许先生在小花园里拍一张照片，许先生说她的纽扣掉了，还拉着我站在她前边遮着她。

许先生买东西也总是到便宜的店铺去买，再不然，到减价的地方去买。

处处俭省，把俭省下来的钱，都印了书和印了画。

现在许先生在窗下缝着衣裳，机器声格哒格哒的，震着玻璃门有些颤抖。

窗外的黄昏，窗内许先生低着的头，楼上鲁迅先生的咳嗽声，都搅混在一起了，重续着、埋藏着力量。在痛苦中，在悲哀中，一种对于生的强烈的愿望站得和强烈的火焰那样坚定。

许先生的手指把捉了在缝的那张布片，头有时随着机器的力量低沉了一两下。

许先生的面容是宁静的、庄严的、没有恐惧的，她坦荡的在使用着机器。

海婴在玩着一大堆黄色的小药瓶，用一个纸盒子盛着，端起来楼上楼下地跑。向着阳光照是金色的，平放着是咖啡色的，他招集了小朋友来，他向他们展览，向他们夸耀，这种玩艺只有他有而别人不能有。他说：

“这是爸爸打药针的药瓶，你们有吗？”

别人不能有，于是他拍着手骄傲地呼叫起来。

许先生一边招呼着他，不叫他喊，一边下楼来了。

“周先生好了些？”

见了许先生大家都是这样问的。

“还是那样子，”许先生说，随手抓起一个海婴的药瓶来：“这不是么，这许多瓶子，每天打针，药瓶也积了一大堆。”

许先生一拿起那药瓶，海婴上来就要过去，很宝贵地赶快把那小瓶摆到纸盒里。

在长桌上摆着许先生自己亲手做的蒙着茶壶的棉罩子，从那蓝缎子的花罩下拿着茶壶倒着茶。

楼上楼下都是静的了，只有海婴快活的和小朋友们的吵嚷躲在太阳里跳荡。

海婴每晚临睡时必向爸爸妈妈说：“明朝会！”

有一天他站在上三楼去的楼梯口上喊着：

“爸爸，明朝会！”

鲁迅先生那时正病的沉重，喉咙里边似乎有痰，那回答的声音很小，海婴没有听到，于是他又喊：

“爸爸，明朝会！”他等一等，听不到回答的声音，他就大声地连串地喊起来：

“爸爸，明朝会，爸爸，明朝会，……爸爸，明朝会……”

他的保姆在前边往楼上拖他，说是爸爸睡下了，不要喊了。可是他怎么能够听呢，仍旧喊。

这时鲁迅先生说“明朝会”，还没有说出来喉咙里边就像有东西在那里堵塞着，声音无论如何放不大。到后来，鲁迅先生挣扎着把头抬起来才很大声地说出：

“明朝会，明朝会。”

说完了就咳嗽起来。

许先生被惊动得从楼下跑来了，不住地训斥着海婴。

海婴一边哭着一边上楼去了，嘴里唠叨着：

“爸爸是个聋人哪！”

鲁迅先生没有听到海婴的话，还在那里咳嗽着。

鲁迅先生在四月里，曾经好了一点，有一天下楼去赴一个约会，把衣裳穿的整整齐齐，手下挟着黑花布包袱，戴起帽子来，出门就走。

许先生在楼下正陪客人，看鲁迅先生下来了，赶快说：

“走不得吧，还是坐车子去吧。”

鲁迅先生说：“不要紧，走得动的。”

许先生再加以劝说，又去拿零钱给鲁迅先生带着。

鲁迅先生说不要不要，坚决地走了。

“鲁迅先生的脾气很刚强。”

许先生无可奈何的，只说了这一句。

鲁迅先生晚上回来，热度增高了。

鲁迅先生说：

“坐车子实在麻烦，没有几步路，一走就到。还有，好久不出去，愿意走走……动一动就出毛病……还是动不得……”

病压服着鲁迅先生又躺下了。

七月里，鲁迅先生又好些。

药每天吃，记温度的表格照例每天好几次在那里画，老医生还是照常地来，说鲁迅先生就要好起来了。说肺部的菌已经停止了一大半，肋膜也好了。

客人来差不多都要到楼上来拜望拜望。鲁迅先生带着久病初愈的心情，又谈起话来，披了一张毛巾子坐在躺椅上，纸烟又拿在手里了，又谈翻译，又谈某刊物。

一个月没有上楼去，忽然上楼还有些心不安，我一进卧室的门，觉得站也没地方站，坐也不知坐在哪里。

许先生让我吃茶，我就依着桌子边站着。好像没有看见那茶杯似的。

鲁迅先生大概看出我的不安来了，便说：

“人瘦了，这样瘦是不成的，要多吃点。”

鲁迅先生又在说玩笑话了。

“多吃就胖了，那么周先生为什么不多吃点？”

鲁迅先生听了这话就笑了，笑声是明朗的。

从七月以后鲁迅先生一天天地好起来了，牛奶，鸡汤之类，为了医生所嘱也隔三差五地吃着，人虽是瘦了，但精神是好的。

鲁迅先生说自己体质的本质是好的，若差一点的，就让病打倒了。

这一次鲁迅先生保持了很长时间，没有下楼更没有到外边去过。

在病中，鲁迅先生不看报，不看书，只是安静地躺着。但有一张小画是鲁迅先生放在床边上不断看着的。

那张画，鲁迅先生未生病时，和许多画一道拿给大家看过的，小得和纸烟包里抽出来的那画片差不多。那上边画着一个穿大长裙子飞散着头发的女人在大风里边跑，在她旁边的地面上还有小小的红玫瑰的花朵。

记得是一张苏联某画家着色的木刻。

鲁迅先生有很多画，为什么只选了这张放在枕边。

许先生告诉我的，她也不知道鲁迅先生为什么常常看这小画。

有人来问他这样那样的，他说：

“你们自己学着做，若没有我呢！”

这一次鲁迅先生好了。

还有一样不同的，觉得做事要多做……

鲁迅先生以为自己好了，别人也以为鲁迅先生好了。准备冬天要庆祝鲁迅先生工作三十年。

又过了三个月。

一九三六年十月十七日，鲁迅先生病又发了，又是气喘。

十七日，一夜未眠。

十八日，终日喘着。

十九日，夜的下半夜，人衰弱到极点了。天将发白时，鲁迅先生就像他平日一样，工作完了，他休息了。

一九三九年十月

（原载《回忆鲁迅先生》，生活书店一九四一年第一版）

萧红穿过的绒背心。

忆萧红

/许广平

我们在上海定居之后，最初安稳地度过了一些时，后来被环境所迫，不得不度着隐晦的生活，朋友来的已经不多，女的更是少有。我虽然有不少本家之流住在近旁，也断绝了往来。可以说，除了理家，除了和鲁迅先生对谈，此外我自己是非常孤寂的。不时在鲁迅先生出外赴什么约会的时候，冷清清的独自镇守在家里，幻想之中，像是想驾一叶扁舟来压下心里汹涌的洪涛，又生怕这波涛会把鲁迅先生卷去，而我还在船上毫无警觉。这时，总时常会萌发一些希冀，企望户外声音的到来。

大约一九三四年的某天，阴霾的天空吹送着冷寂的歌调，在一个咖啡室里我们初次会着两个北方来的不甘做奴隶者。他们爽朗的话声把阴霾吹散了，生之执著，战闹，喜悦，时常写在脸面和音响中，是那么自然，随便，毫不费力，像用手轻轻拉开窗幔，接受可爱的阳光进来。

从此我们多了两个朋友：萧红和萧军。

流亡到来的两颗倔强的心，生疏，落漠，用作欢迎。热情，希望，换不来宿食。这境遇，如果延长得过久，是可怕地必然会销蚀了他们的。因此，为了给他们介绍可以接谈的朋友，在鲁迅先生邀请的一个宴会里，我们又相见了。

亲手赶做出来，用方格子布缝就的直襟短衣穿在萧军先生身上，天真无邪的喜悦夸示着式样——那哥萨克式，在哈尔滨见惯的——穿的和缝的都感到骄傲、满足、欢欣。我们看见的也感到他们应该骄傲、满足、欢欣。

我看见两只核桃，那是不知经过多少年代用手滚弄的了，醉红色的，光滑滑的在闪动，好像是两只眼睛在招呼着每一个人，而自己却用色和光介绍了它出世的年代。

“这是我祖父留传下来的。”萧红女士说。“还有一对小棒槌，也是我带来在身边的玩艺，这是捣衣用的小模型，通通送给你。”萧红女士在宴席上交给了海婴。把这些患难中的随身伴侣，或传家宝见赠了。

中等身材，白皙，相当健康的体格，具有满洲姑娘特殊的稍稍扁平的后脑，爱笑，无邪的天真，是她的特色。但她自己不承认，她说我太率直，她没有我的坦白。也许是的吧，她的身世，经过，从不大谈起的，只简略的知道是从家庭奋斗出来，这更坚强了我们的友谊。何必多问，不相称的过早的白发衬着年青的面庞，不用说就想到其中一定还有许多曲折的生的旅程。

我们用接待自己兄弟一样的感情招待了他们，公开了住处，任他们随时可以到来。

鲁迅先生不时在病，不能多见客人。他们搬到北四川路离我们不远的地方来住下。据萧军先生说："靠近些，为的可以方便，多帮忙。"

但每天来一两次的不是他，而是萧红女士，因此我不得不用最大的努力留出时间在楼下客厅陪萧红女士长谈。她有时谈得很开心，更多的是勉强谈话而强烈的哀愁，时常侵袭上来，像用纸包着水，总没法不叫它渗出来。自然萧红女士也常用力克制，却转像加热在水壶上，反而在壶外面满都是水点，一些也遮不住。

终于她到日本去了。直至鲁迅先生死后才回到上海来。

在鲁迅先生死后第五天，她曾给萧军先生信（见《鲁迅先生纪念集》），说："可怕的是许女士的悲痛，想个法子，好好的安慰着她，最好是使她不要静下来，多多的和她来往。"这个动议大约是被采用了。所以鲁迅先生死了之后，萧军和黄源等先生来了，其他如聂绀弩夫妇，张天翼夫妇，更有胡风夫妇等许多人都时常来了。有一次，萧军和黄源等半劝半迫的叫我去看电影，没法子跟着去了，在开映的时候利用光线，我一直在暗中流泪。十年来，在上海每次踏入电影院都是和鲁迅先生一道的，看到会心的时候会彼此用臂膀推动一下，这生动的情境在电影院中更增加我的伤痛，但我怎能辜负他们的好意呢？他们哪里会想到发生相反的结果呢？

战争的火焰烧蚀了无数有作为的人，萧红女士也是其中之一个。当我刚刚跳出监狱的虎口，相信活下来的时候，到家里不几天意外地收到端木蕻良先生的简单噩耗，大意说，萧红女士于某月日死了，葬于香港某花园的某处，并且叫我托内山完造先生设法保护。末了又说，他预备离去，但到甚么地方还不大能够决定。

鲁迅先生逝世后，萧红女士想到叫人设法安慰我，但是她死了，我向什么地方去安慰呢？不但没法安慰，连这一封值得纪念的信也毁了，因为我不敢存留任何人的信。而且连她死的月日地点都在我脑中毁了，这不能推说“不敢存留”，只可承认是我的脑子的确不行了，是我的无可挽救的过失。更其对不住端木蕻良先生的是，我并没有把他的意思转向内山先生请求。因为我觉得萧红女士和上海人初次见面的礼物是：《生死场》。她是东北作家，而又是抗日份子，想来内山先生不会不清楚的。请他“保护”，也许非其权力所及。或者能设法了，也于他不便。在我这方面，也不甘于为此乞求他援助，我把这句话吞没了，直至现在才公开出来，算是自承不忠于友。

自责两句不就算完了良心的呵谴。我不知道萧红女士在香港埋葬的地方有没有变动，我也没法子去看望一下。我们往来见面了差不多三四年，她死了到现在也差不多三四年了，不能相辅，却是相成，在世界上少了一个友朋，在我的生命的记录簿上就多加几页黑纸。

乌黑的一片。久视了，眼珠子会有许多血红的火星在飘浮，我愿意这火星加多，增长，结成大红火球，把我包没，把我周围一切包没。

（原载 1945 年 11 月 28 日上海《大公报 · 文艺》，署名景宋）

追忆萧红

/许广平

自从日本人占领了东北，成立伪满洲国之后，许多东北作家都陆续逃亡到山海关里来了。在一九三四年的十月，萧红和刘军两先生（那时的称呼。即萧军）到了人地生疏的上海，“就是还没有在这土里下根。”（见鲁迅给刘军信）非常之感觉寂寞颓唐，开始和鲁迅先生通讯，在一个多月之后的十一月二十七日，由于他们的邀请，鲁迅先生和我们在北四川路底一间小小的店作第一次的会面了。

人每当患难的时候遇到具有正义感的人是很容易一见如故的。况以鲁迅先生的丰富的热情和对文人遭遇压迫的不幸，更加速两者间的融洽。为了使旅人减低些哀愁，自然鲁迅先生应该尽最大的力量使有为的人不致颓唐无助。所以除了拨出许多时间来和萧红先生等通讯之外，更多方设法给她（他）们介绍出版，因此萧红先生等的稿子不但给介绍到当时由陈望道先生主编的《太白》，也还介给郑振铎先生编的《文学》，有时还代转到良友公司的赵家璧先生那里去。总之是千方百计给这些新来者温暖，而且还尽其可能给介绍到外国，那时美国很有人欢迎中国新作家的作品，似乎是史沫特莱女士也是热心帮助者，鲁迅先生特地介绍他们相见了。在日本方面，刚巧鹿地旦先生初到上海，他是东京帝大汉文学系毕业的，对中国文学颇为了解，同时也为了生活，通过内山先生的介绍，鲁迅先生帮助他把中国作家的东西，译成日文，交给日本的改造社出版，因此萧红先生的作品，也曾经介绍过给鹿地先生的。从这里我们可以得知萧红先生的写作能力的确不错，而鲁迅先生的无分成名与否的对作家的一视同仁也是使得许多青年和他起着共鸣作用的重要因素。

作为东北人民向征服者抗议的里程碑的作品，是如众所知的《八月的乡村》和《生死场》。这两部作品的出现，无疑地给上海文坛一个不少的新奇与惊动，因为是那么雄厚和坚定，是血淋淋的现实缩影。而手法的生动，《生死场》似乎比《八月的乡村》更觉得成熟些，每逢和朋友谈起，总听到鲁迅先生的推荐，认为在写作前途上看起来，萧红先生是更有希望的。

在多时的习惯，养成我们不爱追求别人生活过程的小小经历，除非他们自己报道出来，否则我们绝不会探讨的，就是连住处也从不打听一下。就这样，我们和萧红先生成了时常见面的朋友了，也还是不甚了然的。不过也并非绝无所知，片段的谈话，陆续连起来也可能得一个大致的轮廓。譬如说：谈得高兴的时候，萧红先生会告诉我们她曾经在北平女师大的附属中学读过书。并且也知道她还有父亲，母亲是死了，家里有一位后母，家境很过得去。也许，她欢喜像鱼一样自由自在的吧，新的思潮浸透了一个寻求解放旧礼教的女孩子的脑海，开始向人生突击，把旧有的束缚解脱了，一切显现出一个人性的自由，因此惹起后母的歧视，原不足怪的，可怜的是从此和家庭脱离了，效娜拉的出走！从父亲的怀抱走向新的天地，不少奇形怪状五花八门的形形色色的天地，使娜拉张惶失措，经济一点也没有。在旅邸上，“秦琼卖马”，舞台上曾经感动过不少观众。然而有马可卖还是幸运的，到连马也没得卖的时候，也就是萧红先生遭遇困厄最惨痛的时候，这时意外地遇到刘军先生。也是一位豪爽侠情的青年，可以想象得出，这就是他们新生活的开始。他们在患难中相遇，这段掌故是值得歌颂的，直至最后，她（他）们虽然彼此分离，但两方都从没有一句不满的话，作为向对手翻脸的理由据我所听到，是值得提起的。

当然不能否认，萧红先生文章上表现相当英武，而实际多少还赋予女性的柔和，所以在处理一个问题时，也许感情胜过理智。有一个时期，烦闷，失望，哀愁笼罩了她整个的生命力，然而她还能振作一时，替刘军先生整理、抄写文稿。有时又诉说地头痛得厉害，身体也衰弱，面色苍白，一望而知是贫血的样子。这时过从很密，差不多鲁迅先生也时常生病，身体本来不大好。萧红先生无法摆脱她的伤感。每每整天的耽搁在我们寓里。为了减轻鲁迅先生整天陪客的辛劳，不得不由我独自和她在客室谈话，因而对鲁迅先生的照料就不能兼顾，往往弄得我不知所措。也是陪了萧红先生大半天之后走到楼上，那时是夏天，鲁迅先生告诉我刚睡醒，他是下半天有时会睡一下中觉的，这天全部窗子都没有关，风相当的大，而我在楼下又来不及知道他睡了而从旁照料，因此受凉了，发热，害了一场病。我们一直没敢把病由说出来，现在萧红先生人也死了，没什么关系，作为追忆而顺便提到，倒没什么要紧的了，只不过是从这里看到一个人生活的失调，直接马上会影响到周围朋友的生活也失了步骤，社会上的人就是如此关连着了。

她和刘军先生对我们都很客气，在我们搬到施高塔路大陆新村里住下之后，寓所里就时常有他俩的足迹，到的时候，有时是手里拿着一包黑面包及俄国香肠之类的东西，有一回而且挟着一包油腻腻的东西，打开一看，原来是一只烧鸭的骨头，大约是从菜馆里带来的，于是忙着配黄芽菜来烧汤，谈谈吃吃，也还有趣。萧红先生因为是东北人，做饺子，有特别的技巧，又快又好，从不会煮起来漏穿肉馅。其他像吃烧鸭时配用的两层薄薄的饽饽，她做得也很好，如果有一个安定的、相当合式的家庭，使萧红先生主持家政，我相信她会弄得很体贴的。听说在她旅居四川及香港的时候，就想过这样的一种日子，而且对于衣饰，后来听说也颇讲究了，过份压抑着使比较美好生活的不能享受，也许是少数人或短时间所能忍受的罢，然而究竟怎样是比较美好的生活呢？物质的享受？精神领域的不断向上追求？有人偏重一方，把其他方面疏忽了，也许是聪明，却也有人看作是傻子。总之，生活的磨折，转而使她走到文化领域里大踱步起来，然而也为了生活的磨折，摧残了她在文化领域的更广大的成就。这是无可补偿的损失！到现时为止，走出象牙之塔的写作，在女作家方面，像她的造诣，现在看来也还是不可多得的。如果不是在香港，在抗战炮火之下偷活的话，给她一个比较安定、舒适的生活，在写作上也许更有成功。或竟丢弃写作自然也不是绝不可能，这不必我们来作假定，不过如果不是为了战争，她也许不会到香港去，也许不会在这匆匆的人世急忙忙地走完她的旅程，那是可以断定的。

除了脸色苍白之外。萧红先生在和我们初次见面的时候就看到她花白的头发了。时常听见她诉说头痛，这是我有时也会有的，通常吃几次阿司匹灵就会好，却是副作用一定带来胃病，萧红先生告诉我有一种名叫 Socoloff 的，在法国普世药房可以买到，价钱并不昂贵，服了不会引起胃病，试过之后果然不错，从此每逢头痛我就记起她的指道。可是到了战事紧张，日本人入租界之后，这药买不到了。现时不晓得恢复了没有。她同时还有一种宿疾，据说每个月经常有一次肚子痛，痛起来好几天不能起床，好像生大病一样，每次服“中将汤”也不见好。我告诉她一个故事，那是在“一二八”上海作战的时候，我们全家逃难。和许多难民夹住在一起。因此海婴传染到疹子。病还没十分复元，我们就在战事一停之后就搬回北四川路底寓所了。没有人煮饭，得力的女工跑了去做女招待。我自己不是买菜就是领小孩，病后的小孩，刚三岁半，一不小心，又转为赤痢了，医了一年总不肯好。小孩长期吃流质营养不足，动不动就又感冒生病，因此又患着气喘。这一年当中，不但小孩病，鲁迅先生和我都病了。我疲劳之极，患了妇人常遇到的“白带”，每天到医院治疗，用药水洗子宫，据医生说是细菌在里面发炎，但是天天洗，洗了两个多月一点也没有好。气起来了，自作聪明的偷偷买了几粒白凤丸，早晚吃半粒，开水送下，吃到第二天，医生忽然说进步非常之快，可以歇一下看看再说。我心想既然白凤丸有效，或者广东药店出售的白带丸更有效，也买了几粒服下，再服几粒白凤丸善后，从此白带病好了，永远没有复发，鲁迅先生是总不相信中医的，我开头不敢告诉他，后来医生叫我停止不用去治疗才向他说。再看到我继续服了几粒白凤丸居然把患了几个月的宿疾医好，鲁迅先生对于中国的经验药品也打破成见。而且拿我这回的经验告诉一些朋友，他们的太太如法炮制，身体也好起来了。像讲故事似的把前后经过告诉了萧红先生，而且我还武断地说，白凤丸对妇科不无效力，何妨试试？过了一些时候，她诉我的确不错，肚子每个月都不痛了，后来应该痛的时候比平常不痛的日子还觉得身体康强，快活到不得了。等到“八一三”之后她撤退到内地，曾经收到她的来信，似埋怨似称谢的，说是依我的话服过药丸之后不但身体好起来，而且有孕了。战争时期生小孩是一种不容易的负担，是不是我害了她呢。后来果然听朋友说她生过一个孩子，不久又死去了。不晓得生孩子之后身体是否仍然康强，如果坏起来的话，那么，真是我害了她了，现在是人已经逝世了几年，我无从向她请求饶恕，我只是怀着一块病瘩似地放在自己心上，作为精神的谴责，然而果真如此简单就算了吗？

生命的火在地下奔腾，

让它突出来吧，

毁却这贪婪的世界，

和杀人不见血的吃人者。

从灰烬里再生，

就是一株小草也好；

只要有你的精力潜在。

追忆萧红先生，我还亲眼看到她的一件侠义行为，那是为了鹿地亘先生方面的。据我们简单的知道：鹿地先生在日本的时候，确曾为了左倾嫌疑而被捕过，后来终于保释，是因为的确有消过毒的把握，否则绝不可能被日本军阀政府释放的。如同送过传染病医院去的人，倘使身体还在发热，是绝对不可能出院的，必然一切都没有问题了，这才放出。但是在日本政府的严密的不放心的监视之下，就是释放了也还是不容易生活的罢，因此迫得鹿地先生随着剧团，当一名杂役，四处走码头流浪到上海来。究竟以大学毕业生而当剧团的杂役是可惜的，被内山完造先生发见了，从剧团里拔出来，介绍他和鲁迅先生见面，由鲁迅先生代选些中国作家著作给他翻译，替他校正，再由内山先生给介绍到日本改造社出版。以此因缘，鹿地先生和萧红先生等认识了。及到鲁迅先生逝世，为了翻译《大鲁迅全集》日译本，在限定的短期间内出书，需要随时请人校正的方便起见，鹿地先生夫妇由北四川路搬到法租界来住，那时大约是一九三七年的春天。到了同年的八月，两国间的关系非常紧张的时候，在“八一三”的前几天，鹿地先生夫妇又搬回到北四川路去了，这是应当的，因为他还是日本人，在四周全是中国人的地方太显突出了。但是意外地，过了两天他们又到法租界我的寓里来，诉说回去之后自国人都向他们戒严，当作间谍看待，那是有性命之忧的，因此迫得又走出了。然而茫茫租界，房子退了，战争爆发了，写稿换米即不可能，食宿两途都无法解决，这是为翻译鲁迅先生著作而无意中受到的苦难，没有法子，尽我的微力罢，因此请鹿地夫妇留住下来。以两国人的立场，一同领略无情的炮火飞扬，而鹿地先生们是同情我们的，却是整天潜伏在楼上的一角。战争的严重性一天天在增重，两国人的界限也一天天更分明，谣言我寓里是容留二三十人的一个机关，迫使我不得不把鹿地亘先生们送到旅舍，他们寸步不敢移动，周围全是监视的人们，没有一个中国的友人敢和他们见面。这时候，唯一敢于探视的就是萧红和刘军两先生，尤以萧先生是女性，出入更较方便，这样使得鹿地先生们方便许多。也就是说，在患难生死险头之际，萧红先生是置之度外的为朋友奔走，超乎利害之外的正义感弥漫着她的心头，在这里我们看到她却并不软弱，而益见其坚毅不拔，是极端发扬中国固有道德，为朋友急难的弥足珍贵的精神。

（原载 1946 年 7 月 1 日《文艺复兴》一卷六期）

后记

/夏晓静

自2002年接管鲁迅文物工作以来，我手边不知道什么时候陆续多了萧军、萧红的书，这看似偶然的事情，竟成了我编鲁迅致萧军、萧红书信集的因由。

鲁迅给萧军萧红的书信53封，最早曾部分收录在许广平编（1937年6月上海文化生活出版社出版的影印线装本）的《鲁迅书简》里，分甲、乙、丙三种装帧。内收有鲁迅致友人信札69封，其中鲁迅致萧军萧红信3封。1946年10月，许广平将《鲁迅书简》编为铅印精装本。随后出版的《鲁迅全集》收有鲁迅致友人信860余封，其中就有鲁迅致萧军、萧红信。

解放以后，鲁迅手稿又大规模陆续出版，1979年，《鲁迅手稿全集》由文物出版社陆续出版，分简装、精装两种，共出版书信1388封，包括致外国人士的书信79封，全部彩色影印，1986年出齐。2002年、2014年国家图书馆和人民文学版相继影印出版。1981年、2005年版的《鲁迅全集》也以铅字的形式全部收录。2017年，北京鲁迅博物馆编辑《北京鲁迅博物馆藏中国近现代名人手札大系·鲁迅卷》，由高等教育出版社出版，这一版本与以往不同的是，除了主信，还将原信中带有信封等文献全部影印出版。

在编辑这本书的时候，必要看萧军生前编辑的、2011年西苑出版社出版的《鲁迅给萧军萧红信简注释手稿本》。这本书一共有三个部分，一是黑白影印的手稿；二是释文；三是萧军对每封信的详细“注释”。为了编好这本书，我把鲁迅致两萧的53封信重新读了好几遍，并阅读了他们的主要作品。为他们在那个艰苦的岁月中，凭借个人努力，给人们留下朴素、靓丽的文字感慨万千，为鲁迅对两萧的慷慨帮助和提携感动。

鲁迅致萧军萧红信除了当事人萧军编辑过，旁人还没有单独把这些书信编辑成集，为了纪念先师鲁迅，纪念萧军、萧红，我换了个视角去编辑，发挥了北京鲁迅博物馆的文献优势，让文献之间互相对话，除了让书信和鲁迅藏品呼应，还收录有萧军和萧红分别回忆鲁迅的文章，并把许广平回忆萧红的两篇文章也一并收入，这样多维立体地反映鲁迅与萧军、萧红的交往，让读者更好地走进他们的世界。

编辑这本书信集的过程中，得到了萧军的后人萧耘、王建中夫妇和萧玉的大力支持，还有刘思源、刘然、秦硕、赵烨、胡鸣等友人的帮助，在此一并表示感谢！

赘后

“只要人类有将来，

纪念鲁迅的意义也就永在。”

——萧军

一九三六年十月十九日凌晨，鲁迅先生病逝，萧军守灵三天。

周海婴在他撰写的“回忆录”中有这样的记述：“七八点钟以后，前来吊唁的人渐渐多起来了……忽然，我听到楼梯咚咚一阵猛响，我来不及猜想，声到人随，只见一个大汉，没有犹豫，没有停歇，没有客套和应酬，直扑父亲床前，跪倒在地，像一头狮子一样石破天惊般地号啕大哭。他伏在父亲胸前好久没有起身，头上的帽子，沿着父亲的身体急速滚动，一直滚到床边，这些他都顾不上，只是从肺腹深处旁若无人地发出了悲痛的呼号。我从充满泪水的眼帘之中望去，看出是萧军。这位重友谊的关东大汉……这最后诀别的一幕，从此在我脑海中凝结……”

有后来人文章写道：“……那个萧瑟的秋天，这位关东大汉在鲁迅灵前悲伤欲绝的一跪，让人相信，尘世间有一种关系叫情深义重。”

“鲁迅治丧办事处”的同仁一致推荐萧军担任十月二十二日送葬游行队伍的总指挥，他责无旁贷。在墓地，萧军在近两万人的面前宣讲着自己的誓言：

“先生，你的死是一把刀——一把饥饿的刀！深深地插入了我们的胸槽。我们要用自己和敌人的血，将它喂饱……”紧接着一股排山倒海般的呼喊声响彻云霄——“我们要复仇和前进！”前来送行的万民之众流下了激动而震撼的泪水……鲁迅先生走了，“两萧”的感情生活也出现危机——一九三八年春天，当从延安回西安的萧军发觉萧红已经有了“别人”的时候，二人和平分手“钗离镜破、劳燕分飞”，双方从此再也没有联络和见过面，而彼此的心里，确切地说直到两个人的离世，谁也不曾忘掉对方！

萧红香港罹病遽逝的消息传到了延安，“纪念会”召开的当晚，萧军在日记本的扉页，用毛笔写下了痛彻肺腑的两行字：

“师我教我者死了；

知我爱我者死了！”

在延安，毛泽东主席邀约萧军长谈是常有的事，有时竟至深夜，他称萧军是“极坦白豪爽的人”，跟他“很谈得来”。交谈最多的，自然是鲁迅，有时也交流一些对时弊和所发现问题的看法，毛主席能答必答，萧军便“知无不言”了……

偶然一次谈起共产党人与鲁迅的接触，提到瞿秋白、冯雪峰等人，萧军告诉毛主席：冯雪峰正被关押在江西“上饶集中营”的消息，应当想方设法营救这位鲁迅先生曾经的战友！毛主席责成中共组织部部长陈云“立即办”。

不久，冯雪峰等人安全逃离了敌人的魔窟——遗憾的是冯老直到去世也没弄明白他被捕的事中央是怎么知道而又是如何组织搭救的。

上海时期，每逢鲁迅逝世后的每一周，无论天气状况怎样，萧军必到墓地献上一束鲜花，有时也会虔诚地把新出版的刊物、作品焚烧些许以慰先生——这样的举动竟遭到“狄克”之流的嫉羡和嘲讽。萧军不理不睬，照做不误；实在忍无可忍便以“行动”予以警告。

萧红从日本养病回国后的第一件事，就是让萧军陪她探望许广平和年幼的海婴然后一起拜谒“鲁迅先生墓”。

在延安，萧军筹办《文艺月刊》，介绍鲁迅作品；创立“延安鲁迅研究会”亲自担任主任干事，不定期地邀请各方面专家商讨继承鲁迅精神的诸项工作；定期到工人们的“星期文化学园”去讲课，颇得好评。

抗战胜利以后，遵照毛主席“建立巩固的东北根据地”的指示精神，萧军随“文艺大队”回到久别的故土。途径张家口逗留期间又与何干之等人成立“鲁迅学会”，不失时机地扩大和宣传鲁迅精神。他被任命为东北大学鲁迅艺术文学院院长；深入农村参加了轰轰烈烈的土地改革；嗣后，在哈尔滨创办“鲁迅文化出版社”和《文化报》，开启东北解放区的新文化活动……一切工作宗旨完全以“鲁迅精神”为指导。

然而，能扛起鲁迅大旗呼啸着前进并不是一件容易的事！而萧军为此奋斗了一辈子。

这本精美的图书所实录的五十三封鲁迅书信的手泽，得以完好地呈现给大家，居功至伟者当属许广平先生——她对鲁迅所有文物的保存与捐赠功不可没！从兵燹频仍的战争年代直到新中国的成立，几十年的时光是在怎样的煎熬中度过的！深埋在心底的爱和所经历的艰辛，她默默地承受……这是一位伟大而令人肃然起敬的老人！再就是“两萧”对她的无比信任和对先生至高无上的崇敬——在那大动荡的时期，他们究竟漂流到什么地方？可能遇到什么“命运”？生死存亡全是难以预料的。万一这些书简失落了，毁坏了，或落于他人之手……对于他们俩来说全是一种不可弥补的损失！这批书简尽管名义上是写给他们的，实质上却是写给当时千千万万类似他们这样文艺青年的。

几十封信的原件用两块手帕包裹好，连同平日里珍爱的物件（包括相册），无比信赖地郑重地托付给许广平。

晚年的周海婴所居住的小区与我们的住处仅“一河之隔”，他有时会骑车过桥来我家小坐。有一次，他有点神秘地对我们说：“知道吗——我爸爸给你爸爸和萧红写信用的信笺纸，那都是我一篇一页地挑选的嘞！爸爸就一直等着，看着我捡完，笑一笑又摇摇头，等我去睡觉了他才开始写信哦……”于是一幅幸福的有着深深“舐犊情”的画面，便永远地定格在我们脑海中。

今年夏天的北京城，酷暑难耐。同样“钟情”着鲁迅和萧军萧红的编者夏晓静，把自己关在“鲁博”的资料库里“寻珍觅宝”。她以去伪存真的工作态度，用坚韧与耐心，甄别着每一份她所能用到的史料。申永霞编辑与她紧密配合，两个人的默契和一丝不苟，共同成就了这本好看的书。熬过了“三伏”，风调雨顺，等待到的自然是秋收的硕果。

北京鲁迅博物馆与中国青年出版社联袂编辑出版的这一部堪称完美

的精品书，广大的读者看后自然会有好的评价。谨此衷心感谢为这本书付出辛劳的朋友们。

萧耘 王建中

二零一九年十一月于北京

十三陵温馨老年公寓

图书在版编目(CIP)数据

我们一定要再见一见：鲁迅致萧军、萧红信 / 夏晓静编. -- 北京：中国青年出版社，2019.12

ISBN 978-7-5153-5895-6

Ⅰ. ①我… Ⅱ. ①夏… Ⅲ. ①鲁迅书简—书信集 Ⅳ. ① I210.7

中国版本图书馆 CIP 数据核字 (2019) 第 264136 号

责任编辑：申永霞
美　　术：汪朋伟
美术建议：八　月
排版制作：小　武

出版发行：中国青年出版社
社址：北京东四十二条 21 号
邮政编码：100708
网址：www.cyp.com.cn
编辑部电话：（010）57350501
门市部电话：（010）57350370
印刷：北京富诚彩色印刷有限公司
经销：新华书店经销
开本：787 × 1092　1/16
印张：20.5
字数：150 千字
版次：2020 年 1 月北京第 1 版
印次：2020 年 1 月北京第 1 次印刷
印数：1—5000 册
定价：138.00 元